摩羯大鱼 著

华龄出版社
HUALING PRESS

目录

壹

橘生淮南

1

“等着吧，我宋温暖把话放在这里，今天不管谁来，我都给他干出去！”

小南瓜在默默数着，说道：“第二十一个了，小姐你这样不好。”

宋温暖一擤鼻子，霸道，不讲理：“我管它三九二十一！”

“是三七，”小南瓜道，“小姐你想过没有，老爷夫人之所以坚持给你找家教，就是因为你算学太差。”

宋温暖不服：“我不就算学偏了点科……”

小南瓜：“你理化也不行，还有语英政史生，样样搞不通。上一位先生考你，问当朝齐王爷的白月光是谁，你说是红楼花魁。”

宋温暖：“那我不答对了吗？”坊间都这么说。

“关键齐王妃不知道啊。先生好死不死是齐王妃她五大爷，现在好了，齐王爷在府外跪了半个月了，还不知道什么时候能进得去家门。”

小南瓜继续道：“你就剩个地理还行。”

宋温暖不要面子的啊："瓜瓜，你到底是谁的丫鬟？"

小南瓜："反正给我发工资的是夫人。"

宋温暖："上回你打碎的花瓶，哥窑的，是谁替你揽的过？上上回你手滑摔的茶壶，紫砂的，是谁替你背的锅？"

小南瓜："咱家俊美英武的护院，小丁。"

宋温暖："你把刚才的橘子还给我！"

小南瓜撒丫子便跑，宋温暖在后头追，一路鸡飞狗跳，推了缸，倒了灶。

这般情形每天至少发生三四次，比吃饭还频繁，家里其他人见怪不怪，扫地的扫地，扶缸的扶缸。

大雪的天，赵又青进门时，目光所及之处，一片狼藉，仿佛脚下站的不是皇商的宅院，而是末日废墟。

但见废墟之上，小楼尽头，两棵歪脖柳树站得很对称，一树一联，红底黑字，醒目非常。

上联是：没有数理化，照样走天下。

下联是：推翻语英政，拒做无用功。

横批斜挂在手持烧火棍、头套空米袋、脚踩两个橘子，朝他一路滑行冲刺而来的姑娘身上——上面写着"不学"。

应该是个姑娘……吧。

赵又青一手扶住了姑娘，一手掀开她头上的空米袋。

宋温暖重见光明，先是眼前一亮，继而瞳孔微张。见到眼前人，她脸上挂着惊艳的表情，转头看向一旁的她娘。

宋温暖说："亲娘啊，你怎的把说书的领家里来了，爹不是不让你追星吗？"

"小哥哥你别慌，"宋温暖把头转过来，"这样，一会儿我爹要是问起来，我委屈一下，你就说你是我对象。"

赵又青朝她微微一笑，宋温暖心花怒放。

赵又青给她把米袋照原样套了回去，眼不见为净。

他对宋夫人道：“来前夫人不是说，令爱腼腆羞涩，温柔可爱，小鸟依人吗？”

宋夫人：“真没骗你，在我梦里她确实那样。”

赵又青：“抱歉，这样的学生我教不了。”

“啥？！”宋温暖扒拉着米袋子，震惊了，“你竟然是新来的先生？！”

小南瓜闻言举着搂草的大钢叉从天而降，对外的时候她从来都是跟她家小姐站一头。

小南瓜：“呔，我家小姐发话了，今天不管谁来，都得给他干出去！”

她环视左右：“先生在哪儿？”看到一旁的赵又青，又说，“夫人，你怎的把说书的领家里来了，老爷不是不让你追星吗？”

宋夫人：“小南瓜，你这个月工资是不是不想要了？”

就这么着，宋温暖的第二十一位教书先生站在废墟上上任了。本来赵又青是要走，不打算理会这一只人中哈士奇，但是他听说宋温暖要干翻他。

有生之年没人敢对他这么说话，这成功地挑起了他的兴趣。

是时候教会她做人了。

2

宋夫人有事要忙，叫宋温暖带赵先生各处熟悉熟悉。

宋温暖扯一扯身前斜挂的“不学”绶带，短短时间内心态发生了巨大变化。

之前不晓得，教书先生还可以如此年轻。不过，来做客的小哥哥是用来花痴的，来教书长住的先生是用来轰的，长得再好看也白搭。宋温暖是个有原则的富二代。

宋温暖横眉竖眼地回头，想说喂那谁你走快点儿！却见赵又青负手立在歪脖柳树下，仰头看对联，极寻常的浅青棉纱袍，叫他穿出了清冷淡然的味道，轮廓俊朗的侧脸，浓墨的发，白皙的颈侧有什么东西晃了她眼睛一下。

逆着光，宋温暖没瞧清。

赵又青侧眸看她一眼，宋温暖的原则狠狠震荡了，她这辈子没这么礼貌过，说道："先生，这边请。"

赵又青："对联是你写的？字真丑。"

宋温暖："……"

一上午，宋温暖的原则就在赵又青的美貌和言辞夹击下，一会儿松弛一会儿刚硬。她发现了，赵又青长得是真好看，说话是真难听。

最后宋温暖站在客厅居高临下地看着安坐椅上慢条斯理剥柑橘的赵又青，摊牌了："我爹给你多少钱让你来的？我给你双倍。五千两够不够，离开我这个仙女。"

赵又青掀起眼皮打量她："哪有包子脸的仙女？"

宋温暖摸了摸自己的小肉脸，愤怒地将他手边的果盘抢过来抱在怀里。

宋温暖："告诉你，我们家的先生是来一个我轰走一个。满京都你去打听打听，齐王妃她五大爷我都敢烧他胡子！"

赵又青："哦，你厉害。"懒怠遮掩敷衍之色。

说完，他从她果盘里抢了一个橘子过去，开始吃第二个。

接着第三个。

第四个。

宋温暖快要哭出来了：“你给我留一个！”

橘生南国，京都居于北方，运输保存不易，价格贵不说，有时候有钱都买不到。

但宋温暖爱吃，可以说全靠橘子续命。新来的先生不仅是她的克星，他还克橘子。

宋温暖：“你承认了吧，你混进我家，是不是图我家有橘子。”

赵又青：“我来你家教你，分文不取。”

宋温暖：“咋的，你不谋财，是想害命？”

赵又青：“我同令兄有些交情，是你爹娘求我来的。”

提起过世三年的兄长，宋温暖沉默了，过了会儿她问：“你很有文化吗？”

赵又青：“教别人不好说，教你绰绰有余。”

宋温暖：“我爹娘给我找先生，与其说是教学问，不如说是找个人全天候看着我，不让我出门，因为家里仆从都怕我，他们自己又没空。”

宋温暖：“我嚣张跋扈，不学无术，连三六二十一都背不过……”

赵又青：“三七。”

宋温暖：“……”

宋温暖：“总而言之，像你这般的人才，教我岂不是可惜，不如另谋高就。”

赵又青拍拍手，站了起来。

宋温暖挺胸抬头，为自己的好口才暗暗自豪。

赵又青：“多谢提醒，教你读书是不要钱，但我得去找你爹把给你当保姆的钱要了。”

宋温暖：“……”

宋温暖拿赵又青吃剩的橘子皮扬他。

3

次日是开学第一天，宋温暖故意迟到。

她磨蹭半天才去的书房，不想书房空空荡荡，赵又青没来。

宋温暖带着小南瓜杀去客房，只见廊下安了张躺椅，赵又青懒懒散散躺在其中，翘着腿闭目养神。

宋温暖弯腰，将他盖在脸上的《富家千金她爱深夜爬墙》给他掀了，恶人先告状："先生，你迟到了！"

赵又青推开她的脸："别离我这么近，你脸没洗干净。"

宋温暖："……"

宋温暖："这是时下最流行的御姐妆。"

赵又青："那这妆跟你有什么关系？"

宋温暖："……"

宋温暖："上课！"

赵又青："别了，我看你也不爱上课，反正你爹娘没空管你，我给你放假，你逃课作去吧，我保证不找你家长。"

宋温暖："那你呢？"

赵又青闭上眼："接着睡回笼觉。"

"你昨天问我爹要了那么多钱，休想糊弄我爹，光拿钱不干活！"她家的钱也不是大风刮来的，宋温暖又道，"赵又青，你给我起来，我要学习！"

赵又青："你再说一遍？"

宋温暖："我要学习！！！"

嗓门过于嘹亮，惊得那老歪脖柳树叶子抖擞，惊得扫地仆人喜大普奔，天啊小姐主动要求学习了，咱家老爷下回祭祖再也不用在祖宗坟头哭哭啼啼了。

在宋温暖的吼声里，赵又青得逞一笑，道：“好。”

他矜贵地伸出一条手臂：“扶我起来。”

宋温暖已经闪到了一里地远，只剩个后脑勺，那上面插了根方天画戟的步摇，随着她的步履来回荡，据说那是御姐妆发的点睛之笔。

赵又青：“……”

小南瓜快步跟在宋温暖后头，怎么想怎么不对，道：“小姐，你是不是被赵先生套路了？”

宋温暖：“我这么聪明，怎么可能？”

宋温暖信誓旦旦：“本小姐的花招还在后头呢。”

小南瓜：“如果花招对赵先生不管用，咋整？”

宋温暖：“那我就抱他大腿，求求他。”

好有志气。

宋温暖生平头一遭规规矩矩地坐在书桌前，托着腮，翘首以盼，眼中闪烁着对知识的渴望。

半晌，赵又青姗姗到来。宋温暖看向他手中，既无书本也无教具，她疑惑地看着他。

赵又青：“上课。”

宋温暖从位子上起立。

赵又青：“饭点了，今日先到这里，下课。”

宋温暖：“……”

赵又青转身要走，宋温暖怒了，一拍桌子，怒道：“赵又青！”

赵又青回眸看她。

宋温暖急道：“你不给我机会，我怎么耍花招？”

赵又青：“你是不是把实话说出来了？”

宋温暖扭头看向小南瓜，小南瓜捂着脸点点头。

“方才是我心直口快了，”宋温暖道，“我意思是求先生给个机会吧，好让学生天天向上。”

“正好，”赵又青道，“我这里有个噩耗打算明天告诉你的，既然你这么积极，索性现在说与你听。”

赵又青：“你爹让你月末交一篇论文上去，题材不限，诗歌除外，要求规格按照八股文，字数不低于一万，题目是‘关于富不过二代的警惕与思考’。”

赵又青：“你加油。”

宋温暖识破他的奸计，道：“这不光是我爹对我学习的考察，也是对你教学能力的考察吧？这篇论文你要是识相的话，就替我写。”

赵又青：“你写得不好，我顶多被开除，但你会被你爹打断腿。”

宋温暖：“……”

听说今天午膳吃糖醋里脊，赵又青怕去晚了赶不上热乎的了，拔腿要走。猝不及防地，宋温暖上来一把抱住了他，把他腿给拔了。

此“拔腿”，就是字面意思上那个“拔腿”。

事情发生得很突然，赵又青及时扶住了门框，才没有摔倒。

宋温暖扑在地上，抱着一截断腿，经受了出生以来最大的惊吓，眼珠子差点脱眶。

抱人大腿，给人大腿抱断了。

宋温暖傻了。

生死攸关还得看小南瓜，她一把拎起宋温暖，道：“小姐，跑！”

宋温暖说哦哦哦，举步就是狂蹿。赵又青在她后头道：“慢着。”

宋温暖刹脚，压根不敢看赵又青。

赵又青：“腿。”

宋温暖这才反应过来赵又青的腿还在她怀里抱着，忙扔还给他，再度蹿了。

宋温暖边蹽边哭道：“先生对不起，橘子你随便吃，论文我自己写！”

赵又青：“……”

在好奇的仆从们的围观中，他慢慢滑坐在地上，捡起那截断腿，把上头裹着的布掀开，露出里头的木料。

4

气跑齐王妃她五大爷那回，宋温暖燎了人家胡子，她爹当场拿出了加特林，考虑到这么先进的武器出现在这个时代读者不一定接受，才把加特林换成了板子。

她爹拎着板子追着她满院子来回跑了三趟，最后还是她娘出来劝：“吓唬得差不多得了，追着撵还要装撵不上，你累不累？”

这回她闯了拔人家腿的大祸，她爹恐怕是要动真格的了。宋温暖战战兢兢地等了一下午，雪下了二尺深，也不见她爹来收拾她。

宋温暖很纳闷：“难道赵又青他没找我爹告状？他有这么善良吗？”

小南瓜：“不能够。”

宋温暖挎个果篮去客房一探究竟，进门先见赵又青站在博古架前看木雕。

宋温暖眼睛控制不住地往他腿上瞄，奈何浅青长袍盖得严严实实。

这时赵又青回头看着她，道：“今日吓坏你了吧？”

他但凡语气冷一些，宋温暖也不至于如此愧疚。眼下她心虚道：“拔了你假肢是我的不对，有什么冲我来，挟持‘雕质’就是你的不对了。”

那木雕小像活灵活现，雕的是个仙衣飘飘的小姑娘，瓜子脸，水蛇腰，是过世兄长送给她的生日礼物。

爹娘怕她睹物思人，不许她将此物留在闺房。

赵又青举起木雕："你知道这雕的是谁吗？"

宋温暖摇头，这在宋家一直是不解之谜。

赵又青："你。"

宋温暖叉着自己略显水桶状的腰："你吃着我家大米，怎么还好意思内涵我？"

赵又青道："这个木雕是我亲手雕的，你兄长说妹妹的生日快要到了，求我帮他做个生日礼物。"

赵又青将雕像往她跟前凑了凑："在你兄长的描述中，你就长这样。"

宋温暖哭了出来。

赵又青难得善解人意了一回："我也觉得，你兄长对你滤镜太厚了。"

宋温暖摇摇头："我想我兄长了。"

她伤心欲绝，无法自持，扑进了赵又青怀里。

赵又青僵硬着手臂，道："哭可以，敢把眼泪鼻涕蹭我身上，你就等着迎接写不完的课后作业吧。"

话音刚落，宋温暖拉起他衣袖开始擦眼泪。

赵又青："……"

三年前南蛮入侵大齐，宋温暖的兄长作为大齐防卫军中的一员，战死沙场。

只解沙场为国死，何须马革裹尸还。最激烈的一战，死的人太多了，他的尸体没能找到带回来，而是同其他不知名的袍泽一道被草草掩埋了。

他永远地留在了川宁江畔。

他在家时是个十足的妹控，把宋温暖惯得没边儿。他让宋温暖伏在背上骑大马，宋温暖给他绑了满头小辫，还往小辫上别牡丹，他对着镜子跟宋温暖一起笑。

他带宋温暖上街兜风，糖葫芦一买一草把子，宋温暖扛着招摇过市，馋哭了一条街的小孩儿。

宋温暖整天哥哥不离口，她喊：“哥。”

他说：“哎。”

她说：“哥哥哥！”

他说：“哎哎哎！”

宋温暖嗜甜，但宋夫人不许她多吃糖，她只好退而求其次爱上了橘子。兄长离家时安慰她，说淮南川宁的橘子天下第一甜，哥回来时给你带，到时候你可以天天吃。

宋温暖每天吃很多很多的川宁橘子，拿橘子当饭吃，哥哥却再也没回来。

哥哥是个大骗子，川宁的橘子她吃起来一点也不甜。

兄长在宋家成了不能提起的禁忌，宋温暖只能在心里偷偷地想他……

宋温暖哭够了，才想起害羞，她离开赵又青的怀抱。稍许，看见他衣上一大片水渍，连忙倒了杯茶给自己补水。

联想到赵又青认识她哥哥，又联想到赵又青的断腿，宋温暖道：“你是我哥的战友？”

赵又青点头。

“你和我哥交情很深？”

赵又青沉默片刻，道：“你哥自诩年纪比我大，事事总想罩着我，凡有危险必冲在我前头，天天数落我打起仗来不要命，让我要爱惜自己，还说等打赢了南蛮，回京后一定给我说门亲。”

“我哥就是这样热心肠。”宋温暖又想哭了，为了不丢人，她转移话题聊八卦，“你们长卫军的主帅你晓得伐，叫叶清澜。”

“我哥说他那人是个事儿精，杀起人来讲究刀不血刃，铠甲上溅一滴血都得难受半天，洁癖无人能比。”

赵又青：“……”

宋温暖：“我哥还说他脾气暴躁，喜怒无常，狗一阵猫一阵，正常人谁都捉摸不透他心里到底在想什么，是个纯天然病娇。”

赵又青：“……”

宋温暖：“我哥还说……”

赵又青：“别说了，我就是叶清澜。”

宋温暖：“……”

宋温暖：“你不是叫赵又青？”

赵又青：“化名。”

宋温暖扭头就跑。

转瞬就被什么绊倒了。

雪地里留下一个完整的人形。

赵又青挪到她跟前，蹲下看着她，没有一点扶人的意思。

赵又青：“你跑什么？”

宋温暖脸朝地埋在雪里：“您他娘的是大齐战神啊，战神！”

叶清澜，一个存在于传说中，大齐子民提起来就会不自觉叉腰的名字。他是大齐人的底气，是大齐的安全感，是大齐的保护神。

同时，他也是个杀伐决断没有感情的魔鬼。

他还是当今皇上的老师。

赵又青道：“战神不打包子脸小孩儿。”

虽然但是……宋温暖道：“包子脸咋了，我不是小孩儿，我这个年纪都能谈恋爱了，我上街调戏小哥哥不犯法！”

赵又青："三七是多少？"

宋温暖顿了一下："我猜是二十八？"

赵又青叹了口气："你还是好好学习吧，论文后天交。"

宋温暖："啊？！"

宋温暖："我爹不是说月末……"

赵又青："战神说后天。"

宋温暖："……"

5

宋温暖惆怅了，战神她干不过。

如此下去，她还怎么实现她离家出走的远大抱负？

小南瓜在旁边奇怪道："堂堂战神，为何少了条腿？"

宋温暖："没，没敢问。"

小南瓜又问："堂堂战神，何至于沦落到给小姐教书？"

宋温暖："他给本小姐教书算是沦落？"

小南瓜："对不起，说错了，是堕落。人家以前是帝师，只带过一个学生，还当了皇帝，这升学率！"

宋温暖不跟她计较，有气无力地趴在桌上。

小南瓜出谋划策："打不过就拉拢，小姐你腐蚀他。"

宋温暖："好主意，我这就化个妆。你把上回买的口脂找出来，要那个斩男色。"

小南瓜道："其实小姐，我主要指的是金钱。"

小南瓜："美人计就算了，你定力不够，回头别被战神反间了。"

宋温暖觉得以赵又青的格局，金钱诱惑不够强。她自看过的话本子分析，像赵又青这种魔鬼，一般都原生家庭不幸福，因此渴望平凡的家庭温暖。

宋温暖决定继承她哥的遗志，给赵又青说门亲事，尽快把赵又青“嫁”出去，也好解放她自己。

宋温暖不得出门，就把京都资源最丰富的媒婆王妈妈请到家里来。顾及赵又青隐姓埋名可能有苦衷，她没敢说实话，只说他是自己的先生。

王妈妈夹着京都待嫁的大家闺秀和小家碧玉的资料册子，问：“想找什么条件的？”

宋温暖：“盘靓条顺不黏人，学富五车解语花，最好还会点武艺。”

这样才能跟战神有共同语言。

王妈妈：“要求还挺高，不知道男方是什么条件？”

王妈妈：“是京城户口吗？”

宋温暖：“不是。”

王妈妈：“本地有房吗？”

宋温暖：“没有。”

王妈妈：“有车吗？宝马，汗血的。”

宋温暖：“没有。”

王妈妈：“教书先生他也不是铁饭碗啊，连个国家公务员都算不上。”

显然，媒人介绍这条路走不通。

宋温暖学精了，好说歹说才说服她爹妈，在有人监管的前提下，许她每天外出一个时辰。她亲自去站相亲角。

她混迹于一帮大爷大妈中，身前挂个牌，牌上写：本人的教书先生，芳龄二十七，虽有小脾气，但有大智慧，欲觅一佳人，要求如下：女的，活的。

旁边附一张赵又青的画像，请大齐梵高连夜画的，非常写实。短短半个时辰，大爷大妈纷纷被画像吸引，开始盘问宋温暖。

宋温暖有啥答啥。

公务员吗？——是的，手下五十多万个员工呢。

本地户口吗？——南方户口，南方的好啊，大爷，南方的男人会疼人，南方还有橘子吃。

有房吗？——只要相亲成功，某不愿透露姓名的富商愿意赠送新人一栋楼，还送车，宝马，汗血的。

“就是吧，”宋温暖道，“我家先生身子骨不好，腿断了一条。”

大爷大妈一哄而散：“小姑娘你开什么玩笑，搁这儿遛人玩呢？残疾了就不要出来找对象，这不是害人吗？你当我们这是关爱残疾人协会？去去去回家去，别站这儿丢人了。”

宋温暖有点慌：“我家先生优点很多的。”

“优点再多不还是个残废？怎能配得上我女儿？”

“残废就该去找残废，要不找个傻子，我看你这样没脑子的就挺配。”

宋温暖涨红了脸，低头缄默。在一片谩骂和嫌弃声中，她忍无可忍，大声道：“你们凭什么瞧不起残废，万一他是为了国民安危，为了守护像你像我这样千千万万的普通百姓，才受了伤断了腿呢？

“正是因为有他和我哥哥那样的人在前方舍己为人，你们才可以安安稳稳站在这里，逞口舌之快。这些话，他们若是听到了，该有多寒心多难过？”

人群陡然安静，大爷大妈齐齐看着她，半晌，大家“切”一声，回家吃饭去了。

宋温暖：“……”

宋温暖脸上汹涌的热潮未褪，捧着身前的小牌牌，像个弃儿，等着小南瓜来领她回家。

小南瓜没来，来的是赵又青。

宋温暖猛地抬头看见是他，惭愧得无以复加。

赵又青早已在一旁将她的激情演说听了去，上前温柔地替她把牌子摘了下来，问："学到了吗？"

宋温暖："什么？"

赵又青："成语——自取其辱。"

宋温暖嘴一撇："赵又青你不是人，我这都是为了你。"

赵又青道："我可没让你替我正名，也没让你替我相亲。你这么闲，能把论文先交了吗？"

距离月末还有五天，宋温暖一日拖一日，感觉还能再拖一拖。她眨巴着大眼想辙，只听赵又青道："再者说，谁告诉你我断腿是为了国民安危？"

宋温暖意外道："那不然是因为什么？"

赵又青抿唇不语。

宋温暖还想追问，一个声音插了进来："老师，朕终于逮到……不是，等到你了，老师！"

眼前出现的小年轻，他活泼开朗，他还有点阳光。

宋温暖瞪大眼："你是皇帝？"

小皇帝比她还惊讶："你怎么知道朕是皇帝？"

宋温暖："……"因为"朕"。

小皇帝拎着华服的下摆小跑过来，眼睛雪亮，注视着赵又青，讨好道："老师，朕错了。"

赵又青漠然道："别叫我老师，我没有你这般听信奸佞谗言，置全线将士安危于不顾的学生。"

"你不是问我为何会断了腿吗？"赵又青望向宋温暖，恨铁不成

钢，“就是这个蠢人，受人蒙蔽，在紧要关头给了我长卫军致命一击，致使包括你兄长在内的将近五十万将士全军覆没。”

将士们还在前线浴血奋战，小皇帝在朝中听信大臣挑唆，说叶清澜拥兵自重。于是小皇帝背着叶清澜跟南蛮签订了议和书，收了叶清澜的虎符，勒令他收兵，中了人家的圈套。

南蛮趁机反扑。这一战，大齐本来能赢，不必有那么多人牺牲，埋无定骨。

“你兄长是我的副将，他在我们陷入敌人包围走投无路之时，拼命护着我……最终我活了下来，代价你也看到了。”

失了一条腿，冷了满腔热血，只剩一颗心沉甸甸坠着，连做梦都是那汉子沾满血的脸，他倒下时说：“大帅，我还有个妹妹，别忘了你我的约定。”

隐姓埋名养伤三年，他来宋家，是带着目的的。

赵又青把宋温暖的腮一托，怒捊小皇帝：“你看着这张脸，就等于看到了那些无数因为你的蠢而失去了兄弟、夫君、儿子的百姓，你何配高枕无忧、稳坐龙椅？”

“你师妹这么笨，都比你有脑子。”

宋温暖：“……”

小皇帝：“……”

小皇帝为此事已自责了三年，肠子悔得不能再青了，此时他双膝一软跪在地上朝赵又青伸手。

宋温暖：“有话好说，别抱腿。”

小皇帝不明所以，但还是把手讪讪地收了回去。

小皇帝：“千错万错都是我的错，大齐百姓是无辜的。老师，时隔三年，南蛮卷土重来，恳请老师重新挂帅，救淮南百姓于水火。”

赵又青冷笑：“妄想，淮南这块伤心地，我此生不会再踏足一步。”

宋温暖灵机一动，拉住了小皇帝：“你是皇帝，说的话是不是就是圣旨？”

小皇帝：“反正朕说话好使。”

宋温暖：“你能不能给我爹娘下个旨，让我离家出走？”

小皇帝：“你想去哪里？”

宋温暖：“我特想去淮南。”

赵又青：“……”

6

赵又青：“我和你一起去。”

宋温暖：“可你不是说再也不踏足淮南了吗？”

赵又青：“不长脑子，耳朵也不长？淮南在打仗，你没听见吗？”

宋温暖：“我不怕死。”

赵又青：“那走啊。”

宋宅大院门口，宋夫人和小南瓜挥着小手帕含泪相送，一旁宋老爷拿着《关于富不过二代的警惕与思考》若有所思。

临出发，宋温暖问：“爹，我论文写得好不好？”

“写得很好，”宋老爷道，“下次别写了。”

宋温暖笑嘻嘻，上了宝马车，汗血的。车里赵又青已先一步就座，宋温暖端详他：“赵又青，我觉得你顺眼了起来，莫名透着股朦胧美，我是不是爱上你了？”

赵又青：“你把幂篱揭了再跟我说话。”

宋温暖：“……”

宋温暖正大光明地离家出走，别提有多高兴了，离了爹娘的监视

如脱缰的小野马，驰骋在小吃街、烧烤摊，还要进红楼，被战神一番恐吓，拉住了。

然后某天，她突然晕倒在城郊十里外。

赵又青破天荒地阵脚大乱，立马抱着她驾马回城。宋家人忙而不乱，煎药的煎药，请大夫的请大夫，司空见惯。

宋夫人哭倒在宋老爷怀里。

宋温暖醒来，见夜色沉寂，床边只剩了个赵又青。

赵又青："为何不告诉我？"

宋温暖身负顽疾，活不过二十岁，从去年开始她身体每况愈下，药石罔效。

她说，我命短就挺惨的了，还要在你们整日价的愁眉苦脸中去世，那岂不是惨上加惨，希望大家开心起来，用笑声送走我。

她每日化浓妆，使自己看起来跟往常没什么两样。

药太苦，糖吃多了会降低药效，还好她有橘子。

宋温暖靠在床头，咽着口水，看赵又青纤手剥新橘，一瓣一瓣地将橘子吃进自己嘴里。

宋温暖："……"

宋温暖抗议："我是个病人哎，病人！"

赵又青垂眸不理她，道："接着交代，为何总想离家出走？"

"因为……"宋温暖小声道，"因为我想死在外头，不叫我爹娘看见，他们已经有过一次丧子之痛，我怎能让他们眼睁睁地看着我咽气？"

离她二十岁只剩三个月了，她的身体她自己知道，不如走得远远的，默默地死了，将最美好的回忆给父母留下。

"淮南够远，那里还埋着我哥，所以我想去淮南看看，"宋温暖苦笑，"终归是我高估了自己，终归是晚了。"

“你走吧，叶清澜。我知道你心系淮南之地，不然也不会爱吃那里的橘子。

“好歹是人家的老师，你就当替我去看一看，那么多橘子树落入南蛮手里，我做鬼都觉得可惜。”

宋温暖看着他，眼里漫上浓重的悲哀。

她道：“赵又青，橘子皮苦涩不能吃，你别这样。”

赵又青一言不发地站了起来，他道：“不许死，等着我，我去给你带一筐天下第一甜的橘子回来。”

宋温暖道：“好。”

顿了顿，她又说：“说定了，我不死，你也不许有事。你要凯旋归来，再狠狠教训我那不成器的师兄……打皇帝犯法不？”

赵又青道：“我打不犯法。”

宋温暖：“那我就放心了。”

她道：“赵又青，其实我有那么一点喜欢你。”

赵又青背对她走出门去，他说：“我知道。”

……

三年前，宋温暖的兄长战死的前一夜，陪叶清澜在篝火前烤火，他说：“大帅，听我一句劝，别一打起仗来就不要命，你要为了我妹爱惜你自己。”

叶清澜看神经病一样看着他：“你妹？”

“嗯，等打赢了南蛮，回京后我给你说门亲。我妹马上十八了，我有事没事净在她跟前夸你，为的就是将来把她嫁给你。”

叶清澜：“你妹！”

“对啊，我妹。倘若明天我有个三长两短，我妹就托付给你了。

“说好了，大帅。”

说好了。

7

宋温暖病逝于转年春天。

叶清澜战死于这一年的冬天。齐军大捷，举世沸腾，淮南百姓排着队一车一车地往军队送橘子。

宋温暖和叶清澜却都没能吃到。

8

但凭虚妄，大梦一场。

九天之上仙气袅袅，云雾滔滔，山肴海错中，洄湘悠悠醒转，一卷无名小册子从她怀中滑落。

胸腔里濒死窒息的感觉犹存，很快又被酸涩淹没。

她脑海中浮现一道清隽的青影。

“哪有包子脸的仙女？”

“我同令兄有些交情。”

“你跑什么，战神不打包子脸小孩儿。”

“不许死，等着我，我去给你带一筐天下第一甜的橘子回来。”

“赵又青……”洄湘失神片刻，捡起地上的小册子，这是从司命大神那里顺来解闷的。

什么情况？洄湘看着手中的册子愣怔出神。拿错了？捡了司命的《机缘簿》？在毫无意识之中，不小心游魂入了凡世，经历了一番“宋温暖”的人生？

啧啧，那宋温暖和赵又青也忒惨了。司命真是不要神脸，她都想给司命寄刀片了……洄湘摇头喟叹，抬头看见了自家门前的橘子树。

梦的阴影还在，洄湘此刻见不得橘子，都快得橘子应激障碍了。

鬼使神差地，她伸出手，橘子自发地掉了一个下来，落在她手中。似乎是梦里带出来的惯性使然，她看见橘子就不自觉地想往嘴里送。

洄湘开始剥橘子，自从失了味觉，她已许久没吃过东西。

不抱任何希望，她送橘瓣入嘴。

“呸呸呸！好酸。”洄湘龇牙咧嘴。

不是，等等，酸？

酸？！

洄湘大喜，又吃一瓣，还是酸。

她一边龇牙咧嘴一边乐不可支，丢了橘子去尝苹果，尝了苹果又啃鸭梨，半天过去她肚皮滚圆地确认了，味觉没恢复，但能尝到酸。

难道是“宋温暖”和“赵又青”的功劳？

她看着手中的《机缘簿》，感觉奇妙且惊喜，新世界的大门这就向她打开了？都不上锁的吗？

她正想再试试，突然平地起了一声吼：“还我《机缘簿》来！”

伴随着话音，一袭华丽粉衣的神在半空现身了。司命炎英，一位身高八尺的美髯大汉，喜穿海棠装，浪里带俏，刚里带娘，海棠装颜色还是死亡芭比粉。

他怒瞪洄湘：“你没事拿我《机缘簿》作甚，你怎么这么皮。”

洄湘：“你听我解释……”

“解释个甚，”炎英道，“你自己看看截止期还有几天，不抓紧想法子恢复味觉，就知道看小说看小说，小说能当饭吃？”

洄湘：“能。”

炎英：“……”

近日仙界正逢大喜，打了万年光棍的天帝终于要迎娶天后，日前天帝亲召洄湘过去，说要让身为食神的她亲自侍宴。

天帝以不容拒绝的语气同她商量道：“寡人看好你哟。”

洄湘："……"

天帝是个睚眦必报的性格，她若是不答应，日后定然难以在天界立足，而且逢大日子侍宴，本是洄湘的分内之事，她没有回绝的理由。

但洄湘有个难言之隐无法对外人说——她失去了味觉。

对于食神来说，失去味觉等于失去了看家本事，等于切菜没有刀。

嘴上没味儿，手下便没了轻重，洄湘失去味觉的第一天，勉强做菜，就把多年好友炎英给吃吐了。

第二天又勉强做了一顿，她再端去给炎英，炎英要跟她断绝亲生朋友关系。

炎英道："小洄湘，大家都是底层打工神，你不能逮着我一个人祸害。"

说话间雷神经过，洄湘热情地叫住了雷神。

雷神尝了口菜，说什么都要劈她。

洄湘被劈得外焦里嫩，心如死灰。

这时候偏天帝他喵的要结婚，都打那么多年光棍了，就不能多打上十年八年的吗？神仙的时间又不值钱！

司命劝她，与其纠结味觉是如何突然消失的，不如先想想该怎么把味觉找回来，眼看天帝大婚之日一日比一日近了。

洄湘觉得他说得有理，遂试遍种种方法，均未果……一天天过去，洄湘颓了。

洄湘学会了麻痹自己，主要通过看小说。

司命掌管凡人祸福寿命生死等种种机缘，灵感来源全靠看小说，可谓取之于众生用之于众生，生活就是一部小说。所以这两天洄湘老往司命府中借小说。

今日司命不在府中，她见桌上有本无名书，挺薄，不至于一下子看不完，于是把它顺走了。

回到自己的山肴海错，她靠在躺椅上找了个舒服的姿势，打开小说看起来。

看到头一句“等着吧，我宋温暖把话放在这里，今天不管谁来，我都给他干出去”，洄湘眼皮一沉，就此睡了过去——

醒来以后便打开了新世界的大门。

此刻洄湘一手掂着橘子，一手拿着《机缘簿》，看司命的时候两眼放光。

司命谨慎地后退一步：“干甚，你看上我了？”

洄湘眼下有些兴奋，不大容易自行入睡，她说道：“来，打晕我。”

“算了我自己来。”不等司命反应过来，她已急不可耐，扭头撞向了橘子树，将晕之际她往《机缘簿》一扎……

司命一手接书，一手接住软塌塌倒地、神魂进了书的洄湘，看着她头上橘子大的包。

司命：“但凡性子能缓一丝丝，我也来得及告诉你，《机缘簿》这玩意儿它有口诀，不必硬进。”

洄湘在他臂弯晕得深沉，一缕游魂悠悠荡荡，遁入那道大亮的白光……

北燕皇宫，雪万岁缓缓睁开了眼睛。

贰

雪万岁

1

楼兰亡了。

北燕铁骑所向披靡，以雷霆之势，先收精绝，再破于阗，顺手搞了车师……

楼兰万人之上的公主——雪万岁坐在她镶钻的公主椅上，捧着奶茶吸溜吸溜，对着镶钻的公主桌上摊开的地图分析战局。

“慕容时这是玩上他娘的消消乐了呀。”

次日，北燕攻下了楼兰。

楼兰王被俘，公主雪万岁一马当先，率领臣民负隅顽抗，最终她身中二十多刀，刀刀避开要害，被包成个活木乃伊，送往燕国殷都。

万岁公主一战成名，大燕人亲切地唤她杀不死的小顽强。

在这之前，关于雪万岁的传说还有很多。传说她出生那天，久旱的大漠下起了罕见的瑞雪，许多绿洲因此恢复了生机。

传说她生下来光会笑，不会哭，楼兰王视她为自己的眼珠子，当场宣布将王位传于她，并给她起名叫雪万岁，寓意她跟自己平起平坐。

雪万岁还不会跑，楼兰王已经开始抱着她上朝，大臣奏本的时长全倚仗万岁公主的生理时间决定，往往大臣这里启奏说今年某某部落骆驼的产奶量下降了，楼兰王淡定一声吼，道："来人哪，尿一手。"

时间一长，大臣们的语速提升飞快，全楼兰的文武都学会了饶舌。

万岁公主长到十八岁，出落得亭亭玉立，被奉作楼兰之宝、沙漠玫瑰，她冰雪水灵，天真烂漫，果然是个傻白甜。

2

这个傻白甜在北燕皇宫缓缓睁开眼。

陌生的雕梁画栋，陌生的床，床边陌生但又不完全陌生的男子。

慕容时声音清冷，道："雪万岁，你也有今天。

"你当众羞辱朕的时候，可曾想过自己会有今天？

"眼下朕为刀俎，你为鱼肉，你还有什么话说？

"你给朕说话！"

雪万岁还处在木乃伊状态，身子不能动，转动僵硬的脑袋，面无表情地对着他。

慕容时："跟朕装不羁？你还有资格吗？

"你是不是觉得朕不敢杀你？"

雪万岁大眼水汪汪的，看着他，非常无辜，看在慕容时眼中，这是赤裸裸的挑衅。雪万岁的眼神翻译过来，就是"对啊对啊你来杀我呀丑八怪，略略略……"。

慕容时怒极反笑，他站起来道："朕不杀你，就这么死了便宜你了。朕要仇将仇报，立你为后，利用你的影响力，让天下人都看看，朕面对曾经拒绝过朕的敌国公主、如今的阶下囚，是如何的胸怀宽广。"

“就这么定了。”慕容时放完狠话，转身朝殿外走，面上盛怒，内心暗自惊叹。

他不知道雪万岁是个傻白甜，印象还停留在雪万岁狠狠拒绝过他和那二十多刀上。他脑补的雪万岁，聪慧果敢，武艺高强，城府极深极深。

“如此佳人，若能为朕所用，朕拿下西域其余的九国指日可待，朕要征服她！”

此时的慕容时还是个冷血帝王，婚姻在他眼里不过是一种政治手段，他的目标在星辰大海，他没得感情。

他也不知道，雪万岁盯着他离去的背影，眼神依然无辜。

雪万岁：“神啊，他叨逼叨说的啥，一句没听懂。”

北燕大帝慕容时千算万算，就是没算到雪万岁身为一位高贵的公主，只会个母语。

啥也不是。

3

慕容时日理万机，不能每天来搭理雪万岁，只在雪万岁养伤期间，指派了个宫女来照顾她的起居。

宫女名唤大利，大吉那个大利。大利精通楼兰语，跟雪万岁沟通起来毫无压力。

而且大利力大无穷，伺候雪万岁洗澡，单手扛起她毫不费劲，绷带一拆，将她一顿洗刷刷洗刷刷，最后再给她把绷带重新缠上，在脑门系个漂亮的大蝴蝶结，再把她扛回去……整个过程一气呵成，把雪万岁给迷得不要不要的。

雪万岁问她：“你这么有本事，为啥进宫当宫女？”

大利道：“因为我贪图我们陛下的美色，进宫可以近距离追星。”

雪万岁：“咦……”

她觉得大利哪哪都好，就是审美畸形，慕容时长得那么丑，哪里值得追了。

她当初拒绝了大燕国的求婚，正是因为慕容时太丑。

其时大燕先帝尚在位，慕容时还是太子，年纪到了要选妃，先帝想要个混血儿媳，遂派使臣前去楼兰，求娶沙漠玫瑰万岁公主，并不是因为楼兰乃西域十三国之首，遍地有矿。

大燕使臣顶风长途跋涉到楼兰，在朝堂说明来意，雪万岁坐在她镶钻的王座上，托腮回想。

她其实见过慕容时。

有一年她受邀前往殷都喝下午茶，在大燕皇宫跟一帮女眷吹牛皮。她就爱瞎说大实话，说粉色娇嫩，齐王妃你都多大年纪了还穿粉色？又说鹅黄显黑，明珠郡主你本来就不白……如此这般，成功遭到了众人的排挤。

大燕皇后找了个借口把她支出去，让她出宫领略中原风光，不到天黑不要回来。

她带着翻译逛起了殷都，在夜市吃家乡菜烤羊肉串就哈密瓜的时候，突然听见身后的河岸爆发一阵尖叫。

东风夜放花千树，玉壶光转，灯火阑珊，凤箫声动。

河中央，吹箫的年轻男子卓立船头，青白广袖随风而动，露一截雪白的皓腕，风骨傲然，贵气十足。

他颈侧发丝被风拂开，锁骨处隐现碧绿一点，随即又被落下的发丝盖上了。

雪万岁揉揉眼，看两岸追着小船狂跑、朝船上扔花枝和手帕的大姑娘小媳妇，心想中原风俗是彪悍，见了倒人胃口的丑男掩饰都不掩饰，

直接动手砸。

本公主欣赏，忒欣赏。

她入乡随俗，举起桌上没切的哈密瓜，抡圆了胳膊朝船扔过去，本为凑个热闹，孰料一举得中，把吹箫的男子砸进了河。翻译都看傻了。

雪万岁回到宫中，听闻太子落水，还没将太子跟吹箫的丑男往一块联想。为表邻邦友好她前往东宫探视，因男女授受不亲，只能隔着屏风交谈。她隐约看见太子一个虚影。慕容时是偏瘦的身材，她只觉得这太子长得挺干巴，是不是在哪里见过。

初次见面无话可说，雪万岁没话找话，说要不我给太子讲个笑话吧。

雪万岁艺术加工了一下，说："今晚，本公主在河边看见有个丑男乘船吹箫，被好多人追着打。长得丑没有错，但长得丑还出来吓人就是他的不对了，所以本公主赏了他一个哈密瓜。哈哈哈哈哈哈哈哈……"

还没笑够？！慕容时忍无可忍，一把拉开屏风，漆点双眸射出两道锋利的光芒，冷冷地看着她。

雪万岁看清他的面容，不笑了。

慕容时也是倒霉，偶然路过，看月色正好，兴起吹箫，谁能想到天降哈密瓜。

当时人多混乱，一时找不到凶手，没想到凶手自己上门炫耀来了。

慕容时儿时是个正太，大了是个美男，还有身份光环，走到哪里都是鹤立鸡群，众星捧月，从未有人说过他丑，还拿瓜投他，这打击不是一般的大。

他开口，标准的楼兰话："你完了。"

雪万岁吓得把屏风拉了回去。

大燕太子和楼兰公主的梁子算是结下了。

翌日，大燕皇后在御花园设百花宴，邀雪万岁作陪。

雪万岁去时，没想到慕容时也在，大燕皇后正在为慕容时落水的事生气，问慕容时可看见了刺客的面目。

慕容时抬头，与雪万岁视线相撞，那叫一个火花带闪电。雪万岁往花丛里一蹲，心道要死要死。

她划拉着土想办法，是撒个谎兜过去，还是直截了当地承认得了。两国交战不斩来使，八成也不能够斩公主吧。

只见慕容时勾唇一笑，摇了摇头，对大燕皇后道："儿臣没看见。"

听完翻译的话，雪万岁心头一热。这慕容时虽然长得丑，但他是个好人，以后得找个机会跟他说声对不起。这念头刚起，就听到慕容时说出了下一句："不过当时万岁公主看见了。"

雪万岁："……"好人卡发早了。

众人目光纷纷转移，齐齐看着雪万岁。

大燕皇后："你这孩子，蹲在那里干什么？"

雪万岁："……跟蚂蚁说话，我们这些异邦在逃公主都有跟小动物沟通的技能。"

"是吗？"慕容时拿话点她，"蚂蚁跟公主说了什么？夸公主有教养吗？"

雪万岁："它们说慕容时你个禽兽。"

翻译："……"

翻译："公主，你这是在为难本翻译。"

翻译站起来，主要是对着皇后，译道："它们说太子殿下真乃一表人才。"

皇后很是满意。

一片祥和中，慕容时和雪万岁目光对上，再度火花带闪电，这辈子

是够呛能好了。

…………

雪万岁回想到这里，起身对大燕使臣，道："不嫁。"

她当着西域十三国和大燕众多宾客，驳回了慕容时的求婚，叽里呱啦一通说，简单翻译，就是两个字——

丑，拒。

世人看了慕容时的笑话，皆道雪万岁是慕容时攀不上的高枝。

与此同时，特有民族荣誉感的大燕人不干了，说就是个牛皮鼓你也不能这么打击，何况是我们亲爱的太子，建议太子娶个绝世美女扳回一局。

然而，太子选妃事宜就此搁置了，有人问起，官方答复是太子潜心学习去了。

好几年过去，楼兰灭国了。

大利听完以上，若有所思，打开殿门叫进来一个侍卫。那侍卫长得虎背熊腰，油光满面，胡子拉碴，脸上毛孔粗大，还长了颗痦子，痦子上还有毛。

大利："公主，你看小丁好看吗？"

雪万岁："我去，好帅，帅哥你谁？"

大利："公主，我好像知道你的问题出在哪里了。"

所以到底是谁审美畸形啊！

4

大利劝雪万岁，说本来是一个瓜的事，非要闹这么大，当时说开不就好了。

“当然现在说开也不晚，公主你去找陛下谈谈吧。”

雪万岁：“呸！不去，我决不向恶势力低头。”

大利：“你现在是待宰的小羊羔，保命要紧，还要什么脸。对了，我们陛下放话说要娶你，你知道吗？”

雪万岁：“啥？！”

雪万岁：“你们陛下的寝宫怎么走？他喜欢性感的还是端庄的？”

大利将她扯下肩头的衣领拉上去：“我错了，你还是要点脸。”

没等雪万岁去找慕容时，听说她伤好得差不多，慕容时就来找她了。

他满脸威严，负手踏入大殿，打眼先看见一只烤羊腿，接着是一摞烤馕，还有烤包子、大盘鸡、拉条子、乳酪、葡萄干……

一个亡国公主，伙食比他都好。

慕容时：“谁允许你们这么善待她的？”

大利忐忑道：“陛下不是吩咐，不能亏待了公主吗？”

慕容时摆手叫大利下去，他独自步入大殿内。

雪万岁正吃得投入，浑然不知有人来了。

慕容时咳嗽一声，她才蓦然抬头，愣了愣，道：“吃点？”

没有一点阶下囚的自觉。

慕容时：“哼。”

一撩衣摆在她对过坐下了，隔着大盘鸡和馕，目光森寒地注视她。

雪万岁腹诽：“他真是……比从前更丑了。”

脸太小，腰太窄，皮肤比娘儿们还白嫩，这样的放在他们大漠，别说登上英雄榜，连个体格健康都算不上，顶了天去，他也就是个亚健康。

她一边想一边抓紧吃，唯恐这是最后一顿。

慕容时看着她吃，心道：她这是企图通过无视朕来昭示她的底气，

等朕绷不住先发火，好用她的淡然无畏来对比朕的沉不住气，然后就可以嘲笑朕。果然阴险狡诈，朕才不上她的当，朕也不说话。

是故，殿内一时落针可闻，只有咀嚼声和吞咽声。

雪万岁内心：他怎么不说话？是不是在想怎么折磨我？

慕容时内心：先开口朕就输了。

雪万岁吃呀吃，吃呀吃……最后打了个饱嗝，实在吃不动了。

雪万岁眼一闭手一伸："杀我之前，能不能先让我见见我父王？"

慕容时微感意外，冷声道："谁说朕要杀你，你是听不懂人话吗？朕说过，朕要娶你。"

雪万岁懵里懵懂，看着他薄唇一张一合，因为眼大漏神，眼神逐渐无辜。

慕容时："你总这么挑衅朕，有意思吗？"

雪万岁："……"

慕容时："够了雪万岁，你给朕说话。"

雪万岁："……"

雪万岁内心念叨着我是小羊羔我是小羊羔，说："陛下，我听不懂你在说什么。"

慕容时拍桌而起："过分了雪万岁！朕容你养伤，供你吃喝，仅仅说了句你听不懂人话，你就指桑骂朕不是人。朕不过想蹭你个热度，你却三番两次侮辱朕，你……你岂有此理！"

雪万岁看出他生了气，却不知他为什么生气，无辜之余又多了几分无措，瞅着更气人。

慕容时胸膛剧烈起伏，话本里的昏君碰上这种女人是怎么办的来着？

对，扳她下巴，让她惶恐，强吻她，抱她上床这样那样，非但能征服她，还能帮作者水它个千百来字，读者还都爱看。

就这么办。

慕容时跨前一步，伸手，发现雪万岁这些日子待遇太好，吃出了双下巴，不好扳。

慕容时："……"

慕容时把手收回来，没有经验，强扳容易闹笑话，算了。

他继续生气，继续僵持。

这时候听墙角的大利委实听不下去，冒着被砍头的危险进了门，小声道："那个……陛下，公主她说听不懂，是真的听不懂。"

大利说完闪退，深藏功与名。

慕容时："……"

"你听不懂中原话？"这回他用的是楼兰语。

雪万岁点点头。

慕容时："……"

不知为何，他更生气了。

5

慕容时确认了，雪万岁是个傻白甜。

城府不深，武艺不高，在家时唯一热爱的运动是吃，既不能召集楼兰旧部起义复国，也没有胆子行刺他，无能得相当纯粹。

他报仇报了个寂寞。

一拳打在棉花上的滋味不好受，慕容时怒道："我还是要娶你！"

雪万岁委屈巴巴，好商好量道："能不能不娶啊？"

"嫁给朕委屈你了？"

"不敢说委屈，我是小羊羔。"

"意思就是还有委屈了？"

雪万岁默然片刻，大着胆子道：“毕竟我是个颜控，你这个模样，我婚后很难对你喜欢得起来，没法跟你先婚后爱，强扭的瓜不甜。”

有了前面的教训，慕容时没有先发火，耐心问她：“在你眼里，什么样的人才算好看？”

雪万岁一指门口站岗的侍卫小丁。

小丁长这么大，吓哭的人不老少，从没有人真情实感地夸过他好看，顿时腰杆挺直，大脸盘子悄然爬上两朵红晕。

慕容时看着小丁，沉默了。一时半会儿找不到合适的词汇形容此刻的心情，是他不配了。

他心里忽然感到一阵平衡，看雪万岁的目光软了一瞬，道：“好，立后的事情可以慢慢再商榷，在朕改变主意之前你不许乱走动，要记得自己身份……在这儿住得可还习惯？”

雪万岁：“不习惯，你们大燕太穷了，家具不镶钻，这里的奶茶也不正宗，都没有珍珠……我还想吃哈密瓜。”

慕容时好不容易压下去的火气又上来了：“还提哈密瓜，你怎么敢？当年之事，你不觉得自己做错了吗？”

“觉得，”雪万岁道，“我错就错在不该浪费食物，扔瓜可耻，吃了多好。”

慕容时起身，拂袖走人。

“还有，”雪万岁叫住他，站起给他深深鞠了一躬，“我欠你一句对不起。对不起。”

雪万岁：“当年我年纪小不懂事，无论如何，人身攻击是不对的，丑人也有追求幸福的权利。我虽然爱慕小丁，但还是想祝你幸福。”

慕容时内心五味杂陈，说，“我谢谢你。”

雪万岁：“我能不能去见见我父王？”

慕容时：“可以，等朕高兴的时候。”

6

雪万岁："怎么样才能让慕容时高兴？"

大利："依稀记得，陛下上回笑是在去年。"

雪万岁："……"

一笑治百病，难怪慕容时亚健康。

雪万岁："那他有什么喜好？"

大利："自古英雄难过美人关，不然公主试试美色诱惑？"

雪万岁："行。"

大利夺下她手中的羊腿："先减个肥。"

"……哦。"

…………

这一日，慕容时在朝堂接受了群臣连番催婚的轰炸，下朝时人都麻了，日暮时分拖着重赘的龙袍回寝宫，意外发现殿内一个侍奉的宫人都没有。

他小心防备，悄然往前走了两步，岂料防不胜防，帘后突然有一美人款款现身，淡黄的长裙，蓬松的头发……雪万岁穿着露脐装舞得忘乎所以，四肢之不协调，像是新装上去的。

慕容时松懈下来，找个角落看完了这场复健表演，不大理解地问道："你黑灯瞎火地跑到朕这里跳大神，是有什么阴谋？"

雪万岁："我舞跳得不精彩吗？"

慕容时："这竟然是支舞。"

雪万岁："你不感动吗？"

慕容时："不敢动。"

雪万岁挫败道："不感动的话，你心里的小鹿肯定也没有乱

撞了。”

慕容时默了一默，道：“怎么说呢，公主勇气还是可嘉，给我这样的丑人跳舞，真是苦了你了。”

雪万岁点头认同。

慕容时：“朕刚才是在反讽。”

雪万岁：“……”

慕容时：“你可以走了，公主，半个月之内尽量不要出现在朕面前。”

雪万岁急道：“可是重头戏还在后头呢，陛下给个机会吧。”

慕容时道：“请开始你的表演。”

雪万岁：“你站着我开始不了，你得坐下。”

还得配合她！

慕容时一边寻思朕是不是给她脸了，一边纳闷着坐下了，隐隐约约有点期待是怎么回事。

桌上有倒好的酒，雪万岁扭扭扭，俯身，朱唇微张，叼住小巧的酒杯，坐在了慕容时大腿上，同时伸手钩住他脖颈，将酒杯往他唇边凑。

不出意外，酒全洒在了慕容时脸上。

雪万岁：“……”

慕容时：“……”

慕容时淡定地擦了把脸：“拿酒给朕洗脸，然后呢？”

雪万岁欲哭无泪，事情不该是这个发展方向：“正常来说，我把酒喂进你嘴里，趁机与你对视抛媚眼，含情脉脉十个数，你就会怦然心动，在酒精的催动下对我情根深种，进而答应我的任何要求。”

现在怎么办，她搞砸了。

“原来如此。”慕容时道，“这些下三烂招数都是谁教你的？”

雪万岁：“大利。”

慕容时："你回去跟大利说，她再也别想得到朕的签名画像了。"

雪万岁走得悲怆。

慕容时半晌没有动，许久之后他抚上自己心口，那里跳得有些快。他双眉紧蹙了一会儿，叹道："忽然觉得星辰大海好生没劲，不想娶她了。"

想放她和小丁双栖双宿。

7

雪万岁得到慕容时许可，可以去看爸爸，开心得原地起跳，与大利击掌，双双认为色诱有效。

她喜滋滋地穿上美美的小裙子，拎上两只哈密瓜，去了楼兰王关押之地。

楼兰王的关押之地环境不赖，除了有重兵把守不得自由。

"爹爹！"

"小玫瑰！"

父女相见，两眼泪汪汪。

楼兰王："殷都传遍了，慕容时要娶你为后……

"那可真是太好了。"

雪万岁："？？？"

"是这样，"楼兰王道，"爹爹有个缜密的计划需要你跟爹爹里应外合。"

"爹爹已召集楼兰旧部起义准备复国，到时候你在宫里找机会行刺慕容时。以你我父女的聪明才智，定然能取得成功。"

雪万岁："啊？"

"我的小玫瑰有难处？"

雪万岁迟疑道："可是……可是慕容时对我挺好的，他为了让我住得习惯，给我住的地方家具都镶了钻，还叫人给我做珍珠奶茶，就连这哈密瓜……"

"哈密瓜能帮助咱们复国吗？"楼兰王一拳将她手中的瓜捣烂，"慕容时狡猾得很，他这是在消磨你的意志，动摇你的决心。我的傻女儿，想想我们楼兰是怎么没的！"

雪万岁："不是爹爹觊觎燕国地广，联合西域其他十二国企图造反，给作没的吗？"

楼兰王道："我楼兰百姓至今还处于生灵涂炭，水深火热之中！"

雪万岁："不是啊，据我所知，大燕将我们吞并以后，取消了我们的岁供，百姓们小日子过得比以前好多了，给其他小国馋得不行，话里话外都想主动投靠燕国。"

"雪万岁，你到底是谁的女儿！"楼兰王恼羞成怒，"你胳膊肘拐上山路十八弯了，慕容时给你灌了什么迷魂汤，让你这么向着他？他身材有我们大漠的英雄排行榜第一健硕吗？"

雪万岁："那没有。"

楼兰王："他有孔武的臂膀吗，能单手扛起你吗？"

雪万岁："他的侍女能。"

楼兰王："你别是喜欢上慕容时了吧！"

雪万岁怔住："啊。"她茫然道，"我不知道。"

楼兰王语重心长道："小玫瑰啊，爹爹才是你最亲的人。爹爹把你拉扯这么大，从没求过你什么，也只求你这一次。"

楼兰王塞了一把匕首在她手中，淬了毒的："你喜欢慕容时，那慕容时也喜欢你吗？倘若他也喜欢你，你下手便再容易不过了。"

"等事成，我们就可以回家，吃上最新鲜的哈密瓜。"

8

雪万岁回宫以后精神恍惚，觉睡不好，饭吃不香，羊腿每顿只能吃上半只，日渐消瘦，不见了双下巴，连小丁都不调戏了。

“公主你有问题。”大利抱臂端详她。

雪万岁心虚低头，像是下定了什么决心，猝然起身，发足往外狂奔。

在宫道上她遇见了朝她走来的慕容时。

慕容时：“朕有话对你说。”

雪万岁：“我先说。”

雪万岁亮出匕首：“我爹想复国，让我杀了你，但我下不去手，”她将匕首扔了，“我绞尽脑汁，思来想去，只有两国联姻这一条两全之策了，我要嫁给你。”

她叹息：“唉，终归是沦为了政治牺牲品，我真是红颜薄命。”

“道理朕都懂，”慕容时道，“但你笑得这么开心做什么？”

雪万岁：“嘿嘿嘿。”喜欢一个人，她藏不住嘛。

慕容时道：“你爹背地里的小动作尽在朕的掌控之中，看在你坦白从宽的分上，朕放过你，不娶你了，你去追小丁吧。”

雪万岁：“哎？”

不是，搞什么幺蛾子，说好的娶她，不娶不行！

雪万岁：“慕容时你会不会当皇帝，你强迫我，你碾压我呀。

“我只是单纯垂涎小丁的美色，我喜欢的人是你慕容时。”

慕容时本欲离去，听到这里步子一顿，说：“我长得又不好看，哪里值得你喜欢？”

“话虽如此，但我就是喜欢了，你长这么难看我还喜欢你，不足以说明问题吗？”

慕容时静静看着她。

雪万岁："刚才那句不是在反讽吧？"

雪万岁："我当了你的皇后，能不能获得你不用反讽句的特权，太吓人了。"

慕容时笑了笑，转身走了。

雪万岁跟上去，丝毫不觉自己被套路了："慕容时我可以追你了吗？"

慕容时道："不可以。"

雪万岁："可以！"

"再说。"

"可以。"

"……你赢了。"

"可以。"

"好，可以。"

"他们是双向奔赴，"不远处，大利哭倒在小丁肩膀，感动得一塌糊涂，"我嗑的CP成真了。"

小丁："我却失恋了。"

9

从此，太子和公主过上了幸福的生活……

10

才怪。

首先北燕大帝对于皇后审美这一块儿就特别头疼，本来垂涎小丁就垂涎了，无伤大雅，但是转年燕国的大皇子出生了。

小皇子生得闪闪惹人爱，皇后除外。

皇后经常对着亲儿子长吁短叹："儿子，你长得这么白净，一点也不像英雄宝宝，将来长成你爹那么丑，出门动不动被人追着打，为娘很忧愁。"

文化差异原因，她至今以为大燕人"掷果盈车"的行为是一种对丑男的讨伐。

眼看皇后要得产后抑郁了，慕容时起早贪黑地想办法。还得是大利，提议陛下跟楼兰高手干一架，请皇后观战。

那一日天色昏黄，飞沙走石，北燕大帝一柄寒霜剑挑战西域英雄榜前十高手，用时半个时辰。

皇后看直了眼，当场折服，小丁不香了。

皇后的审美被活活扳了过来。最帅的是，慕容时干完架，面不改色，粗气不喘，将雪万岁腰一揽，风轻云淡道："走，去看看朕为你引进的哈密瓜。"

又过好几年，皇后学会了中原话，受到中原文化尤其是各大选秀节目的熏陶，才知道自己夫君好看得有多离谱，爱了爱了。那时候，大燕的长公主已经两岁多了。

很久很久以后，四海归顺，天下太平。

北燕太上皇和太上皇后白发苍苍，垂垂老矣，闲来无事，寝宫里啃瓜唠嗑，雪万岁才想起来问："当年你求婚被我丑拒，为何之后就不选妃了呢？仿佛专为等我似的。"

慕容时羞涩了一刻，道："当年不知是不是赌气，在你之后每位女子我都暗搓搓拿来同你比较，发现都不是你，也都不及你。"

太上皇后说："哎嘿嘿。"

11

九天，山肴海错，洄湘睁开眼，额头的包尚未消。

这一世，她过得简单幸福，与慕容时前后脚寿终正寝，相隔不到一天，最后合葬于皇陵……醒来舌尖似乎还残存着哈密瓜的味道。

司命目睹她诈尸，忙问道："如何，甚感觉？"

洄湘："先让我吃个瓜。"

她起身走到门前一片空地，开始做法现结瓜。

司命："……"他们植物系牛批。

哈密瓜结好，洄湘啃了一口，眼睛铿亮，司命就知道妥了。

洄湘误打误撞得了这个好处，已经能尝出酸和甜，上瘾非常，非要趁热打铁再进一会儿《机缘簿》，好快点恢复味觉。

司命按住狂躁的她："《机缘簿》里随机事件太多了，我自我师父手中承了司命一职，历时万年至今未能完全参透。我劝你谨慎，一日最多进一回，进多了容易神魂错乱，走火入魔。"

司命道："我这里还有个不知道是好是坏的消息要告诉你，就在你寻味期间，天帝陛下宣布要退婚。"

洄湘："什么？！

"哎呀不能吧，那天帝得多难过，咱们当手下的不能为其分忧真是罪过。

"……当真不结了？可惜啊可惜，多好的姻缘你说说。"

司命："小洄湘，你开心得也太明显了，收一收。

"此刻众臣都前往紫霄宝殿去了，听说事情闹得挺大，要不是为了等你，我这会儿都听上八卦了，快走吧。"

司命拉上她，边走边往上一指："听说这回连上头那位都惊动了，必然不能善了。"

洄湘还没反应过来："上头，哪个上头？"

司命一跺脚，八尺粉嫩大汉娇嗔道："就是上头嘛！"

洄湘恍然道："哦哦哦。"

她把步子缩了回来："我能不能不去点卯，实话说我有点怕他。"

司命与她同发抖："我、我，我也怕。"

敢问上至三十六天，下至七十二道，谁人不怕上头那位。

司命认命："不去不行，走吧，打扮得好看点，粉色小裙裙要伐？一般神我都不借他。"

…………

叁

回旋镖夫妇

1

洄湘去了紫霄宝殿，才知道又被司命骗了，人都还没到齐，哪有什么来不及。

司命这个货，为了写好《机缘簿》无所不用其极，分明是个写无主线系列文的命，偏偏努着长篇的力，真把自己当正经写书人了，唯恐迟到缺席，收集不了完整的写作素材。

洄湘要被他愁死。天界不成文的规矩，每逢议会，等级越高出场越晚，天帝是出了名的爱摆谱，还不知道啰唆到什么时辰方能缓缓登场，且等呢。

洄湘一边对司命翻白眼，一边踱步至殿外。

紫霄宝殿悬浮于十三天，瑞彩祥云，仙雾缭绕，天光普照每一块砖瓦，灿烂又辉煌。

洄湘走到门口巨大的花坛前，从随身的乾坤袋里掏出一把种子、一口铁锅。环顾左右无人，她飞速将花坛里名贵的昙花薅了，种子一撒，小法术略施。

须臾，她装模作样地惊讶道："呀，这里好端端的竟长了向日葵，那本神少不得要炒一炒了。"

她抄着铁锅架火，反手从发间拔下一支锅铲状的发簪，放在手里变大成正常尺寸，开始就地炒瓜子。

以她现在的味觉，也就能炒个瓜子了。

原味瓜子。原味瓜子不用放调料。

司命巡视一圈回来见了，惊诧道："小洄湘，你好大的胆子。"

洄湘道："没办法，我手痒。"

司命理解这个感觉，他一天不写上一万来字，手也痒。想到这里，他将广袖一挡，掩护队友。

一炷香以后，两人靠着花坛，一人兜着一包瓜子嗑得起劲，聊八卦，看光景。

洄湘："天帝陛下的婚事要黄，是谁先提出的分手？天帝本人还是准天后？"

司命道："听说是准天后。"

洄湘："居然连上头那位也惊动了，是什么缘故？莫非准天后在最后关头，终于发现天帝是个断袖？"

司命："谁告诉你陛下是断袖？"

洄湘："我看面相猜的。"她瞧不惯天帝那死小孩很长时间了，小白脸生得钙里钙气。

周遭冷冷清清，来的只有上仙和洄湘这般低等神，三三两两，洄湘环顾四周，发现好几副生面孔。

司命与她道："前些日子你消沉，不知道咱们天帝陛下从下层天提拔了许多仙，补了中层天的职位空缺，"若非重事要事，人也不能够聚这么齐，"正好你认识一下。"

洄湘定定地瞅准了前方某处，笑道："是要认识一下。"

笑得太猥琐，司命顺着她目光瞧去，但见不起眼的角落，有一人静然独坐。

那人穿一身寻常玄黑宽袍，肤色如脂玉般净透，气韵与周围格格不入，似扎在遍地盛辉里的一笔墨色瘦金，气骨苍劲，偏意态是慵懒的。他散漫而淡然地欣赏着四下风光，仿佛谁也瞧不上，什么也入不了他的眼，傲然得很。

洄湘两眼放光："炎英，你知道的，我这个人一向心地善良，爱广泛社交。"

司命："……"你就是垂涎人家的好相貌！

司命拉住她，道声且慢："我看那人不简单，我们都是盛装来此，他连个发冠都未束，要么是狷狂，要么是穷，而且他周围也不是没有旁人，却无一人过去与他亲近，想必不好惹。"

洄湘："你不懂美人的忧伤，天姿何需金银衬，我们这些长得好看的就是容易遭人排挤。"

洄湘："植物系而已，危险系数低，过去打个招呼怕什么的？"

司命："你怎知道？"

洄湘："你没见他手里盘着两颗核桃？"

司命定睛一瞅，果然，那人左手有一下没一下地转着两粒淡黄圆珠，想是同洄湘炒瓜子一个道理，为了打发无聊。

当人面开天眼看人原形不礼貌，肉眼只能看出那人仙气薄弱。司命猜度，难道那人是棵山核桃？

洄湘端庄地移过去，道："这位仙友，自己一个人啊。"

那人盘坐在花下空地，抬头看她一眼，冷淡至极。

很好，腼腆型，正合我意，洄湘腹诽道。她大方地往那人跟前一坐，笑容洋溢："认识一下，我叫洄湘，食神是也，以后想吃啥跟我说，不用跟我客气。”

说完想起自己眼下味觉失灵，若不赶紧恢复，以后泡汉子气都不壮，不禁在心底晦气一叹。

那人抬眸，看她锅碗瓢盆插满头，面无表情颔首：“食神，看得出来。”

洄湘强打精神：“不知仙友如何称呼？”

那人道：“你是问我的名字吗？”

洄湘心说，不然还能是什么。看来此人涉世不深，上天之前不知躲在哪个僻静荒山修炼呢，更好了，她就喜欢好骗的。

她仿佛是个狼外婆，笑得见牙不见眼，道：“对呀，你叫什么？”

许久不曾有人问过他名字了，那人道：“我叫玄度。”

玄度，洄湘点点头，与他套近乎，道：“你是新来的，第一回觐见陛下吧？是不是很紧张？”

玄度：“我不紧张。”

“跟我还逞什么强，咱都是朋友了。”洄湘搭上他肩膀，“我在这里混的时间长，给你科普科普？”

他扭头，看她搭在他肩头上的手。

洄湘讪笑：“是不大礼貌哈。”

她把另一只手也搭了上去，一个肩膀一只手：“这样总行了吧。”

这人还挺讲究。

玄度默然：“我是让你把手拿下去。”

洄湘：“……哦。”

她眼见着在自己撤手之后，玄度将她碰过的地方用法术净了一遍，心下对他的好感度打了个折扣。这人讲究得要死，不大好靠近。

她天天同柴米油盐打交道，是天上最具烟火气的神仙，因此不喜欢洁癖太重的人。

恰好这时司命又收集了一波素材回来，神秘兮兮道："不得了了小洄湘，原来准天后是上头那位故交的女儿。这一次，是准天后特意请他老人家下来主持公道的，如此劳师动众，天帝他不会真的是个断袖吧？"

洄湘："倘若真是这样，那天帝这回就要惨了。"

说罢她扭头，对玄度摆出一副业界老油条的架势："我们说的'上头那位'你知道是谁吗？说出来你不要害怕，就是神魔二界无人不知无人不晓的那位神尊。"

"当然了，你久居下层天，没有我了解得清楚，"她清清嗓子，装得一脸大明白，"说起这位神尊，便要从开天辟地讲起。话说——天地生万物，神是万物之主，那位神尊是众神之主。

"他真身乃洪荒极北一处冰海雪原化生的一条应龙，应龙你晓得不，这么大，这么长，横卧东西，遮天蔽日。

"他老人家与天地同极，经历过盘古大神创世，带领过众神造物，目睹过万魔灭世，参与过六界重塑，一手按定天道，屹立十万余年而不倒，神魔二界都得敬称他一声'神道天尊'。这么丧心病狂的人设，你说他得有多血腥，多吓人，多变态。

"虽说他早已退居三十六天不管事，但三界永远有他的传说。种种传闻里，我总结了一下，他冷血残酷没人性，刻薄恶毒爱记仇，刀子嘴刀子心。仙友，我告诉你这些，你道是为何？"

玄度："你活得不耐烦了。"

"不是，"虽然隔墙可能有耳，紫霄宝殿不是个说人坏话的好地方，但是泡汉子哪能不下本儿，她语重心长道，"我说这些都是为了你啊，毕竟过会儿神尊他就要来了。你到时候就藏在我身后，千万不要抬头看他，引起他的注意。你这样的绝色，我担心他看上你。"

司命托下巴思忖："神尊也是个断袖？"

洄湘："这是我猜的，你想他几十万岁也有了，那么大年纪还没娶上媳妇，十有八九不喜欢女的。"

司命拿出贴身小本，灵感来了。

洄湘趁势拉玄度的手："我看看你这两颗核桃，盘出包浆来没有？"

细看，却又不是核桃，是两枚圆润的珠子，透明澄黄，里头流光隐隐，一枚裹着个月亮装饰，一枚裹着太阳。

"怪有意思的。"洄湘道，"适合当定情信物。"

司命沉浸于构思，闻言分神想道：太不要脸了，你直接要多好。

可惜玄度没有听懂，或许是听懂了不稀得搭理洄湘，反正他理理衣摆站起来，手一松，那两枚珠子便浮在空中萦绕他周身片刻，不见了踪影。

这时候，礼乐大震，鸾鹤齐鸣，天帝携准天后驾到。

众人分列，行礼迎驾。

唯有玄度直直站着，洄湘见状，不由分说将他按下去，算是给天帝行了礼。

与此同时，一道响雷直直劈在了天帝头顶。

天帝吓了一跳，众人也吓了一跳，人群中的雷神看了看自己手里的锤，面露疑惑——他……没手滑啊！

雷神正要出列请罪，天帝摆摆手，没有心思与他计较。

谁都看得出来天帝面色不善，愁云惨淡。

惨淡的还有洄湘。按照大佬出场论，下一个来的该是上头那位，她瑟瑟发抖，还不忘吓唬玄度："等着吧，神尊马上就来了，你注意隐蔽。

"但是我会保护你的。

"你知恩记得图报。"

忽然，位于天帝身旁的准天后发话了，她道："神尊光降紫霄天庭，怎可屈居下首，还请上座吧。"

此言一出，众人纷纷看向自己左右。洄湘左边玄度右边司命，她先是看了看玄度，果断对司命说："我就知道！司命只是你的一个马甲。"

她话音刚落，玄度抬手拨开了她，两三步放出了敛收的上神气场。众人只觉寒气扑面，被他的神光逼得睁不开眼，自发后退让道，恭敬地垂手低头，不敢窥视。

洄湘愣在原地，身体僵硬成一根棒槌。

司命害怕之余同情地看着她，体贴发问："后事你要简单办还是热闹办？棺材想要什么规格的？"

玄度其实很不高兴，往昔众神议会，都是争先恐后，人人以早到为荣，迟到为耻，他久不下三十六天，以为还当如此，哪知如今世道变了。他是来得最早的一个。亏他还为小辈们着想，特意提前收了气场。

他站在空荡荡的殿前空地，掐算着时辰，一个时辰过去了，两个时辰过去了……

大殿门口的花坛空着难看，他往里头种了最爱的昙花，等花开好，满意地欣赏了一阵，火气败下去一些，才陆陆续续开始来人。

来的是个粉袍司命和绿裙女神。

他坐在角落，眼睁睁地看着那绿裙女神薅走了他的昙花，种上了向日葵……

他以为她顶多是没有审美，敢情她是没有心肺，因为她把向日葵炒了。

她还过来调戏他，还说他的坏话，还想要他的龙珠……

自第二次神魔大战后，他再没见过像这般敢于赴死的女子。

玄度神情阴郁，往天帝让出来的座上坐了，道："说，何事。"

天帝想起方才那个雷，八成是因为玄度朝自己行了礼的缘故，浑身冒冷汗。相比之下，准天后就淡定许多，毕竟她资历摆在那里，其父曾经是玄度座下第一功臣。她的辈分，可以叫玄度一声叔父。

准天后名唤白翎，自带凤凰一族特有的超然冷艳，她娓娓道："神尊明鉴，家父与老天帝缔结婚约将我许给暮商时，暮商还是个小孩子，我本就万般不愿，奈何家父执意撮合，乃至临终遗言都是让我迁就。我迁就了，与暮商共处数十载，发现我二人性格实在不合。而今家父与老天帝双双不在了，我只好斗胆请神尊做主，为我二人断了这份婚约。"

玄度未作表示，天帝暮商不干了："性格不合？你就拿这个理由打发我？我不接受。"

他觉得挺合。

白翎蹙眉："别胡闹，我们不是说好了吗？"

暮商望着她，颇觉失望："你能不能别总把我当弟弟，出口就是教训？"

"因为你欠教训，"白翎道，"但我从未将你当作弟弟。"

白翎："我一直当你是孙子。"

暮商："……"

一万八千岁的年轻人有脾气："那好，这婚孤不退了。"

天帝出尔反尔，众人习以为常。因为暮商就这德行，年纪小，脾气却大，出生即巅峰，难免骄纵。卸了祖上给的光环，他就是十足一纨绔，横走街头凭借美貌勾搭小姑娘吃饭不给钱那种。难怪白翎看不上他。

双方胶着不下之际，玄度开了口："神族姻缘天定。白翎，你的姻缘应在了这孩子身上，岂能说断就断。本座答应过你父亲，要为你二人证婚，又怎能言而无信。"

"但是，"他话锋一转，"谁叫本座冷血残酷没人性，刻薄恶毒爱记仇，刀子嘴刀子心，看不得别人成眷属，拆散一对是一对。”

他说着屈指一弹，大殿之上现了二人的命盘，当中牵着条红线似的细光。

玄度手上凭空出现把剑，他正要挥剑断姻缘，暮商上来拦他道：“神尊，你不能光听女方的意见，男方也有话说！”

玄度：“不重要。”

上梁不正下梁歪，暮商摆谱迟到的事玄度还没跟他算，早已不耐烦。剑光在他手里大盛，凌厉斩向半空，说时迟那时快，众人还没反应过来，暮商已冲着剑光迎了上去，以身抵剑，也不知道他怎么想的。

天帝也是血肉之躯，要不是玄度收得快，这会儿大家就该为选拔新天帝而烦恼了。

饶是如此，暮商也小脸煞白，半跪在地久久直不起腰。神尊的剑岂是他这个修为能接的，自不量力。

玄度看着他，众人都以为玄度要发怒时，玄度收剑好整以暇地坐了回去，道：“有意思，来，说说你微不足道的意见。”

说实话，姻缘这回事，只要有一方不情愿，就不该凑合，强扭的瓜怎么能甜。

白翎的脸色也不大好看，抢在暮商之前开口道：“你要闹到什么时候？”

暮商一抹嘴角的血，站起来说：“说不退就是不退！”

白翎愠怒道：“意气用事对你有什么好处？就因为一纸婚约，将两个不合适的人绑在一起万万年，你不觉得荒唐吗？”

暮商薄唇紧抿，倔强地不说话。

“暮商，我不喜欢你。”白翎道，“你不是问我要理由吗？这就是唯一理由。你也不喜欢我，所以算了吧。”

白翎看一眼底下众人，道：“我本想顾全你的颜面，不欲再多说，请诸位仙家和神尊做个见证，与你就此了结，但你一味冥顽，”她叹了口气，道，“那只好对不住，我早已喜欢了别人，所以不能嫁给你。”

众人听闻，个个表情精彩纷呈，准天后婚约在身却暗许了别人，绿得这么脆生生的瓜是他们能吃的吗？

众人还没来得及喘口气，白翎又道：“他是下界一只妖，不及你尊贵，不及你俊美，可他比你稳重，比你温润，他才是我想要的如意郎君。倘若终身大事由不得自己做主，今日我情愿祭了神尊的剑，你可明白？”

众人瞠目，传下去，准天后宁肯喜欢一只卑微的妖，也不喜欢天帝，让天帝见识一下爱情的险恶。

暮商冷笑：“他是谁？”

白翎一凛，道：“此事是我一人对不起你，与他和凤族无关。你要撒气，只管冲我，不许连累旁人。”

“我还什么都没说，你就心疼了？”暮商道，“只凭你一面之词，我怎么知道这个人是不是你捏造的。你要想与我断了这姻缘，就证明给我看，让我死心。我一死心，成全了你们也说不定。”

白翎低头思量稍许，道：“你当着臣子和神尊的面，说话要算话。如果你伤他分毫，我此生与你势不两立。”

暮商冷哼，转身面对群臣，道：“你们谁下界去替孤验验虚实？”

这种倒霉事，谁沾边谁不得好死。众人交头的交头，接耳的接耳，努力假装自己不存在。

一群懦夫中，唯有洄湘杵得坚挺。从头到尾她一句没听进去，自玄度从她身边离开，她就处在了“我死定了”的恐惧中，反复回想、懊恼方才的一幕幕。

苍天啊，我摸过神尊他老人家的龙爪！

大地啊，我搭过神尊的龙肩！

亲娘啊，我当着神尊的面诽谤他是断袖，说他年纪大！

…………

“食神想去？”天帝一眼看见了人群中站得挺直的她，“好得很，就是你了。”

洄湘回神，看看四周，包括司命在内的每个人，都在用“你好勇”的眼神望着她。

洄湘：“发生了啥？”

白翎怕情郎吃亏，连忙接着说道：“食神自己去未免有失公允，最好再选一人与食神同行。”

暮商：“你看着挑。”

白翎纵观全场，没有一个自己人。她回头，将目光投向翘着二郎腿看起了热闹的玄度身上。

玄度：“……”

白翎伏跪在地：“一切拜托叔父！”

这一句“叔父”可谓掷地有声，叫得相当值钱，直接把玄度抬上了道德的高架，不帮她简直对不起过世的兄弟。

这厢，洄湘刚从司命嘴里知道了事情原委，就听见这个犹如晴天霹雳般的消息，顿时两眼冒金星，跳着脚道：“小神不同意！”

玄度本来要拒绝，听她这样说，把话咽了回去，道：“本座觉得可。”

洄湘：“……”

2

众目睽睽，玄度纡尊降贵，踱到洄湘面前。洄湘越缩越抽抽，快要缩回了原形。

玄度："你这个……"

砰！洄湘炸了，地上躺了一棵芗菜，碧绿碧绿，根茎细长，叶子抖如筛糠。

玄度："……"

众人："……"

最后，众人目送神尊手捧芗菜，庄严地走了出去。

人人都为洄湘掬一把同情泪，司命除外。

方才的场景令他文思如泉涌，他捧本提笔，什么邪教都敢嗑，在本上写下一行只有他自己能看懂的古怪文字——龙×菜。

继而他艳羡地目视玄度离去的方向："甚妙甚妙，小洄湘，你给老子加油，CP名我都给你俩起好了，洄湘、玄度——回旋镖夫妇，一点毛病没有。"

洄湘还是一棵菜的时候，被过路蛇啃过，差点秃头，留下了严重的心理阴影，怕蛇至今。蛇类食材她平日别说碰，看都不敢看。

而她一直认为，龙就是长了脚的蛇，故而比旁人更怕玄度。

旁人顶多慑于玄度的强大、威严、身份，她还慑于玄度龙形的身材。

玄度捧着她御风，她装死一路。不知过了多久，她耳旁响起了嘈杂之声，身子一闷一沉，入了暖烘烘的人间集市。

她躺在玄度手心，偷偷睁开眼，看在玄度眼里，就是这棵菜两条根须翘起，转来转去地打量。

玄度微微一笑，走向路边卖兔子的摊位，朝着兔笼将手一抛。

洄湘飞起来了，天旋地转，对上兔子通红的眼。她头皮一痛，那红眼兔子啃她叶子！

她嗷嗷叫着恢复了人身，吓呆了卖兔的小贩。小贩一屁股坐在地上

看她，哭道："你一个变戏法的为什么还要兼职打劫的营生，给你都给你。"将兔子往她手里一塞，跑了。

洄湘："……"

洄湘拎着兔笼追玄度，劫后余生，怒火中烧之下勇气倍增，举着撮断了的头发，道："神尊，等我回了天庭，我要告你，把天帝陛下的股肱之臣拿去喂兔！

"诚然是我有错在先，但是俗话说得好，不知者无罪。那我妈把我生得晚，我没见过你我有什么办法，我更不知道你叫玄度，玄度就是你。

"我们菜也有尊严，你今天高低得向我道歉！

"然后要杀要剐才随你的便。"

被她追的那个黑衣身影转身，怪异地看着她，好心指路："姑娘，你身后第二条街左拐有家医馆，脑子和中二病都管治。"

洄湘："……"

这是个凡人，她认错了。

她拿那撮头发把自己脸挡上，回头，玄度正看着她，不咸不淡地问："你们菜有妈？"

洄湘："……夸张，一种修辞手法。"

"要杀要剐随我的便？"

洄湘："……"

他年纪那么大，为什么听力那么好？

洄湘才发现，玄度换了一身装束，玉簪绾发，浅青布衣棉纱袍，像尘世闲游的教书先生。

想想也是，他在天上的气场那么强，凡人哪能受得住。

洄湘就不一样了，绿衣绿裙，在遍地是菜摊的集市融入得非常自然，就是不大容易辨认她。

玄度道："你走前头，给本座带路。"

洄湘很快发现了他的短板，不怀好意地笑道："神尊，你对凡界不熟？"

玄度理直气壮且倨傲道："不熟，怎么了？"

洄湘马上恭维道："不熟的好！优秀！"

洄湘职责所在，时常下界挑食材，对人间比谁都熟。

她嘴上说着为神尊带路是小神的荣幸，一边将他往沟里带。

因为她突然想起一个问题，天界有规定，为了防止不堪一击的凡人与生灵受伤害，神仙下凡对修为有限制，修为越高，限制越深。

她方才打量玄度交领颈子一侧，有块龙鳞若隐若现，说明眼下玄度的修为仅够他维持人身。

机会难得，喂兔之仇此时不报，回去就报不了了。

3

按照准天后白翎所说，那位敢于给天帝戴帽子的狐族勇士住在东静山。

此山洄湘曾去采过蘑菇，那里崇山峻岭，连绵起伏，山口埋伏了一窝虎妖，专打劫过往行人，见到女的就劫财，见到男的就劫色。

洄湘知道有别的路可以绕过，她非不绕，带着玄度送色上门。

她的想法很复杂，虎妖拦路——玄度被劫，说好怕好怕——她从天而降，带着一身光芒英雄救美——玄度被救，依偎着她的臂膀崇拜地看着她，两眼冒粉泡泡，对她感激不尽，忘了她在天上的出言不逊。

她想得正美，不知玄度何时与她并肩，嫌弃地看着她："你们菜笑起来都像你这么难看吗？"

洄湘不笑了。

洄湘："神尊，这边请，这边好走。"

事情开头很顺利，一窝黄脸虎妖在山口拦路，比比画画，集体跳蹦蹦舞。洄湘偷瞄玄度，见他神情古井无波，心里有了数，这他都能忍，说明他确实手无缚鸡之力。

洄湘大义凛然道："神尊莫慌，一会儿你站在此处不要动，让我来保护你。"

玄度点头，道："好。"

接着，虎妖开始说经典台词："此路……"

洄湘："是你们开，此树是你们栽。不对，你们也没栽树，看看你们的居住环境都差成什么样了，一点儿不知道爱护，没听说过那句话吗？多植树，广造林；现在人养树，日后树养人……"

给虎妖们说得一愣一愣的，领头的那个听不下去了，摔了武器怒道："他妈的我们是虎！"

洄湘："啊，忘了。

"就算是虎，该植树还得植树。你们这些兽类，就是不如我们草本植物对环境敏感。

"来吧来吧，我们要打这儿过，别啰唆，走下个流程。"

虎妖们从未见过这么嚣张的猎物，一拥而上。

洄湘嘴角一勾，绽放了个自信的笑容，直接放大招，召唤出她的玄铁菜刀，一抻一拉，为了在玄度面前耍帅，将刀延伸出四十米。

她的刀没挥出去，虎妖们忽然面露恐惧，齐齐扭头，抱头鼠窜了。

洄湘："呵，就这？"

洄湘飒俐收刀，斜吹刘海，不羁回头，待要唤一声小玄子，没能开口，人就定住了。

她知道虎妖们为什么要跑了。

她身后不及三丈远，一条蛟盘踞在那里，比山高，比十棵树加起来还粗，血红的眼睛似两只大灯笼，正直直地盯着她。洄湘闻到了它嘴里的血腥味。

她又变成个棒槌了，僵硬地看向玄度。

玄度抱着净化过的小白兔，往旁边一避，站得比嫦娥还要端庄，给洄湘让出舞台，做个了请的姿势。

洄湘：“……”

她只是一棵菜啊，到底做错了什么，要在一天之内遭受两遍重创，不是龙就是蛟。莫非她流年不利，跟长虫类犯克吗？

洄湘欲哭无泪，出师未捷身先死，还没看看狐族勇士长什么样呢，就要葬身蛟腹了，这……能不能算工伤？早知道棺材问司命要金丝楠木的了。

洄湘：“神尊，真不管啊？”

玄度：“手无缚鸡之力。”

洄湘：“一条蛟，欺负到你这个祖龙头上，这你能忍？”

玄度：“强龙难压地头蛟，本座理解它。”

洄湘道：“临死之前我有个心愿未了。”

玄度：“真遗憾，看来你得含恨离世了。”

洄湘：“不用遗憾，我心愿很小，绝不占用你时间。

“你告诉炎英，我山肴海错的橘子和哈密瓜要熟了，烂在地里多可惜，浪费食物缺大德，你让他帮我收……”

话未说完，蛟朝她张开了血盆大口。

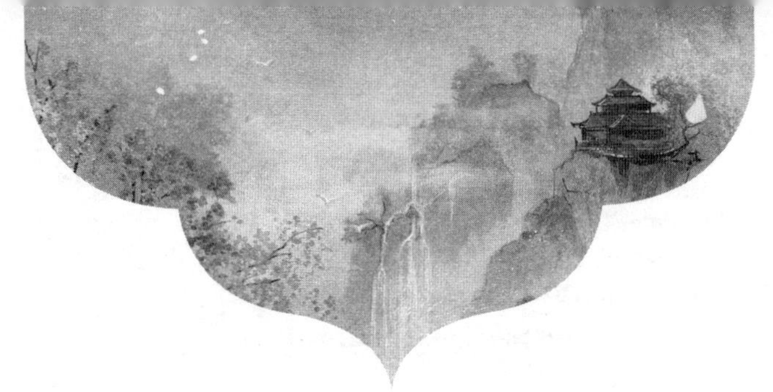

肆

酆都欢迎你

1

洄湘抱着必死的决心闭上了眼，等待那三角头黑蛟致命一咬，等了半晌，无聊地挠了挠痒痒。

玄度在她面前反手撑开一个巨大的结界，视那黑蛟为无物。他眸色有些深沉，看着洄湘，道："为什么是橘子和哈密瓜？"

洄湘万万没想到得救不是因为自己的美貌，而是因为这两样水果。她呆了呆，道："神尊爱吃的话，回头到我那儿捎上两筐？"

对上玄度冷却的目光，她意识到自己说错了话，纠正道："不对，哪能劳动您亲自去拿，该当小神给您送上去。"

黑蛟游离在结界之外，看得见咬不着，急得狂甩尾巴，搅得地动山摇。

玄度听完洄湘的话，手一松，黑蛟猛地疾冲，血盆大口重新悬在了洄湘头顶。洄湘眼前一黑，差点当场去世："我是食神呀，不种瓜果蔬菜我种什么……我又说错话了？你好歹给点提示啊，大哥！"

玄度："你管本座叫什么？"

洄湘："……祖宗哥？"

玄度闭了闭眼，似在隐忍怒火，道："为什么你别的不种，偏种橘子和哈密瓜这两样水果？"

洄湘眨眨眼："这两样我催熟了，别的我也种，但是熟得慢嘛。临终遗言不能列举太多，我怕你烦了不帮我转述。"

玄度失望地放开了她，同时也放开了黑蛟。

黑蛟一口咬下，洄湘抱头鼠窜，满山头都是她的呜嗷喊叫。

"哥哥哥我错了，我再也不当黑心果农了。"

"死了我一棵菜不要紧，可万一传出去人家说你虐菜，以后上王者都不带你，多有损你名誉。"

"我……哎？"洄湘不跑了，停下来抬头看着那蛟，这才发现虽然没了结界，但是玄度将蛟的嘴给封死了。

蛟看不惯洄湘又干不掉她，气得两只灯笼眼瞪得更大更狰狞了。

玄度："你看它闭嘴的样子多美，本座将此蛟赠予你，鞭策你沉默是金。"

此言一出，菜和蛟都冷静了。

玄度满意了，倨傲地转身，洄湘一脸倒霉相地跟上。

洄湘不死心："神尊，为何神仙下凡的规则对你不管用？"

玄度："本座就是制定规则的人。"

所以这一系列的装弱，就是为了耍她玩呗？洄湘愤愤道："你自己制定的规则，自己可以不遵守？"

玄度斜睨她一眼，她马上道："当然可以不遵守，神尊开心最重要。"

"但是神尊，"洄湘往他身边缩了缩，回头望着不离不弃的黑蛟，"能不能把这家伙搞走？"

玄度：“给你当坐骑，不好吗？”

洄湘：“我有坐骑，我的坐骑威武雄壮，乃万里挑一的上古凶兽。”

玄度：“是什么？”

洄湘顿了顿，道：“先说明，真不是骂你。”

洄湘：“是草泥马。”

玄度：“……”

洄湘：“神尊，真是草泥马。”

玄度打个响指，于是那条蛟跟定了洄湘。

2

深山处，狐狸洞近在眼前，倒是草木苍翠，环境优美。

洞门紧闭，上悬一匾，上写“风月宝洞”。洄湘上前叫门，半天没人开。

这可如何是好，扑了个空，难道要在这里等？和玄度？和黑蛟？

洄湘望了望这二位长虫界大佬，感觉自己不一定有命等。正惆怅间，洞旁一棵老树，粗壮的树干慢慢浮现出一张人脸。

老树妖眼睛转动，看着这奇妙的组合，一棵瓜兮兮的菜，一条傻乎乎的蛟，还有个以他的道行看不出来是什么人的人。

老树：“你们也是来找觞月报仇的？”

洄湘看一眼玄度，找觞月是不假，报仇却是为哪般？

老树：“你们还不知道？这觞月是个渣狐，平日装得人五人六，实则老家有妻有子，还出来装单身把妹，不挑物种，有时候还不挑性别，能同时跟好几个姑娘和小伙聊天，骗钱骗色骗修为。终于，几拨人联合起来找他报仇，他把自己渣死了，死得好惨哪。”

洄湘："……什么时候的事？"

老树："昨天。"

老树把一根树枝弯了比赞，对洄湘道："姑娘，你带着对象上门报仇，你好莽。"

洄湘赶忙道："误会了大爷，这位……仙长不是我对象，我另有心上人。"叶清澜和慕容时，哪个都行，她不挑。

老树："……"他说的也不是那年轻人啊。

老树："我是说这条蛟，你大爷虽然老了但眼神还行，开什么玩笑，这位仙长你明显配不上。"

洄湘："……"

你大爷还是你大爷。

洄湘忍着拔菜刀刮树皮的冲动，回头问玄度："您看呢？"

玄度点头："本座看你大爷说得对。"

洄湘："……"

洄湘爆发了："我是问你眼下这个情况，准天后显然是受了渣狐蒙蔽，咱们上天以后该如何面对准天后和天帝！"

玄度："放心。"

洄湘心头一喜，神尊要罩着她。

玄度："你这个态度跟本座说话，应该是上不了天了，直接归西吧，代本座向佛祖问好。"

洄湘："……"

3

十三天，天帝寝宫——太微玉清宫。

天帝暮商自朝会散了以后，心情就不佳，倒不是为了准天后白翎当

众宣布移情别恋妖族，让他失了颜面，毕竟他向来不怎么要脸，主要是他没料到白翎真的不爱他。

今日之前白翎说要退婚，他只当她是在使小性子，眼下才发现，他好像未曾真正了解过这位大自己几万岁的未婚妻。

他知道她喜欢什么花儿，什么颜色的天衣，什么口味的吃食，却从未走进她内心，他不知道她心里究竟在想什么。

难道这就是年龄差别太大造成的代沟？他略显焦躁。

此刻，他看着上首的玄度、下首的洄湘，心情更差了。

他指着洄湘……旁边的蛟，一条习惯了在地表爬行，头一回上天发现自己恐高还晕驾的蛟——腾云驾雾的驾，吐得满地都是，奄奄一息。

暮商：“食神，让你为孤下界办事还带食材上天，是不是敬业得过分了。这么不把孤放在眼里，让你去诛神台体验一下自由飞翔好不好？”

洄湘心里苦，她也不想的：“陛下，这是神尊送给小神的坐骑。”

暮商：“孤就说此蛟英武不凡，看那俩大眼睛，多招人稀罕。神尊不轻易赐物，食神，你要感恩。”

洄湘：“……”死小孩儿，龙屁精。

暮商默了默，道：“天后果真被那狐妖骗了？”

洄湘点点头。

她预料中的暮商幸灾乐祸没发生，暮商脸上一丝报复的快意都没有，仿佛被狐妖背叛的人是他。

他只是转身，央求玄度：“此事可否暂缓，先别告诉白翎？”

“凭你和白翎两个自己做主便是。”玄度事不关己地答应了。小辈的婚事他本就懒怠掺和，下界一趟全为看不惯一棵菜。

如今菜被蛟锁死，他高兴了，尚有自己的疑惑未解，他步下座首，路过洄湘，目不斜视。

洄湘敢怒不敢言，对着他落在地上的影子飞眼刀，龇牙咧嘴的，玄度忽然转身。

洄湘急中生智，立刻捂脸："哎呀不知为何，突然牙疼。"

"橘子和哈密瓜，"玄度道，"别忘了送来。"

他朝人要东西，犹如是对人的恩赐。

洄湘心里十分鄙夷，面上恭恭敬敬："是。"

送走这位祖宗，洄湘扭脸去看天帝，天帝坐在座下石阶，垂着头。

平日里恨不能眼睛长在头顶上，洄湘还是第一次见他这般臊眉耷眼。

按理说天帝的婚结不成了，洄湘不用准备婚宴，有大把时间慢慢恢复味觉，她该高兴才是，可她高兴不起来。

她犹豫道："其实……"

暮商问她："天后是不是说过她喜欢那狐妖温润如玉？

"温润如玉的人都是什么样的？"

洄湘心说，反正不是你这个样儿。她也不知温柔的人该是个何等模样，脑海中莫名回想起叶清澜和慕容时。

她尝试着说："大概是光天之下，惜容海隅苍生，愿朝弱者伸手，向小孩子低头，为蝼蚁让路。温柔的人往往强大，却肯垂怜一草一木。"

暮商："这不就是神尊？"

洄湘："人都走远了，陛下，拍龙屁适可而止。"

暮商："继续。"

"再有就是……"她道，"他们钟情所爱，所爱之人即是苍生。"

暮商："你脸红什么。"

洄湘囧道："都说了牙疼。"

暮商疲累挥挥手，让她走。带着蛟。

洄湘走后，暮商孤坐许久，眼前响起脚步，无须抬头，他也听得出来是谁。他道："既然觞月确有其人，孤说话算话，你我的婚约取消，我放你走。"

"好。"那脚步声顿住，毫无留恋地转身，终是不愿再近前一步。眼看她要离去，暮商没坚持住，喊道："白翎。"

"你有没有一刻，不把我当成晚辈？"

白翎道："没有，你我年纪相差太过悬殊，我实在对你喜欢不起来。"

暮商苦笑，看着她背影淡出视野。

他多想问问她，那狐妖最多几千年的修行，不知比你晚了多少辈，为何你偏偏对他钟情？

侍者不知个中情形，缓缓靠近，禀道："陛下，给天后准备的礼物已送往凤族。"

暮商火气正好没处撒："给你殷勤的，就你会飞？"

4

出了太微玉清宫，玄度没有回三十六天，径直下了幽冥，黄泉末路前驱万里，一座漆黑的城耸立眼前。

玄度现了神光，黑袍鼓风，长发披拂，衬得颈侧一枚龙鳞印记越发显眼。

龙威震荡，鬼差惊惶，尖叫着往城中去禀报。须臾，城门洞开，酆都王出城亲迎。

穿红衣的酆都王名唤殷祀，模样不太正经，衣襟松松垮垮，藏不住胸膛，露出一片白皙春光。他个子高挑，男生女相，尖瘦脸，尤其有双会勾人的眼睛。

这双眼睛风情万种地瞧定了玄度，笑道：“稀客呀稀客，神尊怎么有空，光临我酆都？不是专程来瞧我这个老朋友的吧？”

玄度：“不是。”

殷祀道：“你假装跟我客套一下，是不是能死。”

他忽而凑近玄度，尖锐的指尖划过玄度颈侧，按在了那片龙鳞上，道：“颜色又深了，你真的离死不远了，届时魂归酆都，我还来接你。”

玩笑归玩笑，神没有魂魄，神魂就是神元，神死叫“神元消溃”，顷刻归于虚无。顶多有个别神，生前执念未消，能驻留上一时半刻，了一了生前遗憾。既没有魂魄，又何来的魂归酆都一说。

殷祀身后的城亮起盏盏鬼火，暗中如无数只碧绿的眼，他双手一张，大方地对玄度道：“酆都欢迎你。”

他二人，一个黑衣冷漠，一个红衣似火，面对面一站，诠释了什么叫作“凶神恶煞”。

凶神道：“本座无心游你这酆都。”

恶煞道：“来都来了，打个卡吧。才排好的恐怖片儿——《魂断奈何桥》，让你赶上了。”

凶神道：“替我查两个人的生平。”

恶煞道：“好。”

恶煞道：“查谁？”

凶神道：“一个叫叶清澜，曾用名赵又青，另一个叫慕容时。”

恶煞转身对随行的判官道：“都听清楚了？去请生死簿。”

判官刚正不阿：“王上，很多年前，有个石头化生的猴儿，非要在生死簿上为他猴子猴孙逆天改命，结果令幽冥失去了近千年的安宁……”

“废话那么多，”殷祀道，“莫说神尊要查个生死簿，便是他今日

掀翻了十万丈幽冥，本王也宠着。”

判官：“王上，耽美没有好结果。”

“不是，”殷袒道，“关键打不过。”

殷袒道：“这幽冥当初就是神尊一手创下的。”

判官脚下打滑，擦着冷汗请生死簿去了。

玄度冷眼看着，问道：“骗这勤勤恳恳的老实人，对你有什么好处？”

殷袒笑道：“能获得快乐。鬼活着就是为了快乐。再说我哪句话说错了，当年若不是你打动了因潇，让她将十万丈幽冥送你当寿礼，也不会有今日的酆都城。”

他快人快语惯了，说完才意识到自己提了不该提的人。细看玄度的反应，玄度的反应是没反应，心不在焉地凝望虚空，不知将他的话听进去了没有。

殷袒道：“因潇因潇因潇……”

玄度：“你有病？”

殷袒不可置信：“你把因潇忘了？”

玄度蹙眉：“因潇是谁？你招惹的新是非？”他神情淡漠，“今日见识了一狐妖，因为见一个爱一个被人打死了，你好自为之吧。”

殷袒：“……”

他见鬼一样地盯着玄度，这是从玄度口中说出来的话？

玄度忘了谁，也不该忘了因潇。

殷袒心想：你就装吧。

他道：“行，算我有病，我恐怖片看多了。”

说话间，一星明灯掠过城中万点碧绿鬼火而来，提灯的是个头簪牡丹、香肩半裸的女子，酆都最妖娆的画皮鬼都没有她娇艳。

她打个哈欠，落至殷袒面前，不耐烦道：“哪个传唤姑奶奶我？烦不烦人！”

说着，余光瞥见一旁负手而立的玄度，她面露喜色，亲热地贴了上来：“神尊你来了，人家想你想得夜不能寐。”

玄度伸手将她隔开二尺远，冷冷地横了一眼殷祀。

当年他将生死簿交给殷祀的时候，生死簿还是个说一句害羞一句的腼腆小男孩，纯净若一本白纸。

殷祀佯装没看见他的责备，抬手，“咔咔”将自己脑袋旋转半圈，身子还是正面对着玄度，脸却成了后脑勺。他观赏着住了万年的城，惊喜道：“哇，我酆都景色真黑，你永远不懂我伤悲，就像白天不懂夜的黑……”

这厢，生死簿对玄度展开了纠缠，惹得玄度要发火之时，消停了，她想起了早年间玄度动辄喜欢把人冻成雕像的嗜好。

她乖顺落地，将衣裳扯齐整，摊开两只柔荑，左手掌心铭刻着“生”，右手是“死”，道：“叶清澜和慕容时，待人家细细替神尊查找一番。”

说完，她两眼发直地定在原地，两只瞳孔成了白色，无数行漆黑小字从她眼睛里飞速划过。

殷祀把头转了回来，才想起来问：“你查这两个凡人做什么？”

罕见地，玄度脸上出现了几许迷茫的神色，他道：“我最近被迫做了两场梦。”

“被迫？做梦？”殷祀没听懂，“谁能强迫你，让你做梦？”

先天上神从不无故发梦，就算发梦往往也不是什么好梦。

之所以说是被迫，是因为玄度的梦做得毫无预兆，前脚他刚拈了本《六界抗冻动植物大全》准备翻阅，下一瞬便没了意识。

等他清醒过来，才恍然明白方才自己的神魂坠入了凡尘。梦里他是叶清澜，化名赵又青，进了宋家的宅院，抢一个圆脸丫头的橘子吃。

未及思索，他再度陷入昏睡，第二回，他是慕容时。

醒来以后，他恨哈密瓜。

因为作为慕容时那一辈子，陪着雪万岁吃了太多哈密瓜。

然而吃不到时，又会想念那个味道。

事情变得严重起来，他怀疑自己中了什么迷魂术，可他自问天上地下，还没有谁有那么大的能耐，能不知不觉牵引他的神魂而不被他发现。

他的一举一动关乎六界安稳，因而此事他谁也没告诉，打算不动声色，先探查一番再说。就在这当口，准天后白翎派人来请，说要悔婚。

他去了紫霄宝殿，下了界，同那个又菜又爱玩的食神一道。

起先，他没把洄湘当盘菜看待，但紧要关头，那洄湘提什么不好，偏提橘子和哈密瓜。

他心念一动，以为她跟自己的梦有什么牵扯，故而蛟口夺菜，救下那小神。他觉得那小神是装傻，但试探下来，发觉她没装。那小神傻得赤诚。

他失望之余，还有点庆幸，幸好不是她。

这时生死簿的瞳孔恢复了正常，面露古怪，道："神尊说的这两个名字，均查无此人。"

玄度略作思索，道："查一查和这两人牵绊最深的女子，宋温暖、雪万岁。"

生死簿查过之后，再度对玄度摇了摇头。

殷祀道："既然查不到，说明宋温暖和雪万岁不是人。"

玄度："你才不是人。"

殷祀："……"他本来就不是人，他是鬼中恶煞。

他的意思是叫玄度留意下天上，说不定会有什么线索。

他看得出玄度心情不好，非常识时务地没有反驳，一副"心肝宝贝你说的都对”的神情，哄道：“不爱看恐怖片儿，咱看看纪录片？《走进科学》。”

殷祀：“专讲动植物如何适应极寒环境。”

玄度没说话。

5

白翎自天庭下来，降至风月宝洞。

洞前，觞月白衣胜雪，卓然而立，对树吟诗：“亲卿爱卿，是以卿卿，我不卿卿，谁当卿卿。”

他身后，某圆脸姑娘生无可恋，扛着扫把进进出出，玩命大扫除。

觞月诗吟到第三遍，老树叶子抖一地，连树上盘着的蛟都朝他翻白眼。姑娘忍无可忍，凑上来道：“注意表情管理，让你装风流，不是下流。”

觞月点头，欲吟第四遍，抬头看见了白翎。他单手负身后，一手端身前，娴雅，从容，嘴角含笑道：“你来了。”

白翎：“……”

白翎将目光投向圆脸姑娘，觞月道：“忘了介绍，这是我新收的侍女，叫……菜菜。”

菜你个头！圆脸姑娘是洄湘所化，从食神到扫撒丫鬟，她堕落的每一步都离不开顶头上司暮商的努力。

招谁惹谁了你说说，她回去以后带着蛟在地里收瓜，劳动场面热火朝天，天帝二茬找她，叫她回去。

挺大一个天帝，仍坐在太微玉清宫的台阶上，道：“你陪我走一趟，我心里没底。”

洄湘有个毛病，见不得太好看的人朝自己示弱。

此刻她就特后悔接这个活儿。她扫把一扬，继续面无表情地扫地，爱咋咋的吧，底层打工神没有神权。

天帝假扮的觞月嘴角含笑，将手递予白翎，道：“来，备了你最爱的竹实茶。”

白翎注视他一阵，将手放在他掌心。

茶香袅袅，白翎打量洞内焕然一新的摆设，状似随意地问道：“你几时这般讲究了。”

暮商嘴角含笑：“非也，这是特意为你布置的。你和天帝的事我听说了，白翎，你肯为我开罪天帝，放弃天后尊荣，我心里真是感动，决意从今以后跟你好好过安生日子。

“你生来尊贵，没吃过什么苦头。我虽然没用，但还是想给你一个家，此中摆设都是按照你的喜好布置的，你可喜欢？”

白翎点头，无论是镶金的竹床还是放着水晶石的斗柜，就连头顶悬着的明珠，都是凤凰抵抗不了的亮晶晶。

白翎道：“你从前不是最嫌我奢靡，让我跟着你艰苦朴素吗？”

暮商嘴角含笑：“忘了告诉你，前些日子我暴富了一笔，消费观变了。”

白翎道：“你不是从不了解我的喜好吗？”

暮商嘴角含笑，还未答话，白翎又道：“你脸没事吧？”

暮商：“……”

有事，笑僵了快，喵的温润如玉好累脸。他趁着白翎喝茶，揉了揉腮。

白翎放下茶杯，道：“我要先回一趟凤族。”

暮商立即道：“好，我陪你。”

白翎蓦地看着他。暮商心虚：“怎么？”

白翎：“你不是说我凤族百鸟吵闹，不爱去吗？”

暮商匪夷所思道："所以，我对你这么不好，你到底喜欢我哪里？"

"我深刻比较，天帝多好一孩子，帅气多金还有气概，他究竟哪里不如我？"

白翎叹了口气，道："暮商待我好，我又怎能看不出，可是待我好的人何其多，愿意为我付出性命的人，觞月，只有你一个。"

白翎初遇觞月，正赶上自己的劫期。上古神族的后裔渡劫艰难，她为了不连累凤族，特意走得远远的，找了一处深山，就是现今的东静山。

那时东静山荒僻，她在山谷躲着，感受四方雷动，天地惊鬼神泣。

她预感这次天劫多半是要挺不过去，心想死了也好，一了百了，就算不死，也要违背己愿嫁给那素未谋面的孙子辈天帝，潦草过一生，还不如死了。

万劫不复之时，她血肉模糊，痛得睁不开眼。迷蒙的视线里看见一只九尾狐朝自己奔来，张开了雪白九尾，替她挡了劫。

那狐狸顶多几千年的道行，此一举丢了半条命，霎时被打回了原形。她感慨这年头谁都不容易，看看为了口吃的，狐狸都努力成什么样了。莫不是把她当成了一只鸡。

等天劫过去，变成原形的狐狸叼着焦炭一般的她往洞口拖。她冷静开口道："你若是忍住不吃我，我会报答你的。"

狐狸愣了愣，继续拖她。

她心如死灰地闭上眼，一条狐尾轻柔地搭在她伤口，给她渡修为。

狐狸开口，有一道温和的好嗓音，道："我不吃你，我照顾你。"

从小到大，旁人待白翎好，皆因她的身份、她的地位、她的美貌。

她最落魄丑陋的时候，舍命予她温暖的是觞月。

觞月之后，旁人再好，都不过是觞月的点缀。

包括那个纨绔的天帝。

她在觞月的洞中养伤，同觞月定情，许了终身之后的第一件事，就是回去悔婚。

那时她父亲还在，父亲对她素来严厉，她不敢将觞月供出来，怕父亲伤害觞月，只说自己不愿嫁给一个年纪小的后生，求父亲答应让她解了这段婚约。

父亲自然不满，道："你见也没见过那小金龙，怎知他不会是你的意中人。恰好他要过寿，寿宴之后为父打算为你二人举行婚礼，你先去与他见见。"

她本着悔婚的念头去跟暮商培养感情。结果可想而知，大宴上第一次见了暮商，看他金光粼粼眼高于顶，她就知道他是自己最讨厌的类型。妄自尊大，目中无人。

他走至她面前，绷着一张嫩脸，居高临下，道："听说你是孤的未婚妻，嗯，长得还凑合。"

要不是她有礼貌，酒早就泼了他一脸。

不合适就是不合适，就算勉强与他相处几十载，她对他也只有厌烦。

他总是在不合时宜的时候出现。譬如白翎同几个密友好端端叙着话，说凤凰花开得不错，他走来了，不近不远地道："啊，今日天气真好，是个晴天。"

说完飘忽地去了，令人摸不着头脑。

次日，她心爱的花就被折在了她的床头、榻前、桌边……她喜欢的他就要毁坏，幼不幼稚？

再如白翎在银河观星，他又鬼鬼祟祟地摸来了，道："啊，今日天气不阴不晴，真讨厌。"

她为躲他绕着走，险些跌落银河，让他看了笑话。

次日，银河的星子就摆在了她的床头、榻前、桌边……提醒着她昨夜的尴尬，暮商他要不要脸？

诸如此类的事还有——“今日下雨，来人哪，把雨神叫过来接受天帝的批评！”

一条喜阴喜水的龙，学她凤族喜光喜热，虚不虚伪？

“神生漫长，我不愿将就，”白翎缓声道，“我要的那个人，不仅能同我风花雪月，还能同我生死与共，那个人不是你。”

“你答应我不为难觞月，却又来唱这一出，”白翎恼火道，“觞月在何处？”

原来她早就看出来了，暮商黯然一笑，恢复了真面容，道：“我就不告诉你。”

白翎起身：“游戏到此为止。暮商，我不想再陪你玩下去了，在我从凤族回来之前，把觞月安安稳稳还回来，否则……”

暮商挑眉：“怎样？”

白翎：“踏平你的紫霄宝殿。”

暮商被她的气势所慑，看她的眼神逐渐委屈，目送她遁出狐狸洞。

洞外，洄湘、老树和黑蛟排排站，齐齐对他致以沉痛的哀悼。

洄湘：“回去我炖鸡汤给你喝，汤里还放忘忧果。”顿了顿，补充道，“不保证好喝。”因为她味觉没恢复。

暮商摇头：“你走一趟幽冥，找酆都王把觞月要回来吧，此事不准向任何人提起，更不准说是我的意思。”

洄湘：“为何？”

暮商：“天帝的尊严。”

洄湘：“可是我……”

暮商：“诛神台警告。”

洄湘：“……”活该你失恋。

她带着她如影随形的蛟，走得不情不愿。

6

酆都城大戏楼，殷祀陪着玄度将《走进科学》看到一半，底下的鬼来禀，说食神求见。

听闻“食神”二字，玄度眼皮一跳，右眼。

殷祀起身，笑道：“今日这是怎么了，本王一不摆酒二不请吃席，你们天上人来得还挺齐。”

少顷，洄湘趋至，行礼时瞥见玄度，一惊，他娘的，孽缘。

她满脸堆笑：“神尊也在这儿？”这叫她怎么开口讨觞月。

她忘了变回原本面目，还顶着一张陌生的圆脸。玄度轻慢地看了她一眼，不明白她又要搞什么幺蛾子，转身将目光重新投到戏台，权当没有她这个人。

殷祀歪头，看了看食神身后的黑蛟。他对待姑娘一向春风满面，他道：“食神这个遛蛟的爱好挺别致。”

洄湘对着玄度背影咬牙切齿，道：“那是。”

“不知食神万里迢迢到此所谓何事？”

洄湘沉默了。她替天帝来讨情敌的妖魂，天帝要脸不让明说。

殷祀贴近一步：“嗯？”

声音魅惑，笑容带蛊，洄湘望着他，酆都王三人行必有相好，名不虚传。

她虽不喜欢滥情的，也只好将计就计，瞥见戏台一角《神鬼情未了》的预告，脑海中平日从司命那里看的小说情节不断涌现。

她脑子一热，道：“我暗恋你。”

殷祀：“……”

玄度稳坐如山，只耳尖儿动了动。

原来殷祀就是她对老树妖说的心上人。脑子不行，眼光还不好，她是怎么混上的食神？

殷祀：“什么时候？”

洄湘：“某年某月的某一天，你往十三天赴宴，是不是有道溜肥肠特别好吃？我做的。

“我在后厨忙碌的间隙，对你一见钟情，情根深种，种种情愫不能详述……反正那天，我将肥肠摆成了爱你的形状，你发现了没有？”

殷祀：“我……”

“你当然没发现，你这个负心汉！”洄湘泣不成声，“枉人家为你相思愁断肠，你却跟人家装没事人，你亏心不亏心？”

殷祀：“我不亏心。”

洄湘：“你再说！”

殷祀：“要不我亏心？”

洄湘：“亏心就对了，拿来吧。”

殷祀这样的情场老手，被她梨花带雨糊弄得一愣一愣，道：“什么？”

洄湘：“补偿啊。”再说一句，她就可以趁机讨要觞月的妖魂。

殷祀豁然开朗，敢情她想要补偿，每天来找他要补偿的姑娘多了去了。他熟练地将洄湘打横一抱，坏笑道：“磨人的小厨娘，满足你就是。”

洄湘：“……”等等，这个走向，好像有哪里不对。

她刚要推拒，玄度道：“殷祀。”

玄度：“本座想看《魂断奈何桥》，你陪。”

一炷香后，观众席最佳观影位置，洄湘左首玄度右首殷祀，膝上搁着爆米花，陷入迷茫。怎么她就陪着看起了恐怖片儿？

台上唱念做打，台下玄度坐姿僵硬，双眸紧闭，面色苍白。

洄湘有个大胆的猜测："神尊，你是不是怕鬼？"

玄度睁开眼瞪她一眼，又赶紧闭上，凶道："要你管。"

洄湘笑得阴险，重大喜讯！神道天尊竟然怕鬼！怕鬼！鬼！

既然怕鬼，还下幽冥来做什么，找刺激吗？

另一边的殷祀与她道："都是从前的阴影，话说当年玄度他……"受到玄度眼刀一记，果断闭嘴，"观影之前手机静音，观影途中不交头接耳，是做鬼的基本素养。"

一出《魂断奈何桥》看完，殷祀上台指点演技。台下，玄度脸色比鬼还难看，他站起对洄湘道："随本座回去。"

洄湘还有任务没完成，趑趄不肯起身。

玄度道："长点脑子，殷祀并非良人，比那狐妖还不堪，你换个人喜欢。"

恰好殷祀从台上望过来。洄湘亲口表出去的白，犹如泼出去的水，破罐破摔，对殷祀抛个深情媚眼，道："喜欢就是喜欢了，哪能说换就换，神尊你不懂爱。"

玄度话说到这里，仁至义尽。他没有多余善心拯救失足少女，拂袖而去，卷走了面前变回原形的生死簿。

洄湘弱弱道："神尊……这蛟能不能……"

玄度头也不回："不能，本座又不懂爱。"

洄湘："……"

7

洄湘自问再没有比她更敬业的神了，能为了顶头上司的情敌出卖自己的感情。她接受了给酆都王当笔友的无理要求，换回了觞月那个狐狸精。这回不升职加薪，暮商都对不起她。

她将复活的觞月送回“风月宝洞”。

暮商已回了十三天，白翎站在洞外，翘首以盼。

觞月见了白翎，简直避之不及：“你不是要跟天帝成婚吗？怎么还赖在我这里，是不是想害我？”

白翎：“我害你？”

觞月道：“你明知我斗不过天帝，还硬要跟我许终身，不是害我是什么？

“算我求你，离我远点好不好？”

白翎仿佛第一天认识他。

洄湘跟白翎没有交情，都有点看不下去，道：“这位大兄弟，你说话未免有失偏颇，若不是准天后，你此刻早已投入畜生道，做牛做马去了。”

白翎道：“觞月，你从前肯将性命舍我，曾几何时变得如此贪生怕死？”

觞月茫然道：“我何时将性命舍了你？”

“我历天劫那一次。”

觞月想了一阵，面露得意之色：“事到如今，我也就不瞒你了。那什么，捡漏你知道吧？

“我初认识你，就知道你是凤凰，且修为高深，而我当时修炼迟迟突破不了瓶颈，我围观你历天劫，还有人远远帮你扛。我想舍不着孩子套不着狼，在你历劫尾声，趁你意识不清醒，拼了修为卖你个人情，等你伤好问你要报答，届时我要成仙成神，还不是轻而易举……”

“我不信。”白翎厉声打断他，“是不是有人逼你这么说？”

觞月叹道：“白翎，你是个好女人，只是不适合我。”

他当日想玩玩就撒手，哪料到贪心太过，酿成了今日灾祸：“再

说你也骗了我，你要早说自己是天帝的未婚妻，我说什么都不敢招惹你……"

他颈子陡然被白翎捏紧，两眼暴突，登时挣扎着说不出话。白翎冷声道："你说有人远远替我挡劫，那人是谁？"

觞月拼命摇头："我也……不知……"

一旁的洄湘举手，道："小神大概知道几分内情。"

她不知从何说起，因为暮商那孩子种种行为实在令人费解。

他自小就知道自己有个未婚妻，年纪大到当奶奶都富裕。

五千岁上他成年，按捺不住好奇，去了凤族，远远地在人家地盘的竹林里化作一条小金蛇，成功被一只雕逮住了。

一代储君眼看要葬身雕腹，还是只沙雕，他死不瞑目。

这时，一只手从雕嘴里救下了他，将他放归竹林。他听到一个令他终生难忘的声音："爬吧。"

那个人是白翎，他传说中的未婚妻。

他没有爬，而是变成一根叉竿，悄然支在白翎窗户上，看了白翎一天。

他回到天上，在山肴海错的地里变回小金龙欢快打滚，将洄湘一个惧蛇的神吓出二里地。

洄湘："你到底想怎样！"

暮商："我感觉我恋爱了。"

洄湘："有那个大病！"

他当时就想把白翎娶进门，但是年纪太小，资历不高，还没有继任天帝之位，自认配不上白翎。

于是他开始精进自己，八千岁继位，通过孜孜不倦的努力，从一个小纨绔长成了个大纨绔。

他每年寿辰之日，都偷偷去看一次白翎，给白翎撑一日的窗户，再回山肴海错打滚。

日复一日，洄湘门前的地被他翻得格外肯长庄稼。

他花了一万年，将白翎了解透彻，知道凤族喜欢亮晶晶的东西，知道她喜光喜热，知道她每个月哪几天不舒服，知道她的天劫何时来……

白翎的天劫之日，他为她丢了半条命，却鲜有人知。他躺在床上养伤时，洄湘拎着猪蹄汤去看他，见他两只龙爪包得像两只大馒头，洄湘说道："该！"

他痛并快乐着。

他不知道，也就是他养伤这段时间，白翎跟觞月好了。

终于，他一万八千岁，第一次跟白翎正式见面。近情情怯。有一种人，喜欢用虚张声势来掩饰内心的慌乱，他走至她面前，高傲尽显，道："听说你是孤的未婚妻，嗯，长得还凑合。"实则藏在袖下的手指激动到发抖。

他又跑去山肴海错打滚，道："白翎她跟我说话了！"

洄湘："说了什么？"

暮商："她温柔地让我滚，看起来很想拿酒泼我。"

暮商："她眼里有我！"

洄湘："呸，恋爱脑。"

白翎暂且留居天庭，他快要高兴疯了，具体表现出来，就是总想靠近白翎。

白翎说凤凰花开得好，他连夜叫人拔了，亲手施法冻成永生花将她卧房摆满。

白翎喜欢星星，他连夜叫人捞了，亲手将她卧房摆满。

他不许天庭下雨，日日为白翎放晴，自己热得去天河泡澡，跟弼马温面面相觑。

他日日盼着娶她，可白翎说要悔婚。她爱的人不是他。

他自小得天独厚，以为只要努力就没有得不到的东西，偏情之一物，不是努力就能得到的。

他实在学不来她喜欢的温润如玉。

得不到就算了，羽族本就是不自由毋宁死的天性，白翎不喜束缚，不喜被摆布。他愿意成全她，唯愿她快活，因为神生真的很漫长。

洄湘的内情说完了，觞月也在白翎手中化作了齑粉，狠还是准天后狠，洄湘看得脖子疼。

白翎道："多谢，知道了。"

她不带任何表情，转身离去，除了背影萧索，与平常并无不同。

他们鸟类就是要强，眼泪从不为外人所见，洄湘忍不住喟叹。她多事地追上去，说："要不您随小神上天，或许陛下这时正躲在哪里哭鼻子呢，咱们去笑话他一下？"

然后大家假装无事发生，欢喜大结局，多好。

白翎摇头："我亏负他良多，还有什么颜面去找他？婚事依旧作罢，你让他忘了我，我也会忘了他。"

后面那句显然是谎话，往昔一点一滴倘或说忘就忘，那人得冰冷绝情成什么模样。

洄湘忧愁地看着她远去，感觉升职加薪遥遥无期。

8

白翎回到凤族，沙雕风风火火，向她献上一方锦盒，说是天帝给天后预备的礼物。

可惜晚了一步。

白翎挥挥手："送回去。"

沙雕："主上不拆开看看吗？"

它嘴太快了，不等白翎拒绝，已将锦盒毁坏，一片金鳞掉出来，熠熠闪光。

那是龙的脉心鳞，长在颈侧最薄弱最要命的地方，一条龙一生只有一枚，附注了龙几乎全部的修为。

锦盒之内带有一张小笺，上写：“护你下次历劫。”

日期是她向他提出解除婚约的前一天。

原来他早已把命给了她。

9

洄湘回了山肴海错。

门口一片田，田里有条龙。

洄湘又怕又气：“陛下，你不能每次都来我地里打滚。”

暮商：“孤失恋了。”

洄湘：“失恋了不起？我还交笔友了呢。”

洄湘：“这样吧，我告诉你个秘密，让你开心开心。你知道吗？三十六天那位神尊他其实……算了。”

她想起玄度怕鬼怕到极点，无意识地握紧她手的模样，良心上过不去。

洄湘：“地我不要了，你接着玩吧。”

岂料暮商突然缩成了巴掌大小，把自己埋进了土里。洄湘纳闷间，白翎从天而降。

白翎在地里刨龙，一刨一个准，拎着暮商尾巴将他倒提起来。

暮商两只小前爪捂着脸，相当害臊。

白翎：“你的脉心鳞。”

暮商：“不，是你的脉心鳞。”

白翎：“……”

暮商：“给了你就是你的，概不接受退货。”

白翎：“那好，婚我不退了，你看着办吧。”

暮商怒道：“你这女人怎么这样，不退就不退……不对，你说什么？”

白翎将他轻轻地放在地上，转身而去，暮商奋起直追。

洄湘望着他俩，喜忧参半。

喜的是天帝跟准天后和好了；忧的是她又得准备婚宴了。

找回味觉迫在眉睫，她捡了两筐橘子和哈密瓜放进乾坤袋，先去求玄度把蛟领走，身边早晚都跟着这么大个玩意儿，谁能扛得住。

10

玄度独居三十六天大平层，洄湘从未登上去过，主要是没有那个资格。

莫说是她，就是天帝想上来都得经过玄度允准。

云端之上，寒气逼人，洄湘晓得玄度化生自冰海雪原，命里带孤寒，上来前做足了准备，落地时还是狠狠打了个哆嗦。

打眼望去，万里冰封，脚下站的是冰晶地，她呼喊一声：“有神吗？”

回声传出几里，突兀地出现了几只开明兽，远看像雪雾做的雄狮，寒气森森，将洄湘和洄湘的蛟往自己背上一叼一送。洄湘还没来得及发出一声尖叫，地方到了。

开明兽将洄湘一甩，重新遁入雪雾。

眼前若拨云见日，出现一方宫阙，样式古朴，殿前延伸出一条雪白宽路，直通洄湘脚下。洄湘踏上去，感觉这宫殿眼熟，可她明明不曾来过。

四下极静，这宫殿从外头看着不大，内里却没有尽头。洄湘走出了迷宫的意趣，打个滑出溜，没站稳，一头撞进了一扇门里。

门里总算有了丝暖意，像个有活人居住的地方了，一应器具摆设精致大气，洄湘一一看过去，都是她碰坏了赔不起的东西。

水晶帘后有细微响动，她随手一拨绕进去，愣住。

帘后是张榻，这没问题。

玄度伏在榻上闭眼昏昏欲睡，没问题。

玄度衣襟褪到腰际，长发拨在一旁，露出略显单薄的背，有点问题了。

榻前，一女子头簪牡丹，香肩半露，问题大了。

女子低头贪婪地盯着玄度，玉手提着一杆笔，玄度白得有些透明的背上满是她落笔的痕迹。

听闻动静，女子抬眸看过来，微微不悦。

洄湘震惊到一定程度，忘了恐惧，将蛟的脑袋一抱给孩子捂眼，边退边道："对不起，打扰了！"

伍

山楂林之恋

1

世风日下。

洄湘交个笔友都觉道德有亏，这边倒好，现场玩上了笔墨情调。玄度面上一副清心寡欲的样子，没想到背地里却是这种神。

虚有其表，两面三刀，臭流氓。

洄湘一边觉得伤眼，一边又有些气愤，手里拖个蛟，走得甚是笨拙。

生死簿本无谓阴阳，可男可女，从前跟着玄度时，是个乖巧男娃，而后跟着殷祀，耳濡目染了许多习气，常化成艳鬼作弄人。

恶习一时半会儿难以纠正，她挑衅地看着洄湘，作势俯身，要在玄度后颈印下一吻。

这下蛟看傻了，在洄湘手里挣扎着不肯走，一个神蛟摆尾，嘁里喀喳，把室内所有洄湘赔不起的东西全碰坏了。

洄湘不走了，她选择跑。

玄度被惊醒，怔忪道：“有人来过了？”

生死簿：“没有。”她按着他肩膀，看他背上墨痕消了大半，银牙几乎咬碎，暗恨那不知从何处闯来的冒失小神真会挑时候，关键时刻打断了玄度锢魂，令她的锢魂术功亏一篑。这下可好，适得其反，玄度的神魂更不安稳了。

她狠狠心，正欲再度施咒，玄度道：“不要命了？”

锢魂术对生死簿损耗极大，百八十年只能施展一次。生死簿的脸色黯淡，裙边都卷了，犹如书本发黄卷了边儿，她道：“无妨，我这条命本来就是神尊给的，大不了给神尊收回去。”

玄度认真道：“可以吗？”

看样子真的很想收回去。

生死簿花容失色，后退半步，一扭腰一跺脚，娇嗔道：“讨厌啦，神尊你吓唬人家，人家不依……”

玄度十分难受地盖住眼：“变回去。”

生死簿嘴一瘪，化回书本状落在他手边。

玄度手捧生死簿，走出内里，欲往这簿子上抄一百遍《清心经》，教簿做人。

一抬头，只见满目狼藉，他的限量版伏羲琴，他的九转方斗杯，他的独家定制敞口古尊花瓶，他的上古神木屏风……稀碎，全都稀碎了。

他捏紧了生死簿，这叫没人来过？

地上放着两筐水果，哈密瓜和柑橘，水果上还放着张纸条，肇事者有理有据：神尊，祸是蛟闯的。蛟有你的一半，也有它自己的一半，因此小神判自己无责。

这个字，丑得别具一格，玄度好像在哪里见过。不过他眼下没心思细想，他在考虑另一个问题。

此房间他在生死簿给他锢魂之前下了禁制，确保就算是他的心腹使

者也进不来，所以那小食神……她是怎么进来的？

——洄湘出了三十六天，被看香艳场景没看爽的黑蛟一顿撵。她着急忙慌，在自家门口撞上了来找她的司命炎英。

炎英热情高涨，激动道：“小洄湘，我决定了，像神尊那么禁欲好看还自带历史价值的男人不好找了，以后他就是我偶像！”

洄湘：“你偶像在他的大平层跟女鬼鬼混，一帧一帧都是拍了不能播的画面。”

炎英：“靠，我这么快就塌房了？”

“赶紧，让我进你的《机缘簿》躲躲，”洄湘朝后一指，“有怪兽追我。”

司命眺望黑蛟：“它被施了‘尾随术’，小洄湘，你这是让人暗算了。”

洄湘：“不，我这是被你偶像明算了。”

司命气愤：“恃强凌弱！抵制劣迹上神，从我做起。”

说完打开《机缘簿》，将洄湘一塞一拍，洄湘神魂出窍，留个空壳夹在《机缘簿》里当了书签。

蛟来晚一步，恼得从鼻子里喷白气，司命举着《机缘簿》朝它嘚瑟：“追不上了吧！你个加湿器。”

蛟的灯笼眼一睁，起势朝《机缘簿》一扎。

黑光过后，蛟不见了。《机缘簿》落在地上，书签洄湘从书里飘出来，掉在青草地上。

司命赶忙捡起书，翻阅几页，见《山楂林之恋》一则被好大一个墨点糊死了，原有的故事发展走向彻底消失。他愧疚地对着书签道：“对不住了小洄湘，你自求多福吧。”

与此同时，三十六天。

玄度刚离开案发现场、伤心之地，换个宫殿铺好生死簿，预备抄经，却突如其来感到一阵困意。他预感不好，捏个诀极力抵抗，未果，就此伏在案上睡了过去。

生死簿悄然翻页，从纸上露出一双妩媚明眸，看得明明白白。自玄度项背处冒出一根红线，牵制着他的神魂，红线向外延伸出一段距离，与另一根突然出现的红线相融。

生死簿翻身化成人身，欲要追根溯源，红线却消失不见了。

她有生之年从未见过这般霸道的千里一线牵。连神魂都要系到一块儿不许玄度自由，是谁，跟玄度有这么大仇？

生死簿传信给酆都王殷祀——“你的心肝儿神魂被人绑架了。”

片刻，殷祀的回信来了——“宝贝儿，我们一般把红线认作姻缘线，玄度他不是被人绑了，他八成是被人爱了。”

殷祀第二封信：“爱到绑架他的灵魂，对方不是病娇就是病娇，玄度麻烦了。强制爱我喜欢，有后续记得给本王直播。”

生死簿：“……”

2

“动次打次动次打次，动动动打次打次……”

这个声音又来了，她烦躁地翻个身，整整一个月零十九天！每当她要睡下，这个声音保证来报道，风雨无阻地响在她头顶，一响就是六个时辰，一刻钟都不带少。

而六个时辰后，正是她必须起床的时间。

俗话说得好，人善被人欺。俗话还说，忍无可忍无须再忍。俗话又说，噪声扰民不自觉，等于文盲不上学。

就在今天，她决定了，她要反击。

于是她反击了，具体操作是她坐起来，一把掀开了头顶的棺材盖，披头散发地爬出坟堆，长了漆黑长指甲的干硬双手往腰上一叉，怒骂道：“打扰死人睡觉缺德不缺德！根据《声环境质量标准》声环境功能区分类按区域使用的功能特点和环境质量要求，墓地属于零类声环境功能区，白天不能超过五十分贝，你违法了你知道不？！”

她对面的年轻人神情骇然，僵直地站在原地，见鬼一样地看着她这个鬼。

青年身后残阳如血，云霞漫天，这是她与青年的第一次见面。

她：“看什么看！赶紧给我道歉，别以为你长得好看我就不好意思恐吓你啊。”

年轻人怔愣半晌，忽然拔剑对准她。

她冷笑：“你这剑，桃木的？”

年轻人点头。

她冷笑着给年轻人跪了。桃木剑，专辟邪驱鬼。

她道：“大哥，是我不懂事了，打扰了您坟头蹦迪的雅兴，小妹愿献唱一曲《大哥》给您助兴加赔罪。”

年轻人：“你是谁？”

这是个好问题。她道：“我也不知。”

她既不知自己生前姓甚名谁，也不知自己死后该去往何处，每天晚上出去吓人，白天回来睡觉，是个九九六的碌碌无为的社畜鬼。

她道：“大哥，你无须为我感到伤悲，有些人虽然活着，其实跟我差不多，白天上班摸鱼，晚上回家吃外卖刷短视频，也是没有目标没有方向，混吃等死，得过且过。”

“不要在搞笑文里试图上价值，”青年把剑尖转个方向，指着她刚爬出来的坟，“这是我亲手堆的。”

她：“哦。”

青年：“里头埋的是我的仇敌对手……兼挚友，我亲手葬的。”

她：“哦？”

青年：“他是个男的。”

她：“哦买噶！”

3

“这么说来，我埋错坟了？”她总结道，回头打量自己睡过的坟，坟头上没有碑，只插了把剑，在夕阳映射下泛着寒光，一看就很值钱。

青年道：“那是他的佩剑，我插在这里的，他生前勉强算个剑客。”

她：“那你？”

青年：“我也是个剑客。”

她恍然：“所以你每天来我……来他……来我们坟头不是蹦迪，而是练剑？”

她：“练桃木剑？”

青年轻慢地看她一眼，道：“你懂什么，剑之道，不在器，而在心。”

她表示狐疑。

青年抿了抿唇：“我的剑练折了，今日先拿小师弟的玩具用一下。”

天渐渐黑了，她道：“走吧。”

青年：“去哪儿？”

她：“百鬼夜行，你个大活人独自走夜路不安全，我护送你一程。”

她最后看了一眼坟头，怪不舍的，说道：“我生前一定是大户人家的小姐，自小知书达理，贤良淑德。”

青年还剑入鞘："何以见得？"

她："主要看气质。"

青年打量她面粉一样白的脸，乌青的大嘴唇子，长到膝盖的乱发，沾了土的白衣，没说话。

倘若真是大户人家的小姐，怎会被埋到乱葬岗，还被埋错了地方。

青年道："我叫江阮，江湖之江，阮咸之阮。"

"这名字怎么这么耳熟？"她回想片刻，露出不怀好意的神色，"啊，我知道你，名门正派无双阙掌门的得意弟子，天下第一剑，风华无双，热血心肠，酷爱行侠仗义。我登门入室吓人的时候，听见不少姑娘梦中喊你的名字，小伙子，你真有前途。

"你都天下第一剑了，还如此勤勉，天天练剑？"

江阮低头黯然道："我算什么天下第一剑。"

说完，他快她一步，将她落在身后。她盯着他的背影，明白了，小伙子是个有故事的人。

勤勉不是问题，他勤勉的地方是一个与他渊源很深的男人的坟头，就很有问题。

她八卦之心顿起，快走两步追上去，看着与活人无异，只不过月下没有影子。

一路行，夜晚寂静无人的大道，她左右逢源、点头哈腰："七姑，又出门吓唬熊孩子啊，左边刘员外家的那小子，拿煮熟的火锅泼人，值得你特别关照一趟。

"二婶，家里的老鼠干又吃完了？少吃零食，多吃正餐啊！二婶，前面第二条街右拐，李大人的公子强抢民女还不承认，仗着自己是官二代颠倒黑白，去吧，优质消夜正在等你。

"三嫂……"

江阮看着她表演，道："你演技太差了。"

她："……"

江阮再度拔剑："说，跟着我有何企图？"

她："我没坟了，你是个剑客，侠义心肠，你不得收留我？"

江阮叹了口气，被女鬼缠上，听说要倒霉的。他冷哼一声，褪下自己的斗篷盖了她一脸："无双阙有门禁，不得晚于戌时回去，跟上来。"

女鬼嘿嘿一笑，在江阮看来空空如也的地方，七姑二婶三嫂并排站在那里，向女鬼比了个耶。

女鬼朝她们挥挥手，快步追上去："江阮等等我，你看着很有文化，给我起个名字吧，起个符合我气质的。

"我忘了自己生前姓啥，就跟你姓江可好？虽然这个姓氏一般好听，但为了你我可以凑合。

"什么？滚？江滚这个名字是寓意我将来财源滚滚？不知道为什么我听着不是很开心，你换一个。

"哦……原来是让我滚。"

4

女鬼没滚，趁着天黑没人关注，她跟着江阮进了无双阙。

江阮有个单独居住的小院子，江阮去洗漱的工夫，女鬼转了一圈，发现卧室只有一间。

她在卧室等着。江阮回来了，脱去日间干练的劲装，睡袍宽大，衣襟松散，他站在月光里，戌削风骨，像个游刃红尘的散仙。

虽然她没见过仙，但倘若世间有仙，就该是这么个模样。

一瞬间，女鬼跟无数深闺做梦的姑娘们共情了。她呆呆地看着走近的江阮，伸手虚指向他一双幽邃深瞳，道："这双眼睛，我前世一定

见过。”

江阮朝她微微一笑，女鬼心花怒放。

江阮：“从我的房梁上下来。”

谁愿意一进门就看见一个白衣女鬼边在自己眼前上吊，边说跟你前世有缘。

女鬼：“闹着玩嘛，没有情调。”

女鬼：“我想好了，今晚良辰美妙如斯，月光清辉如雪，我就叫江有钱吧。”

江阮：“……”

江有钱：“不必为我的才华所倾倒。”她说着就要往他的床上一坐。

江阮：“不许上我的床。

“你没洗澡。”

一炷香后，江有钱泡在无双阙的湖里露个头，郁闷了，幽怨地瞪着湖边抱着桃木剑的江阮。天下第一剑客逼鬼洗澡，懂不懂保护出土文物。

一小弟子起夜路过湖边，看见了江有钱，大惊失色：“大大大师兄，湖里有水鬼！”

江阮淡然道：“你看错了，那是一只青蛙，只不过体型比较大。”

小弟子半信半疑。

江有钱道：“孤寡孤寡孤寡。”

小弟子信了：“大师兄半夜不睡觉，在这儿做什么？”

江阮：“那是我的旅行青蛙，我在等她回家。”

小弟子走得好似梦一场。

5

江有钱洗了澡，江阮也不许她上自己的床，只空出一个衣柜，横着放形状与棺材无异。

多贴心哪。

江有钱道："其实吧……"

江阮："不睡你就走。"

江有钱："……睡。"言罢掀开衣柜，把自己关进去。

她听着外头江阮很快平稳的呼吸，暗叹天下第一剑客自律得要命，从他每天定时定点去坟头打卡练剑便可见一斑，还有他卧房干净得如同雪洞，分明是二十四五的小年轻，过得却像苦行僧。

这个时辰，江有钱本来应该在吓人，今夜出了意外，无人可吓，睡又睡不着，因为认棺材。

她盯着柜子，开始在木板上磨指甲。

等到把十个指甲都磨平，竟也睡了过去。

柜门不知何时悄悄开了条缝，江阮俯身看她一阵，伸手探了探她的鼻息，确认她已死无疑，手指收回时微微颤抖。

睡袍宽大，他颈侧一枚圆形印记露了出来，与肤色相近，却比肤色淡……

翌日，江有钱被江阮的练剑声吵醒，头一回不是纯听声，可以靠前观看。

观后感是太吓鬼了。江有钱道："我若活着，死都不当你对手。"

江阮飒俐收剑，回眸望着她，眼里蕴有千言万语，江有钱一句都没看懂。

她没心没肺地打个哈欠，惦记着倒时差，想回衣柜补觉，这时江阮他师父来了。

江阮的师父不愧是名门大派的掌门人，一身紫袍威仪凛然，仪表堂堂。他胡须一捻，看定江有钱，道："这位扮演僵尸的艺人姑娘是？"

江阮肉眼可见的紧张，有意无意将江有钱往身后藏。

他师父此次前来是为给江阮送剑，并交给江阮一个任务——绞杀魔教教主。

传闻魔教教主龙霸天嗜血成性，残酷无情。他生来不凡，诞生那天产房外有黑气围绕，自登上魔教教主之位没干过一件人事，不但残害百姓，还热衷邪术，手下养了无数鬼兵为他所用。

"除魔卫道，匡扶正义向来是吾等毕生追求。"师父临走，嘱咐江阮要好好对待江有钱，"不要因为人家姑娘妆容特殊就鄙视人家。"

6

江阮上路了。

江有钱道："哥哥，此去千难万险，生死难辨，你保重，我就不跟你同行了。"

无双阙山下挺好的一片山楂地，江有钱与江阮送别，正值深秋，山楂结了一累又一累，山红满目。

江有钱摘了一个吃，鬼没有味觉，她又没尝出味道。

慢着，她为什么要说"又"？

她晃晃脑袋，甩掉混乱的想法，摘了一把山楂包好送到江阮手上："路上饿了做成糖葫芦卖了换钱买馒头吃。"

江阮朝她亮出银票，一沓。

江有钱："打扰了。"

江阮还是将她的山楂接了过来："别回乱葬岗当孤魂野鬼了，你找个好人家把胎投了吧。"

江有钱道：“但是我不知道投胎的路在哪儿。”

江阮想了想，道：“那就找个好地方躺平。”

江有钱说好。目送江阮走出一步，对着江阮瘦削的背影，她蓦然生出万般不舍，她没忍住追了上去：“我的智慧告诉我，可能没有比你更好的人家了，要不我还是跟着你吧。”

她保证道：“我肯定不会成为你的累赘，你打架的时候我可以在旁边唱歌给你助威。”

她循循善诱：“反正我都死了，也不怕死，你就带着我呗。”

江阮止步，等了她一等。

她感动，喜不胜收地迎上前：“天涯剑客和孤魂野鬼，妈呀山楂树之恋。”

江阮：“不要蹭别人热度，涉及侵权。”

江有钱嗯嗯点头，道：“江阮你真是个好大侠，我要等你。等你死了，我要埋到你的坟里。”

江阮：“……我谢谢你。”

江有钱：“江阮啊……”

江阮烦不胜烦：“你都死了，为什么还学不会安息？”

她是不是因为废话太多才被人打死的？

江有钱沉默了也就走五步的工夫，道：“那个……”

江阮捂住耳朵，足尖一点，飞了。江有钱仰头眺望他，忽然发现轻功这个玩意儿她好像也会。她学着江阮的步伐追上去，竟比江阮身形还敏捷。

江阮一惊，随即愠怒，落地拔剑朝她刺来，江有钱慌得抱头蹲地：“因爱生恨也太快了点吧。”都没能走出山楂林。

江阮：“还敢骗我，说你失忆。”

失忆了还记得轻功，说出去谁信？

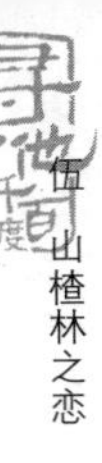

江有钱手上无剑，江阮不占她便宜。他放下佩剑，折了两根山楂树枝，一人一根，肃声道：“起来，跟我比剑。”

从山楂树之恋到因爱生恨到相爱相杀，江有钱蒙圈之余想到江阮天天在她坟头不甘练剑，眼下又要跟她比剑，种种联系到一起，让她产生了一个念头。

她道：“江阮，我不会就是你口中那个仇敌对手兼挚友吧？”

她无措道：“我……是个男的？”

她低头看了看自己的脖子以下，想哭：“怪不得吃了那么多木瓜都没用。”

江阮：“……”

江阮见她还在装疯卖傻，气道：“就算你今日不想跟我比，总有一天我也会让你心甘情愿跟我比。”

他刻苦练剑十年，不敢有一日懈怠，为的就是有一天能光明正大站到“他”面前，跟他比一场，可是次次事与愿违。

十年痴心喂了狗。江阮眼圈泛红，将山楂树枝一扔，转身离去。

树枝刮了江有钱的脸，她本来感知不到疼，眼下搓了搓脸，不知为何，心有点疼。

这一天她没敢再招惹江阮，始终不远不近地跟着他。等到日暮低垂，江阮在野湖边烤鱼，香味传来，她凑上前，举着一把香叶，建议道：“放几片去腥更好吃哟。”

厨艺这个东西，就跟她的轻功一样信手拈来，仿佛刻在了她骨子里，她猜度：“我这个大家闺秀生前家道中落，所以嫁给了厨子，从他那里学得了一手好厨艺，孰料厨子出轨，我只好学武功家暴他，最终死于正义，被草草掩埋，而后才有幸碰见了你。”

江阮往旁边挪了挪，不理她。

江有钱哀求道：“我确实失忆了，真的不是故意戏弄你。”

江有钱："我发誓，若我有半句假话，就让我不得好死。"

江阮："你已经死了。"

江有钱："终于肯跟我说话了？"

江阮又往旁边挪了挪，依旧不理她，只往烤鱼上放了几片香叶。

江有钱道："总得让我死个明白不是？跟我讲讲我吧，比如说我叫什么名字，身份高贵到什么程度？"

江阮看着她："你叫风雪月。"

江有钱："这名字起的，真是一点都不花。"

江阮："是个花心的骗子。"

江有钱："……"

7

十年前江阮十六岁，与风雪月初遇是在碧玉楼。

当时江阮还不是天下第一剑，他跟着师伯师父师叔头一回出来行走江湖，又是在烟花之地，难免仓皇，脸皮紧绷，佩剑时时刻刻不离手。

他们这次出来是为活捉魔教教主龙霸天的大护法无花，之所以选择长安最大的碧玉楼，是因为无花是个淫魔，不能一日没有姑娘，或者小伙儿。

无花还极擅易容，他们在此守株待兔两天，始终确定不了哪个才是真正的无花。

楼中老鸨见他们光喝茶不叫姑娘，感觉职业生涯受到了挑战，遂使出浑身解数。很快，师伯沦陷了，被姑娘搂走；师叔接着沦陷，被小伙儿搂走；师父略一犹豫，被老鸨搂走了……房间里只剩下江阮带着一帮比他年纪还小的师弟，集体大眼瞪小眼。

江阮正要关房门，房门突然被一人别住，那人酒气熏天，着一身红衣，垂散的长发如墨，好似地府艳鬼，偏有双纯澈的眼睛。

他比江阮高出一头，新鲜地垂眸看着江阮，举着酒坛道：“好乖巧的弟弟，喝一口？”

江阮自然不喝。他邪气一笑，自己喝了口，猛地低头压上了江阮的唇，将酒渡进了他嘴里。

江阮身后的师弟们齐齐瞠目，大师兄被个男的亲了？！

江阮呛了个惊天动地，脸涨得通红，将那人从楼上追杀到楼下，从楼里追杀到楼外。

他自小跟着师父学武，已是无双阙仅次于师父的高手，连师父都夸他年少有为，说江湖上能打过他的高手不超过五个。

因此他虽从没跟外人正式比试过，却对自己的武艺很是自负。可是这个人，根本不屑接他的招，完全抱着逗他的心态陪他玩，他拼尽全力未能伤对方分毫。明明这个人看上去比他大不了几岁。这真是极大的侮辱。

最后红衣少年玩够了，两指夹住江阮的剑，轻佻道：“小美人太凶了可不好，今日就陪你耍到这里，咱们来日有缘再见。”

江阮拦在他身前，道：“说出你的名字。”

那人微微一愣。

江阮道：“来年今日，子月十五，还在此处，你我再比一场，你敢不敢应战？！”

朗朗白衣少年，血气方刚，傲如一棵松，可是眼里分明有着挫败、不服、悔恨，生极了自己的气。

那人也是脑子抽筋，答应下来：“好，陪你开心开心又何妨。”

“至于我的名字嘛，”其时薄冬笼城，漫天飞雪，他道，“我叫风雪月。”

他说完即走，一边痛饮，赤脚在雪地踩下一行脚印。

江阮红着眼转身，与他背道而行。忽而耳边风声尖啸，一串糖葫芦擦着他耳朵而过，钉在了他跟前的柱子上，焦黄的糖衣裹着朱红的果，闪着诱人光泽。

那个狡黠而讨厌的声音远远地传了回来：“别难过了，请你吃糖葫芦。”

江阮：“……”

极大的侮辱，侮辱！

那次他们没能找到无花，铩羽而归。

那晚江阮边哭边练了一夜的剑，谁劝都不好使。

他练剑时，三尺开外的雪地上插了串糖葫芦。谁也不知道为什么，那串糖葫芦直到坏了江阮也没吃。

转年，江阮十七岁，子月十五，碧玉楼。

白衣少年和红衣少年。

白衣少年长高了一点，但依旧比红衣少年矮一个头。

这一次，白衣少年削掉了红衣少年一缕头发。

风雪月吹吹发梢，道：“不错哦。”

临别时，江阮耳边又飞来一串糖葫芦，扎在去年那个洞眼，江阮拔下，对着风雪月那红色的背影狠狠咬了一口，好酸。

第三年，江阮削掉了风雪月一片衣角。

临别时，依然是一串糖葫芦，但是这次江阮接住了。

第五年，江阮二十岁。

这一年，他来碧玉楼之前打败了自己的师父，成为天下第三的剑客。

风雪月还是那一袭红衣，赤着脚涉过雪地，两手空空，吊儿郎当，眼梢挑着戏谑的笑，与他道：“好久不见了，小美人儿。”

小美人横剑一扫，激起他身前千重雪。风雪月一惊，正色起来，终

于，他抽出自己腰间的软剑，郑重地同江阮过招。

江阮仍是输给了他。似已习以为常，他收剑转身，道：“明年，我一定打败你。”

“等一下，”风雪月叫住他，“陪我喝酒。”

江阮脑子跟着抽了筋，返回与他同行。风雪月笑着来钩他肩膀，发现江阮已经比他还高了，江阮甩开他的手，倔强道：“我跟你不是一路人。”

风雪月点头，说：“哦。”

笑完还钩他的肩膀，江阮挣扎了一下，没挣开。

这晚碧玉楼楼顶好大的月亮，近得好像触手可及。月下，白衣的年轻人沐浴清辉，骨重神寒。风雪月托腮看他，叹道：“你如果不是无双阙的弟子，不是名门正派该有多好。”

江阮闻言瞪他一眼，反驳道：“你如果不是……该有多好。”

风雪月哈哈一笑，与他碰了个酒坛，看着江阮喝，等着江阮一口倒，滚下楼，他好去接他。

他不知道江阮这些年回去拼命练习喝酒，等的就是能与他共饮……

喝到最后，醉的是风雪月。

他大着舌头站在楼顶唱“我在仰望，月亮之上”，非要江阮站到楼下去接他，惊得楼里的姑娘都出来看热闹。

众目睽睽，江阮要脸，象征性张开手意思意思。

风雪月：“我跳了哦。”

他闭着眼往下跳，没有缘由，他就是知道江阮一定会接住他——

他落入一个结实的怀抱。睁开眼，对上老鸨的脸。

老鸨：“我绝不允许任何一个客人在我这里出事砸了我招牌，绝不！”

江阮在旁袖着手，笑得很开心。

他当时就觉得，可以为了江阮这个笑，再跳上一百次楼。

江阮将他从碧玉楼扛到客栈安顿。他仗着醉意赖赖唧唧，说近日魔教有大动向，让江阮万事小心，别当愣头青。

他说：“别问我是怎么知道的。”

江阮默了默，说各大门派联合起来准备围剿魔教，让他自己看着办。

江阮说：“别问我是怎么知道的。”

彼此心照不宣，却又莫可奈何。

…………

野湖边，篝火旁，江有钱听得津津有味，插话道：“所以我是怎么知道的？”

江阮：“……”

人死了，是不是智商也跟着死了。

江有钱：“后来呢？”

火光映着江阮消沉的脸。

没有后来——

那天晚上江阮走时，风雪月还笑着道：“说好了，明年来打败我。”

江阮道：“说好了。”

这一年间，各大门派与魔教血战多次，各有死伤，无论是出于身份还是立场，江阮都不应该再来与风雪月见面。

可他还是来了，瞒着师父，冒着雪，路上他买了一双靴子。

这一日，风雪月失约了，江阮抱着靴子从早上等到晚上。

自此，他一连找了他五年。这五年间，他练剑练得比往昔更加艰苦，成为江湖上响当当的天下第一剑。只有他自己明白，只要不打败风

雪月，他永远不会是第一，他期待着打败风雪月的那一天。

直到一个多月前，他找到风雪月的尸体，他的尸体被毒气笼罩，已面目全非。他忽然想起，他其实不知道风雪月真正长什么样子。

身份是假的，名字是假的，模样是假的，他为这样一个人，羁绊了十年。

“什么都是假的，唯有感情是真的，”江有钱指着自己的胸腔，“因为你难过的时候，我这里会疼。”

江阮目光悸动。

江有钱：“感动的话就把鱼给我吃一口，馋死了快。”

江阮：“你说这些好听话来骗我，就是为了我手里的鱼？”

江有钱点头。

江阮气红了脸：“滚。”

江有钱拿着鱼闻来闻去过干瘾，道：“既然你连风雪月是男是女都不能确定，又怎么能够确定我就是他？”

江阮道：“因为你跟他一样讨厌。”

江有钱嘿嘿一笑，低头看了看脚下那双温暖的靴子。出去吓人的第一天，这双靴子就引来其他孤魂野鬼的艳羡。别的鬼都是衣不蔽体打赤脚，只有她穿着一双新靴子。

“阴间的路冷，葬你的人一定很爱你。”七姑说。

江有钱吃完了烤鱼，拍拍手站起来，道：“好吧，我陪你打一场。”

江阮抬头看着她。

江有钱：“棒子老虎鸡。”

江阮起身灭火，一言不发转身走。

“小美人儿你不要生气嘛。”江有钱锲而不舍，“打打杀杀伤和气，大家猜拳多文明，一局不行我陪你玩两局。”

“哎哎哎，说着说着怎么还急眼了呢？”江有钱笑眯眯地哄他，“刚才我把一切都想起来了。”

江阮不会再信她一句。

8

江有钱真的把一切都想起来了。

她是魔教的大护法，女的，向来喜欢调戏美人，故而花名在外，人送外号“淫魔”。

那天跟碧玉楼的当家花魁姐姐约好画素描，哪知喝醉走错了房间，误将一白衣少年当成了新来的小倌儿，轻薄了人家，惹来一场比试。

十年踪迹十年心，前五年她爱过。第五年魔教与各大门派陷入胶着，就在她同江阮喝酒的那一晚，他们教主龙霸天耐心告罄，闭门搞科研，发明一新物，叫作血尸。

血尸，顾名思义，就是把活人炼成尸体，必要时可以当大杀器。

她一回到魔教，龙霸天就对她道：“无双阙有个弟子叫江阮，你去把他抓来。”

她：“弄啥嘞？”

龙霸天对她说了自己的伟大计划，说需要一个体格健壮的活人来做实验对象，年纪越轻越好，武功越高越好。另外，出于教主的个人喜好，长相越美越好。

“本教主观察多日，无双阙的大弟子江阮最符合条件。”

“别呀，”她道，“教主，你看属下中不中？”

她说她同江阮交过手，江阮不行。

她说江阮哪有她好看。

她说她说她说……

龙霸天："你是不是看上那个龟孙了？"

他叹气道："爱上了别人有了二心，那就不能为本教主所用了啊。中，就你了。"

她被关进地牢受了五年非人折磨，看守地牢的是她从前的手下，每年子月十五会偷偷放她出来一天……

她没有失约。

她只是不敢见江阮。

她站在隐秘处抬头看碧玉楼顶的那个年轻人独自饮酒，心如刀割，只要走几步路，身上的皮肉就一块一块地掉，各式各样的毒虫在她骨缝间钻来钻去。

五年，她每年都来赴约。她知道江阮也会来，就如同她知道那年从楼上往下跳的时候，如果没有老鸨半道出现，江阮一定会接住她。

第十年，她再也受不了。龙霸天不知给她吃了什么东西，她的记性越来越差，渐渐地，她连江阮长什么样子都忘了。一个多月前，她预感自己快要死了，拼命逃了出来。

她没有来过无双阙，还是个路痴，这辈子记得最熟的路是去碧玉楼的路。

她在无双阙山脚下的山楂林里咽了气……

再次醒来时，她被埋了，穿着一身不知谁的白衣和一双靴子，七姑喊她出去吓人。

一个多月后，她破土而出，警告江阮扰民犯法。

眼下她跟着江阮走在去魔窟的路上，魔窟阴森，黑气冲天，远看像个焚化炉，太不环保了。

魔众都去抵御各大门派了，龙霸天凭着自信独守魔窟，看到他二人并不意外，尤其是江有钱。

他先是一抖手，放出一条黑气满贯的黑蛟与江阮缠斗，而后悠闲地转向江有钱："大护法回来了。"

江有钱一手一串糖葫芦，江阮沿途给她买的。她问："教主你吃吗？"

龙霸天："吃。"

两人蹲在地上吃起了糖葫芦。

江有钱看江阮血肉之躯斗魔气，道："教主你这不符合逻辑啊，你是人吗？"

龙霸天："本教主觉得不是。实话告诉你，本教主从小就做梦，梦见自己前世是条黑蛟，而你是天上的菜仙，本教主与你在天上就水火不容、势不两立，所以你不好过，本教主就开心了。"

江有钱："原来如此。"

龙霸天："你以为你逃出去本教主不知道？本教主是故意放你走，好让你含恨而死，借此积攒你体内的怨气。之前那五年将你炼得差不多了，姓江的小子又将你埋在地下七七四十九天，歪打正着帮了本教主的忙，使你练成了一代尸王。"

江有钱："原来如此。"

眼看江阮体力不支，她有点担心，纵使是天下第一剑客，凡人又如何与魔斗。

龙霸天："别看你眼下活蹦乱跳，只要本教主一声吆喝，你立即就变成一具活死人，本座让你杀谁你就杀谁，指东你绝不会往西。"

江有钱："教主，你看是不是这么个道理？我是尸王，地上的孤魂野鬼、恶煞、僵尸等都得听我号令。"

龙霸天的脸色变了。

江有钱拍拍手，七姑率领孤魂野鬼，二婶率领恶煞，三嫂率领僵尸，将魔窟挤得满满当当。

龙霸天："你干什么？！你不要过来啊，你是我的魔化物，我要是

死了你也得玩儿完！骨灰都给你扬了！”

江有钱点头：“原来如此。”

龙霸天被恶鬼撕成了碎片，缠着江阮的黑气同时消失。江阮往前走了一步，被头戴小黄花的僵尸绊住脚，隔着密密麻麻无处下脚的鬼煞与恶灵，他看着江有钱一点点化成齑粉。

他蹚过地狱一样的人间，拨开无数双鬼手，边走边道：“风雪月。”

她道：“我还是喜欢你叫我江有钱。”

“江阮，别自责，我早就死了，现在只不过是再死一次，一回生两回熟，”江有钱笑道，“若是你死就不一样了，我得多难过，没有你的练剑声我睡得都不香。”

江阮走不动了，绝望地凝视着她：“难道我就不难过吗？”

回答他的是江有钱最后的笑容和掉在地上的糖葫芦。

9

魔教被铲除，人间恢复光明。

江阮依然每天闻鸡起舞，刻苦练剑，只是再也不当天下第一剑。他知道他不是，他永远地输给了一个人。

很多年以后，江阮继任无双阙掌门，搬出独居的小院。搬家时弟子们不仔细，将衣柜摔了，里头的衣物被清空，江阮才看见衣柜一侧有行小字，刻着“江有钱到此一游”，以及“江阮有点帅，我要是活着该多好，一定追得他死去活来”。

要是活着该多好。

那时江有钱还没有恢复记忆，在他柜子里磨指甲，烦死江阮了。

她爱了他两次，为他死了两次。

陆

是你是你梦见的就是你

1

自《山楂林之恋》回来以后，洄湘自闭了好几天。糖葫芦的酸甜口她之前已经寻到，这一趟算是白跑，她心中除了对寻味效率不高的遗憾，还有对江有钱命运的心疼，以及临死前，江阮望着她的眼神，令她久久不能平复。

而这一切的罪魁祸首，就是——

她边想边磨刀，身后的山楂树上，同她一起回来的黑蛟被司命五花大绑，系了好几十个死扣。

下凡走一遭，洄湘顿悟了，扫除心理障碍最好的法子，就是把障碍做成一桌满汉全席。

洄湘举着菜刀比比画画，面露凶光，道："蛟头泡酒，颈子做绝味，心肝爆炒，胆挖出来送给雷神……"

炎英："甚？咋不送给我。"听说蛟的胆晒干了是粉色的，他好想要。

洄湘："你有所不知，雷神惧内，电母每次跟他吵架，吵到浓情时就爱放电，雷神眼睛都不敢眨一下，久而久之，他得了青光眼。蛟胆明目，给他补补。"

洄湘接着往下讲："蛟爪砍了喂大壮。"

大壮是她的坐骑，上古凶兽草泥马。

她比画好了，正欲动手，忽听一声"刀下留蛟"。但见一朵青云悠悠落地，从云上走下来个身着黄袍的神，他披一身天光，模样中等，眉目慈祥，明明是个男神，从头到脚却无不透着"贤惠"二字。

他走至洄湘跟前，不紧不慢地将手中打了一半的毛衣收进袖口，方和气地打量了一下洄湘，道："小神霜寒，这厢有理了。"

洄湘还他一礼，见他是从上头下来的，还是个生面孔，便问他有何贵干。

"贵干是没有的，"霜寒温文尔雅，答道，"小神特奉神尊之命，寻一条三角头黑蛟。"

哦，玄度的人。

洄湘看他的眼神审度起来。

司命这个不靠谱的，嘴上说着抵制劣迹上神，一听人家是玄度的人，立马殷勤百倍，将黑蛟的死扣一一解了，送到霜寒手上。

霜寒牵过蛟，对他的一身海棠粉衣，露出欣赏的目光。

霜寒："道友，你这身衣服真好看，好看得温馨。"

司命因为爱好偏娘，平时没少受人鄙夷，头一回受到如此朴实无华的赞美，还是来自偶像的助理，司命不行了，臣服了，找不着北了，跟霜寒两个伯牙子期，相见恨晚，聊起了天界服装史的发展，跟各自喜欢的口红色号。霜寒还主动展示了自己半成品的毛衣。

两个大男人唠嗑之热诚投入，听得蛟原地昏厥。它叼着捆仙绳把自己绑回山楂树，给了洄湘一个"麻溜给个痛快"的眼神。

洄湘：“咳，我说，天儿也不早了，人也不少了，不如二位加个好友回头再聊？”

赶紧给她把蛟弄走弄走弄走！

霜寒这才回神，想起了正事，依依不舍告别了司命，牵着蛟要起飞。

他这边拽一拽蛟，洄湘那边一个趔趄。

拽一拽，洄湘一个趔趄。

再拽，洄湘再一个趔趄。

他接着拽……洄湘怒道：“别拽了！”

玄度给蛟下的“尾随术”反过来也好使，蛟离不开洄湘，洄湘也离不开蛟。

洄湘：“神使大人，你会解术不？”

霜寒：“神尊的术，除了他自己，谁也解不开。不然……你跟我上去？”

洄湘踌躇道：“上次蛟在三十六天捣乱，毁坏了神尊部分家具，不知神尊他生气了没有？”

霜寒恍然：“敢情是你。蛟被神尊施了术，按理说轻易不会发飙，你是不是勒它七寸了？”

洄湘：“……”可能吧，当时场面太刺激，她哪里还能顾得上。

霜寒安慰她：“莫慌，神尊他没生气。他只是恼火了，说要让肇事者付出昂贵的代价。”

他拽一拽蛟：“随我来吧，你这个小可爱……的肇事者。”

2

从九天扶风直上，这一路洄湘将“要钱没有，要命也不给，再逼我

就卖身还债”的硬气姿态练习了百八十来遍。

霜寒看得好笑：“卖身还债走不通，神尊不喜欢圆脸姑娘。”

洄湘：“你想哪里去了。”果然色狼的助理也是色狼，“小神不才是棵芗菜，可以化出原身把自己种在地里，待修为一散，地上长满沾着我灵气的菜，男人吃了健体，女人吃了美容，孩子吃了考第一，到时候将菜一卖，可以分期赔偿神尊的损失。”

她当然知道玄度不喜欢她这类型，她回想在玄度背上激情写写画画的美人（生死簿），肤白貌美大长腿，腰细胸大，那叫一个妖艳邪魅。

哼，肤浅，玄度他忒肤浅。

她想了想，自尊心不允许她认输，她道：“有的是人审美超脱世俗，单单就喜欢圆脸姑娘！”

比如叶清澜，比如慕容时，比如江阮。

这么一举例，洄湘惊惶了，同时牵挂着三个男人，她也是个色狼。

但一转念，她又释然了。她色狼的程度跟玄度不一样，她跟他们每个人相知相爱的时候，都只有身为那一世凡人的记忆，都是从头开始，并爱在当下，等神魂从《机缘簿》回归，方能想起自己是谁，因此她……顶多算个不正宗的色狼。

想到这里，还有点兴奋是怎么回事。

而且她有种怪异的感觉，叶清澜也好，慕容时、江阮也好，他们三个身份、年龄、地位全然不同，可她事后回忆，总觉得他们身上有什么共同之处，被她忽略掉了。

她正兀自出神，霜寒提醒道：“小可爱，咱们到了。”

她定睛看去，吃惊道：“为何这里跟我上次来的时候不一样？”

她上次来，三十六天冰天雪地，雾凇沆砀，放眼一片白茫茫。

此刻视野之内远山苍翠，瀑布高悬，天空碧蓝，树木葱郁，脚下是青草地，有云鹤起舞，红眼兔子跳来跳去。

霜寒解释道："今日你看到的一切都是假的。神尊他是个幻术高手，他前日睡了一觉，醒来心情悲郁了好几天，昆仑虚送来千年一熟的朱果，也被他沉着脸退了回去。好端端的，他还将陈年的剑召出来练了一遍，问我他剑术退步了没有。一个以剑入道的神道天尊，问这种不自信的问题，令人费解。"

洄湘："神尊他起床气这么大的吗？"

"在此之前他不这样，这次也不知是怎么了，"霜寒叹息，"所以我建议他改变下环境换换心情。"

洄湘踩上松软的青草地，方知霜寒所言非虚，周遭环境给人春暖花开的错觉，可接触起来仍是冰冷的，一股寒意直蹿洄湘脚底。她好奇地蹲下，抓了一把青草，却只抓到一手湿冷的雾气——青草叶从她手上穿了过去，虚影一荡。

红白兔子蹦到她脚边，她信手一摸——哎？这竟是个实物，莫不是她同玄度下界寻狐妖时捡来的那一只？

她对兔子心生亲切，又上手摸了一摸，兔子突然翻个身，两腿一蹬，死了。

洄湘："……"

霜寒司空见惯，拎起顷刻冻得邦邦硬的兔子，道："唉，这个撑的时间最长，五天半。"

极寒环境，但凡有生命有温度的东西都不能长时间存活，玄度在养花养草养宠物这条路上是屡战屡败屡败屡败……

洄湘："就没有特例？"

"有啊，"霜寒骄傲道，"我。"

洄湘："敢问您是？"

霜寒："他的第一把剑。"

洄湘："……原来是剑神，失敬。冻死的兔子不要扔，做成麻辣的，我将食谱写给你。”

霜寒：“我开始喜欢你了。”

“不过最好不要让神尊知道，”他拎着兔子对洄湘道，“你和蛟在此稍等，我去去就回。”

洄湘点头，经过上次的事，她绝对不敢乱走。

等了片刻，身后有寒气呼啸，是她上次见过的那群开明兽里领头的一只。幻境之中它看上去如同一只雪狮，但比狮子大了一倍。

它似大猫一般在洄湘跟前站稳，两眼光亮，温润地看着洄湘，仿佛洄湘是她的主人。

洄湘心中一动，拍拍它脑袋，没想到它竟也是个虚的。

可它又跟幻化出来的虚影不一样，洄湘端详它半晌，发现它是一只兽魂。

肉身已死，魂魄却被人保留了下来。

洄湘猜测，这大概也是玄度养死的宠物之一，因为是神兽，魂魄得以滞留。

开明兽魂等了一阵，见洄湘不动，把头一歪，露出不解的神情，呼哈刮起一阵狂风，凝霜聚雪，使自己有了冰雪做的实体，还像上次一样，将洄湘一叼一扛。

洄湘：“别……”

瞬息宫殿到了。

上次的雪白宫殿换了古朴乌木式样，翘角屋檐盘龙柱，恢宏而大气，这回洄湘看清了殿前悬着的匾额：无方。

无方殿外照旧延伸出一条小路，直到洄湘脚下。洄湘打死不上前，开明兽脑袋往她腰后一撞。

洄湘二进迷宫，扑开了一扇门。

如出一辙的水晶帘，如出一辙的榻，除了榻和水晶帘，所有家具摆设都换了一遍。

肇事者心虚地迈出一步，看见榻上闭目的玄度，她立刻撤出帘外："神尊对不起，不是我要闯进来的！"

等了半晌不见玄度搭理她，她大着胆子重新挑帘看，玄度黑袍松散落于榻上，正合眼睡得深沉。

幻境之中什么都可能是假的，那么这个玄度……洄湘恶从胆边生，伸手探了探玄度衣角，手指顺利从他衣角穿过。

洄湘腰杆一挺，支棱起来了。

既然是玄度的幻影，就别怪她为所欲为了。

她先是往榻上大咧咧一坐，看着玄度得意地笑："小老弟，你也有今天。

"说，你错了没有？

"不说话我就当你默认了。

"有本事你起来反驳我呀，哎！你起不来，嘿嘿嘿。"

她俯身在玄度身上胡乱挥，反正也是虚影，末了注视他容颜，摇头感慨道："分明是副神清骨冷的姿容，偏是副蛇蝎心肠小心眼。说你好色吧，品位还不佳，可惜了这张俊脸。

"你这样的品性，有生之年想嫁出去是难了，不如求求我，我勉为其难收你当小弟，跟着我混有饭吃，如何？"

视线顺着他的脸往下，洄湘看见了玄度颈侧的一块鳞片。她在天帝暮商那里见过类似的，明白这是他们龙族的脉心鳞，至关重要，轻易不示人，不用时几乎透明，不为外人所见。玄度这块怎的颜色这样深，难道因为玄度原身是条银色应龙？她着魔似的伸出手，没等触上那鳞片，玄度便握住了她的手腕，睁开了眼睛。

洄湘："……"

洄湘愣住，没被他握住的手抬起，戳了戳他的脸。

完了，有肉感，实体玄度。

什么情况，说好的虚影呢？

一瞬间，洄湘连遗言都想好了，她摆出一个比哭还难看的勉强笑容，道：“神尊你脸上有颗痘，我想帮你挤挤。”

她从他身上爬起，边退边道：“说了让你少熬夜你不听，结果你看，长痘了吧。神尊你这个人哪儿都好，就是不爱惜自己的身体。你这身体是你自己的吗，必然不是，您的安危可关乎六界苍生……”脚后碰到了门槛，她扭头拔腿跑。

玄度抬抬手——

洄湘跑着跑着，倒退跑回了玄度跟前。

“错了神尊，我真的错了，”洄湘哭道，“今天我有要紧事，改天再来受死行不行？我家老鼠把猫抓了，狗被蚂蚁绊倒把脚崴了，我赶着回去带炎英看兽医……”

玄度：“闭嘴。”

洄湘把嘴闭死，大眼泪汪汪，写满害怕。

玄度揉了揉眉心：“你怎么进来的？”

洄湘：“霜寒叔叔带我上来的，他说神尊你满天找蛟，然后他走开了一会儿，我就被一头开明兽撞了进来。”

玄度静静地看着她，似在猜测她话里有几分真。

洄湘仍不敢相信他是真实存在，伸手在他眼前晃了晃。玄度在她眉心一点，洄湘只觉额头一冰，以发财猫的标准姿势定在了原地。

玄度转身，身后案上生死簿光芒大绽。妖娆美人自光芒中走出，看了洄湘一圈，道：“神尊，你确定是她？”

又是这个倒霉小神，她修为这般低微，如何牵制得了玄度的神魂。

玄度道：“我从不做无把握之事。”

他以江阮的身份心碎了一场，几乎确认跟自己频繁做梦有关联之人，就是洄湘。

证据就是这头黑蛟。

黑蛟投生魔教教主入魔以后，煞气跟这头黑蛟一脉相承，而黑蛟是跟洄湘绑定的。

生死簿在成为生死簿之前，是棵扎根十万丈幽冥深处的鬼木，根脉吸收了太多魂灵，深谙世上各种魂术，无论妖鬼人神，都难以逃脱生死簿的法眼。

神的灵脉在脊背，生死簿要褪洄湘的衣裳。玄度回避之前，步子顿了顿，道："蛟无所谓，对她下手轻些，微末小神神魂不稳。"

他步出房间，转过另一道门，门后改天换地，是一处冰雪静室。

他席地而坐，打算理一理思绪。开明兽悄无声息地出现，在他身边趴下，将脑袋往他掌心凑，意思是撸我。

玄度手陷在它头顶长毛里，蹙眉道："是你带她来的？"

开明兽翻开肚皮，表示它很开心。

玄度："哪来的脸开心？早年间随本座开四海，踏三荒，今日沦落到给人指路，跟狗有什么区别，你觉得很光荣吗？"

"你一向不喜生人，为何独对她这般殷勤献媚，难不成她与别人不同，身上竟有本座不曾发掘的优点？"玄度略思忖，不可能，"还是因为她比别人都蠢笨，你怕她在本座的无方境里迷路冻死？"

这倒很有可能。

开明兽神智未开，不能答他，一味装乖巧。玄度没心情撸它，让它走开，警告道："下不为例。"

开明兽刚走，生死簿在外敲门，进来时脸上神情五彩纷呈，玄度便晓得，他大概要晚节不保了。

玄度："她如何了？"

生死簿："睡着了，醒来不会记得我。"

玄度颔首道：“挑重点说。”

生死簿：“宋温暖、雪万岁、风雪月都是她，触发的关键是司命的《机缘簿》。你和她都不是凡人，所以死后没有魂魄转世，不归幽冥管，自然在我这里查而无名。麻烦的是，她只要入梦，神尊你就得被迫跟着入梦，因为你被她绑定了，你二人之间有根姻缘线。”

姻缘……

玄度笃定道：“不会是姻缘线。”

生死簿：“我家王上说的，红线一般代表姻缘。”

玄度：“殷祀的话也能信？”

生死簿：“如果不是姻缘线，神尊你为何一连三次在梦里爱上她？”

玄度张了张口，无从辩驳。

他道：“我瞎了眼。”

生死簿：“哇，真是有说服力的好借口。”

眼见玄度脸色变沉，生死簿不敢造次，道：“我从她神魂里只捋到了这些，至于她是不是被人所控，我就不知道了。”

生死簿又道：“假如她是被人所控，最终目的是神尊你，那你就危险了，对方既然能操控你的神魂，等同于能操控你的生死。神尊，你都跟谁有仇？”

玄度：“数不胜数。”

生死簿道：“但是跟你势均力敌的不多，而且是用如此阴毒的法子，我实在想不出来六界当中还有谁。”

玄度没作声。

默了一默，他道：“你先回去吧，我与……这小神的事，不许对殷祀提起。”

生死簿：“一定。”

生死簿走后约半炷香的工夫，一只乌鸦落在玄度肩头，开口是酆都王殷祀的声音：“情定三生啊玄度，被个小食神拿捏了。你今后还能在天界立足吗？不如来幽冥，我包养你。”

玄度：“……”

指望一本簿子守口如瓶，猪都能上树。

玄度将乌鸦挥开：“她喜欢的人是你。”

鸦听完沉默了，扑翅表示惊慌：“心肝儿你听我说，你和她，我肯定选你。”他节操再碎，也没有抢朋友心上人的爱好。

“是你心上人主动喜欢的我，我很无奈。我虽然跟她交了笔友，但至今只字不曾交流，你如果需要，我可以拉黑她。”

玄度淡漠道：“你和她的事与我无关。”

鸦不信：“你真的没对她动心？”

“凡人有七情六欲，容易沉沦情爱不可自拔，合乎天理人伦，道法自然，”玄度道，“可我跟他们不一样。那三个人，是我，也不是我，梦醒了我比谁都清楚自己是谁。”

鸦质疑道：“你能保证不受她影响？簿簿说你破天荒拿起了剑，你需要练剑？”

玄度张手，乌鸦受冻结冰，只留下眼珠乱转。

玄度捏紧衣角，对鸦宣誓：“不会再有下次，我已在那小神身上下了禁制，将以真身入那小神的梦查个究竟，亲手终结这件荒唐事。”

乌鸦艰难地动嘴：“最好是这样，否则你怎么对得起因潇？”

乌鸦转不了头，看不见玄度，良久等不来玄度回应，急道：“玄度？”

传来玄度疑惑的声音：“你总同我提因潇，到底谁是因潇？”

殷祀：“……”

鸦不用冻也僵住了。

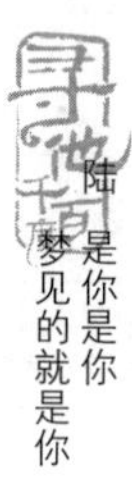

殷祀："你……罢了。"

不管玄度是不是装的，不记得也好。

殷祀："说到洄湘，她有可能也是被人利用了。你揪出幕后主使便是，不要生她的气。"

玄度："你倒是关心笔友。"

鸦嘎嘎怪笑，散作黑雾，消失。

玄度走出静室，洄湘在他的榻上正睡得香甜。

他作为凡人江阮时，爱风雪月爱得死去活来，现实中看见洄湘就来气。

无端发梦，历一历人间情爱也就算了，却一连来了三回，三回还都是同一个人。

他居高临下地负手看她："凭你……也妄图渎神，本座要罚你。"

3

洄湘在山肴海错自己的床上醒来，一时有些发蒙，她不是应该在三十六天当招财猫吗？何时回来的？

好消息是跟着她的蛟不见了，看来被玄度收了回去。洄湘一身轻松，暗叹玄度也不是那么锱铢必较，是她狭隘了。

她高高兴兴地起床，出门，看地，天光晴好，农作物欣欣向荣。

然而，总感觉有哪里不对。

哪里呢？她低头——

下一刻，山肴海错爆发出一声震九霄的惨叫，吓得正往这边来的司命栽下了云头。

洄湘尖叫着跑回屋，对着镜子看见自己头上树杈一样的两只角，还有自己的大长脸，颈子上的鳞片，变成两只爪子的手，以及身后延伸的尾巴……

为什么为什么为什么，她为什么变成了龙！龙啊，她最害怕的龙。

洄湘当场吓晕了过去，醒来一抬头看见镜中的自己，又晕了过去。

她醒了晕，晕了醒，仰头朝天，发自肺腑呐喊：“玄度，我去你大爷！”

话音刚落，咔嚓一道响雷，在她身后响起。洄湘后脖颈的汗毛一竖，连忙躲进桌底，瑟瑟发抖。

突然，从袖中掉出一张欠条，水火不浸海纹纸，瘦金体，详列了每一样她毁坏的物品。上面附注一行小字：不接受分期赔款。

洄湘正委屈着，抬头间不小心看见了穿衣镜中的自己，又晕了过去。

司命进来时，洄湘已生无可恋，瘫在地上打抽抽。

司命：“哟，这么快就装扮好了？走吧那就。”

洄湘掀起眼皮，见他整个大变样，连身高都变了一变，成了个鹿仙，披粉皮的梅花鹿。

洄湘虚弱发问：“去哪儿？”

“昆仑虚的相亲大会，”司命晃了晃手中两封请柬，“夕照选夫，邀你我前去捧个场。”

4

“不去。”玄度道。

霜寒站在玄度面前，捧着请柬：“人家来送特产被你拒绝了一回……夕照神女好歹是万山之主，不好不给几分薄面。”

玄度看着他。

霜寒笑一笑，浑身母爱的神辉大放光芒：“主要是我已经帮你答应了。乖，多么好的脱单机会，你也老大不小了，早该找个伴儿了。等以后我和开明兽没了，谁来照顾你？

“此次相亲大会乃是匿名参加，动物主题。我已经帮你想好了，你就以真身示人，反正迄今为止没人见过你的真身。”

玄度在他的絮叨里一言不发地起身，从书架上抽出本《废铁冶炼手册》，翻到“用过的废剑扔了也罢”一章，认真看了起来。

霜寒：“……”

霜寒冒死发言：“听说第一对牵手成功的人，能获得天上地下仅有的雪貂一只。

“昆仑虚牌雪貂，好养活，极抗冻。”

玄度道：“哼。”

5

霜寒毕恭毕敬，目送玄度白衣流泻月华，遁出三十六天，欣慰之情溢于言表。这才是他当初在冰海雪原遇见的小龙，还是白衣看着顺眼，整日一身黑袍多显冷漠。

想着想着霜寒笑容一顿，玄度本是一条崇尚雪白之色的银龙，曾几何时穿起了玄衣，他竟没有丝毫印象。

他神情凝重，驻足思索一阵，掏出毛线开始织毛衣。

昆仑一去九万里。

洄湘与炎英到时，山头站满牛鬼蛇神，放眼一望什么物种都有。洄湘看了一圈儿，道：“里头还有个米妮，这事就离谱。”

炎英：“迪士尼警告。”

玩还是夕照会玩，此次相亲大会，意在为六界大龄青年寻找有缘人，无论模样地位种族身份，只图张扬个性，寻求合眼缘那一方。

夕照站在山巅迎客，还未做装扮，仍是寻常神女模样，头顶神光，披帛虚浮，神圣不可侵犯。

洄湘问她："怎么想起办假面舞……不是，相亲大会？"

夕照："请柬上不是说了吗，本山主要选夫。"

洄湘："为何突然想不开要成亲？"

夕照："因为百日之内不成亲我会死。"

洄湘："？？？"

夕照："众所周知我弟是个断袖，当年我为了跟我弟抢山主之位，在我父母面前许下了三十万岁之前结婚生继承人的诺言，不然便要将山主之位拱手让给我弟。还有三个月，我三十万岁的寿辰就要到了……洄湘，你懂的，女人，尤其是我这样的女人，若是没有了事业，跟死有什么两样？"

洄湘理解，且同情："三个月，结婚生子，大姐你时间很紧，任务很重啊。"

夕照广袖一拂，化作一只火烈鸟，背影透着决绝，路过米妮、小浣熊、两只狒狒，一只德牧……融入牛鬼蛇神之中。

洄湘同炎英正要随其后，突然有人背后拍了洄湘。

洄湘回头，眉心一跳。

来人是她的死对头，洛川神女敖思，亦是她在洄水湘江学艺时的师姐，还是造成洄湘讨厌和害怕爬虫类的罪魁祸首。

洄湘皮笑肉不笑："啊，师姐。"

她变成眼下这副模样，敖思为什么还能找到她，他娘的敖思是不是暗恋她。

敖思："你化成灰我都认识你。"

洄湘："……"

敖思："许久不见，也不知师妹厨艺退步了没有。"

洄湘："师姐放心，你退步我都不能退步。"

敖思："逞口舌之快谁不会。十日后新一届食神选拔，还望你拿出真本事来，同我一决高下。"

洄湘惊讶，为何没人通知她："食神选拔不是在五百年以后吗？"

食神千年一选拔，这是洄湘师父、已故的上一届食神定下的规矩，洄湘已蝉联多届第一。

"我想提前就提前，"敖思扶一扶脑后的发髻，笑得嫣然，"你不知道我爹是东海龙王吗？"她凑近洄湘，"我爹还是此次食神大赛的赞助和评委哦，我看你拿什么赢我。

"我要把你手上那把师父留下的玄铁菜刀拿回来，用它把你切成一块块，扔进我东海海沟喂鲨鱼。"

她说完扬长而去，化出龙角龙尾，裙裾飘逸闪光。

洄湘气得跳脚："有没有搞错，官二代了不起啊！老子是棵菜！你见过哪条鲨鱼喜欢吃菜！"

炎英道："我觉得她有点可爱。"

洄湘道："绝交。"

她气鼓鼓地抢出一步，甩开炎英。先是被迫做龙，又遇上敖思这条绿茶龙，今日出行不利，晦气！

关卡边上有昆仑仙使分发隐雾茶，暂时遮住来客的天眼和法眼，防止有人作弊，窥视他人真身。

仙使与洄湘指路："两栖动物请往这边走。"

洄湘不想再碰见敖思，于是往相反的方向走。她步上石阶，踢走一只蜥蜴，避开两条鳄鱼，围观了一会儿某个像熊又像猫的物种吃竹子。

像熊又像猫的物种圆滚滚的，顶着两个大黑眼圈，好心提醒道："这位朋友，莫再往前去了。前方有个脾气不好的绝世美男，短短半个时辰里气哭了好几位姑娘，谁去灭谁的灯。”

洄湘只听见了四个字——绝世美男。

死都得去看看。

她精神振奋地走进竹林，渐入幽秘无人之境。清风徐徐，竹影萧疏，寒潭滴水有声。

一个身影雪衣雪发白玉肌，于寒潭之中舒展腰身，慵懒恣意。

他闻声回眸，似是不耐烦频频被扰，微微泛蓝的冰瞳幽深，冷光流转惑人。

洄湘心中瞬间天塌地陷，默念叶清澜、慕容时、江阮对不起，我移情别恋了，我不是人，回头给你们烧纸。

她裙摆一提，举步狂蹽：“小哥哥我来了！”

柒

因为是姐姐

1

“别费事了，我是弯的。”在洄湘靠近的时候，绝世美男如此提醒道。

洄湘一个刹脚，痛心疾首，果然好看的小哥哥都有男朋友。

她色心不死：“有没有可能……”

绝世美男一口回绝：“没有。”

洄湘有点明白了，为什么圆滚滚说姑娘们来了都是哭着走的。

洄湘坚强，洄湘不哭，泡汉子守则第一条，在不犯法和不违反道德的范围内，你得不择手段。洄湘道：“我们菜性别模糊，你别看我是女的，其实我是男的。你等着，我这就变给你看。”

绝世美男眼波流转，看得洄湘心中烟花齐绽。绝世美男道：“你看着也不像女的啊，没有半分姑娘的温婉。”

这下洄湘想哭了。见绝世美男自寒潭缓缓起身，她等在美男身后果断抬脚，心想老子踹死你。

绝世美男伸手在雪衣一拂，浅淡蓝光散于衣袂，须臾衣发干松。洄湘再修道一万年也赶不上人家的修为，完全不是人家的对手。好菜不吃眼前亏，她正要收脚，绝世美男回头。

洄湘：“……”

绝世美男：“你想偷袭我？”

洄湘：“哪能呢，我这是展示下才艺，给你表演一个蹴鞠赛上赢球的标准踢法——颠球。”

绝世美男：“哪支队？”

洄湘：“国足。”

绝世美男：“国足赢过球吗？”

洄湘道：“会赢的！总有一天！”

绝世美男敷衍地点头，随便吧，反正他等了二十万年也没等到。

洄湘要走，绝世美男不让，道：“方才有人以我长得丑为由拒绝了我，你跟我去见见他。没有对比就没有伤害，通过你让他知道，我有多好看。”

洄湘道：“刚才我撒谎了，我其实就是想踢死你。”

绝世美男：“我知道。”

但他无所谓，他们这种各方面处于顶峰的神从来不关心底层的心情。

洄湘一方面很生气，一方面又很想知道嫌弃绝世美男丑的高人是何方神圣，是故她忍辱负重，跟着绝世美男走进幽篁深处。

竹林之外，山石怪耸，溪泉明澈，流水漱玉。

一身影背对他二人临溪而坐，正守着一截昆仑虚独有的树植“若木”，念《度灵经》。

那背影青碧如苍玉，让天光寂然。

洄湘眼眶一热，禁不住止步，想靠近又不敢靠近，隔溪而望，怕那

是她的幻觉。

一个名字脱口而出，她道：“叶清澜。”

喊出这个名字，她才知她对他有多想念，与慕容时那一世可谓圆满，她没有遗憾；与江阮那一世尽管没有那么圆满，可她也跟江阮彼此牵挂了十年。

唯有叶清澜，宋温暖到死也没跟叶清澜见上一面，这成了她铭心刻骨的伤。

那身影闻声一震，回头，猝不及防地被洄湘抱了满怀。洄湘声音发颤：“你为什么没回来？我橘子都吃完了你也没回来，你说话不算话。”

玄度有些意外。

霜寒让他以真身示人，他不愿听霜寒唠叨，在三十六天照做了，一离了霜寒视线便改头换面，借用了叶清澜的相貌，本是他随性而为。

他低头看了看在他怀里哭得鼻涕一把泪一把的洄湘，他略施小惩变成龙的洄湘。早知道她来，他就不来了。

洄湘还没哭够，绝世美男已将她拎离了玄度的怀抱，不悦道：“这是我看上的人，你不许碰。”

绝世美男看着玄度：“你让我找个凉快地方待着，我待了，冷静完了，还是喜欢你，所以你能跟我走了吗？”

玄度：“……”

没等他说话，绝世美男看看洄湘，又道：“你们两个是怎么回事，认识？”

洄湘道：“认识。”

玄度道：“不认识。”

洄湘一愣，玄度神情寡淡，低头摆弄若木。他珍藏的伏羲琴惨遭毒手，到了昆仑虚想起此处长有若木，是斫琴的好材料，因而寻来。

万物有灵，他伐了木，还给人家超度。《度灵经》诵到一半便被打断了，须得重来，他且专心续上，闭目心无旁骛，细密金光字符自他抚在若木的指尖飞出。

洄湘看着这一幕，如梦初醒。叶清澜只是个凡人，与她历经凡尘一梦，早已不知在哪里重新投了胎，眼前这人又怎会是叶清澜？他是长得像，然而再像又能怎样，昨日逝者不可留。

她低叹一声，自己真是昏了头。此刻应该转身就走，但她动了动腿，又站住了——再看一眼，就一眼。

绝世美男耐心地等着玄度，道："说要找人牵手拿雪貂的是你，拒人于千里之外的人也是你，你真难伺候。你可能不晓得，我这人就喜欢难伺候的，百依百顺的没有意趣。"

洄湘听得叹为观止，虚心请教："敢问您看上了这位道友什么？"

绝世美男："见色起意喽。"

洄湘："……"

诚然叶清澜的长相放在人群里也属于上等，可跟绝世美男一比，还是略逊一筹。

洄湘："恕我直言，你是不是从来不照镜子？"

但凡绝世美男对自己长相有点数，也说不出这么丧心病狂的话来。

绝世美男摇头："外行了不是，看美人你不能看皮囊，你得看骨相。此人骨相极美，这么美的骨相我只见过一人，就是上头那位神尊。"

洄湘："……"

绝世美男："当然了，此人比神尊还是差了一点。"

洄湘："难道玄……神尊也来了昆仑？"

绝世美男："没听说，神尊若是来了昆仑，我还能在此浪费时间吗？"

言罢他遥想当年，目视远方，既向往又感慨："我十万岁时，有缘

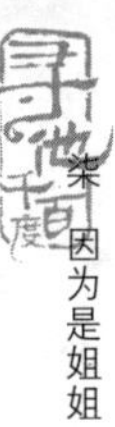

得见神尊一面，那以后整整一万年间，世人无一能入得了我眼，我也对世上的女子失去了兴趣。”

洄湘不知道说什么好了。万万没想到这人断袖还跟玄度有关，如此说来玄度还真是害人不浅，震惊半晌，她道：“您这弯得……我服，弯得服。”

绝世美男：“什么意思？”

洄湘：“Wonderful（令人赞叹的）。”

绝世美男的身份洄湘已经明了，这般奇葩，除了昆仑山主夕照捂在家里不让出来丢人的胞弟，基本不作他人想。

洄湘：“失礼了，原来是封蓝殿下。”

封蓝本就没换装，这么半天才给她识破了身份，面子挂不住，道：“我也是山神，也管山。我管的那座山叫花果山，乃十洲之祖脉，三岛之来龙，自开清浊而立，鸿蒙判后而成。我们山上最有名的特产是正当顶上有一仙石，石内育一石猴……”

“殿下，”洄湘制止道，“别拿名著凑字数，这车轱辘故事读者都看四字老师演过。”

封蓝：“哦……其实我也是四字弟弟的粉丝。”

“此四字非彼四字，”洄湘道，“但是谁能不喜欢四字弟弟呢？”

“说的是……”封蓝又道，“我指的是木村拓哉，你呢？”

洄湘道：“吴彦祖。”

玄度诵经毕，只想离他二人要多远有多远。他收了若木起身，封蓝拦道：“你还没答应同我好呢。我劝你识抬举，六界当中，只有神尊能对我说不以及嫌我难看。”

洄湘公正道：“自信点兄弟，神尊也没有你好看。”

封蓝：“那你是没见过神尊的真身。”

他朝玄度伸手：“你不想要雪貂了吗？我方才可看见有对藏狐往领

奖台去了，你看看你四周，除了我你还有别人可选吗？”

洄湘：“……”

虽然但是，洄湘道：“我不算人吗？！”

洄湘这才知道这次相亲大会第一对牵手成功的还有奖品，问道：“那雪貂很稀有吗？耐寒吗？好养活吗？”

洄湘顿时产生了将雪貂拿到手，送给玄度抵债，并让玄度把自己变回去的念头，顶个龙头她快疯了。

封蓝看出她的意图，嗤笑道：“你有什么好跟我争的，你唯一的优势是个女的，还不明显。”

洄湘：“……”

喵的还没比就输了。

洄湘：“告辞，祝二位终成眷属。”

她正要转身，突然手被玄度握住，玄度道：“我选她。”

洄湘惊喜侧眸，看着这张与叶清澜一样的脸，再度心生感触，想哭。

她强行忍住，目送封蓝退出，道：“等等。”

封蓝止步，反正是匿名，洄湘道：“可惜不是你，陪我到最后……听说最后被灭灯的都要送上这首歌。”

封蓝：“食神，你得了便宜还卖乖的嘴脸我记住了。”

洄湘：“……”

封蓝：“不想被我记仇，就劝劝夕照，让她别作无谓的挣扎，早日认输，把山主之位还给我。”

洄湘：“你咋不自己说？”

封蓝：“我不想跟她吵架。”

从小到大，只要他跟夕照相处一天下来，他活着，夕照活着，这就是奇迹。

2

封蓝走了以后，洄湘含羞带怯地问玄度："你为何选我？"

是因为她甜美的嗓音，还是透过表面看到了她优秀的内涵？

玄度放开她的手，不冷不淡道："我还有别的选择吗？"

洄湘："……"

连嫌弃她的眼神都跟叶清澜一模一样，她情难自控，道："道友，能不能再多批评我几句？我知道这个要求很无理，但是你跟我一个故人实在是很像。"

玄度："……"

他明知故问："是你方才说的叶清澜吗？"

洄湘点点头。

玄度："叶清澜是你什么人？"

洄湘道："他是我的初恋。"

玄度："你很喜欢他吗？"

洄湘眼中溢满泪水："我永远爱他。"

玄度看了她一阵，不仅不感动，还生了愠怒。她在酆都花痴殷祀的模样历历在目，这人见一个爱一个，眼下又摆出这副专情的样子来给谁看。

他眼角眉梢挂霜，抛下她往竹林走。

洄湘没有一点眼力见儿，兴高采烈地追上去："还未请教道友如何称呼。"

玄度对着溪水信口诌道："溪云。"

洄湘："我叫洄湘。"

"大名鼎鼎的食神大人，失敬。"玄度嘴上客套，却不忘打击她，"你这装扮倒是别致。"

洄湘果然垂头丧气："说出来不怕道友笑话，这副龙样并非我本意，乃是被人诅咒所致。”

玄度：“食神大人确定是诅咒而不是祝福？龙是何等的尊贵，做龙委屈你了吗？”

洄湘：“委屈谈不上，只是我这般面目可憎，我怕吓着道友。”

玄度：“你觉得龙面目可憎？”

洄湘丝毫没发觉危险就在身边，道：“对啊。”

她对这样一张脸提不起戒心，小声道：“道友总该听过一朝被蛇咬，十年怕井绳。我初到洄水湘江拜师学艺时，被一位龙族公主欺负过。”

往事不堪回首，她天生力薄且势单，不像敖思，时时刻刻光芒四射，有许多人追捧，帮着敖思一起欺负她。

她也不知敖思对她哪里来的那么多恨意，执意要跟她一棵菜过不去。

有一日洄湘醒来，发现自己被关进了地窖，结界太强，她出不去。求救无门之际，出现了许多的蛇，她化出原形扎进土里想把自己藏起来，却遭到了啃食，一连好几天，那些蛇被施了灵力，怎么也赶不走，打不死。师父来救她的时候，还被毒蛇咬了一口。

这世上对她最好的人是师父，洄湘扎根在他的道场——洄水湘江，有了灵识以后化成个小娃娃，因为羡慕跟她同龄的小朋友都有妈妈，她也想要个妈妈。

她跟着小狐狸、小老虎，管人家的妈妈叫妈妈，结果被人追着打。

有一次，她躲在石头后哭得很伤心，一只手不算温柔地拍了拍她，她防备地抬起头，第一次看见了神明。

师父说：“咦？原来不是绿伞盖的胖蘑菇啊。”

师父去世以后，洄湘常常梦见他。如今想来叶清澜跟师父有很多共同之处，都穿着随性，都喜欢挤对她，都会站出来保护她。

师父与叶清澜也有不同，叶清澜嘴上批评她，看她的眼神却很温柔，而师父常常是无奈。

师父于她是父亲，叶清澜于她……

玄度眼睁睁地瞧着洄湘看他的眼神从痴恋转为坚毅，这个行为诡异的奇女子嘴里开始不停地念："纸片人纸片人，叶清澜再好也是纸片人，洄湘你怎么能对纸片人动真感情，你还想不想把师父的衣钵继承下去并发扬光大了？敖思都找上门来了你还在这儿伤春悲秋，你对得起师父吗？"

玄度因为她的童年遭遇刚生出来的一丝恻隐之心，消失得一干二净，听她道："今天不论你说什么，那个雪貂都得归我。"

玄度道："你要雪貂做什么？"

自然是拿来去求玄度，早点恢复自由之身好下界寻味，争取在食神大赛上干掉敖思，不辜负师父对她的一番教诲。

洄湘怕他不让给自己，于是绞尽脑汁，想了一个不容他拒绝的理由。

她先是问："神尊你知道不？"

玄度点头。

洄湘凑近："此事涉及天界高层机密，不要外传哦……其实我跟神尊有不可告人的关系，这个雪貂不是我要，而是神尊他老人家想要，你懂了吧？"

玄度："何谓不可告人的关系？"

债主的关系，洄湘："如果能说的话，还算什么'不可告人'？"

"……有道理。"玄度道，"你搬出神尊的名头来为己谋私，神尊他知道吗？"

洄湘："这你不用担心，神尊对我可好了。"

玄度："是吗？你叫神尊亲自来找我，我就把雪貂让给你。"

洄湘："……"

那就别怪她使出撒手锏了。她往地上一跪，抱住了玄度的腿，仰头服软，道："求求了。"

玄度："……"一瞬间想起了宋温暖。

他心一软，道："算了。"

洄湘雀跃起身，激动之余忘了分寸，抱着他脖子道："感谢道友，你道场在何处？"

玄度忙乱退避，招架不住，脱口而出："悬镜岛。"

说完即后悔，怎么把这个地方告诉她了。

洄湘："这么定了！我一定登门请你吃饭！"

说完她牵过他的手，去抢爱的号码牌。

玄度开始忏悔，按照龙的审美，洄湘今日极美，他把她变得太好看了，这哪是惩罚洄湘，明明是惩罚他自己。

3

领奖台，昆仑虚仙使看着洄湘与玄度。

仙使："想拿到雪貂的不止二位，知道为什么到现在雪貂还没送出去吗？因为来的人都是假装对彼此有感觉，实则只是为了冒领奖品。

"来了这么多对，你俩装得最不像。"

洄湘："……"谁能想到领个奖还得接受考验。

"谁说我们是装的，"她与玄度十指相扣，"我二人一见钟情，彼此觉得对方再适合自己不过。"

"你，我不怀疑。"仙使转头看着玄度，"这位出尘谪仙，请问你到底看上了这位其貌不扬的女子什么？"

玄度："看上了她其貌不扬，不行吗？"

仙使道："那好，相信二位已经初步了解过对方了，你说出她十个优点，我就算你们过关。"

玄度："雪貂我们不要了。"

"我们要！"洄湘对雪貂势在必得，飞速道声"得罪"，玄度还没反应过来，她已扑了上去，不由分说给了他一个狂风暴雨般的吻，让仙使见识一下什么叫作真爱，然后她就能站上领奖台领奖，接受众人祝福，给人签名……

她唯一低估了神道天尊自带的防御机制。

她被一道白光大力弹飞了出去，从一棵树撞到另一棵树、另一棵树、另一棵树……足足有半炷香的工夫还没能落地。

围观的人们都说，夕照山主真有心，为了让这场相亲大会办得圆满，还专门请来特技演员耍杂技……

最终，洄湘以"安慰奖"的方式得到了雪貂。

她落地以后，玄度走过来，纳罕地看着躺在地上抽搐的她："能证明真爱的法子多得是，你为什么非要跟我比相扑？"

洄湘："……"

4

"骨折，粉碎性骨折，你碎得很彻底哪，孩子。"客房里，一身雪白长毛的老猿猴替洄湘看伤，"你到底经历了啥哟？"

洄湘颤巍巍地抬手，指向他身后："我不过想亲他一口……"

老猿猴回头，看了看玄度："难怪被人打成这样。吃一堑长一智吧，当街非礼你得不到的人是不对的。"

洄湘："大爷……"

"哎，你说，"老猿猴握住她的手，"有问题就找猿辅导，大爷尽量给你办。”

洄湘：“我还能抢救过来吗？会不会影响我以后拔菜刀的速度……”

老猿猴：“这个嘛……难说……”

老猿猴浑然忘我，开始思考治疗方案，很快坐着打起了呼噜。

洄湘：“……”

洄湘伤心欲绝，隔着猿大爷，默默望着玄度流泪：“不知道我是不是回光返照了，趁我还清醒，我有几句遗言要交代。”

玄度：“你是神，死不了。”

洄湘：“可是神也会疼……”

话音未落，她蓦然瞪大眼睛，因为玄度忽然低头，在她额上轻轻印下一吻。

洄湘眨眨眼，马上蜷缩起来，做痛苦万分状：“哎哟，我还疼！”

玄度：“卖惨可耻。”

洄湘发现自己伤全好了，不好意思地揪过被子蒙住头，躲在被窝里偷笑，又忍不住拉下被子偷偷打量玄度。

玄度不自然地道：“我走了。”

转身刹那，洄湘发现他耳根泛红。

这时老猿猴睡醒，看见活蹦乱跳、扭成快乐麻花的洄湘。

老猿猴：“你这么快就好了？我就说我是个神医！”

夕照听说洄湘负伤，前来探望，正赶上洄湘甜蜜地在床上冒泡，嚷着要给一个叫“溪云”的做上一辈子的饭。

夕照：“你怎么就傻人有傻福。”

洄湘安慰闺密：“我知道事业对你来说很重要，但是终身大事也不能这么草率，三个月的时间太少了，要不咱慢慢找？”

眼下没有旁人，夕照跟她说实话，道：“可是我没有多余时间了，

每一代山神自三十万岁开始式微，我真的快死了。”

洄湘愣了愣：“怎么会这样？”

“自然更迭的规律，就跟这世上没有一座山能永远屹立不倒一个道理，加上近年来因为人类过度开采，使我灵力损耗得厉害，”夕照道，“倘若没有人继承和延续我的灵脉，六界多半要玩儿完。”

洄湘：“无非是世界上没有了山。”

夕照：“天真了。你想象一下北极冰山融化，全球变暖，珠穆朗玛峰崩塌……”

“别说了，”洄湘道，“你觉得炎英怎么样？他那身材一看就能生女孩。”

夕照道：“我也没有那么饥不择食。”

洄湘顿了顿，道：“封蓝殿下知道这件事吗？”

夕照：“别跟我提封蓝，我没有这样的弟弟。”

5

一场热闹终散去，满堂剩了几个自己人。洄湘知道了夕照的秘密，恋爱的喜悦被冲散，忧心忡忡。

夕照看着洄湘怀里的雪貂，想起玄度：“还以为能拿这小东西当诱饵引来神尊，替我解一解难题……”

她话音未落，封蓝一砸茶碗：“什么，神尊来了？！”

洄湘一砸茶碗：“什么，神尊来了？！”

炎英一砸茶碗：“什么，神尊来了？！”

洄湘看向炎英：“你惊讶个啥？”

炎英：“我随大流烘托下气氛。”

“没来。”夕照按按额角，按捺住打死这帮光知道添堵的闲人的冲动，“我这儿不是山肴海错，不管饭，你们是不是该散了？”

洄湘站起来，欲言又止。她能力太小，唯一能为夕照做的就是给她做顿好吃的，但是眼下她味觉还没恢复，连这小小的忙都帮不上，悲哀又挫败。

下了昆仑，她抱着雪貂直奔三十六天，等了片刻，开明兽朝她欢喜扑来。

她道：“带我去见神尊。”

霜寒守在无方宫外，对着紧闭的大门陷入沉思。

仅仅去参加个相亲大会，怎的他家小度去时满脸不耐，回来时面无表情之外，还带了点高兴与害羞。他正要问问是不是相中了哪家姑娘，玄度却突然久梦乍回一般，面色一沉，关门自闭去了。

如此反复无常，霜寒看得很方。

他不知道室内的玄度正对着一面镜子反思己过，镜中那清俊的面容正眉心紧蹙，心绪不定地盘龙珠。

盘了半晌，他冷静不少，道：“你许她接近，是因为想得到雪貂和弄明白她身上的秘密。

“绝不是喜欢了她。

“绝不是。”

霜寒在外敲门，打断了他，道：“神尊，食神来了。”

玄度：“……”

见！不见才表示他心里有鬼。

他知道她早晚会来一趟，没想到她会来得如此积极，她是有多厌恶做龙。

门开，玄度解咒的手势抬起来，准备速战速决，好让她快走。

他抬眸，见洄湘满脸悲怆。

难道骨折没好？他走时不是还好好的吗？

玄度的手缓缓垂落，看着她。

洄湘往他跟前一跪，将雪貂双手奉上，道：“神尊。”

龙模龙样，楚楚动人，我见犹怜。

玄度道：“嗯。”

洄湘：“这是夕照托小神送给神尊的礼物，神尊可否看在雪貂的分上，救救夕照？”

她居然不是为了她自己来的？

洄湘：“当然如果神尊慈悲，能顺便将小神变回去，就更好了。”

玄度：“……”

玄度从她手上取过雪貂，道：“你觉得本座很好说话吗？一只雪貂只能换一个要求。”

洄湘不假思索道：“救夕照，大不了小神当一辈子的龙。”她拾起他跟前的镜子照了照，“小神天天看，总有看自己顺眼的时候。”

她话音刚落，便眼瞧着镜中的自己恢复了正常。

玄度：“镜子放下，走人。”

夕照大限将至，他早就知道。他不准备插手，也插不了手。

洄湘不走，大眼睛里满是哀求，如果玄度不管，还有谁能救夕照？

玄度无声地盘起了龙珠，道：“你知道本座存在的意义吗？”

洄湘：“悲天悯人，拯救天下苍生？”

“那是你们普通神该做的事，”玄度道，“本座要做的是顺其自然，冷眼旁观。”

“万事万物有它的宿命，一棵树即将枯死，一面镜子早晚会碎，这些都是天道。天道不可违，本座是维护天道的那一个，假如本座带头违背，还有什么脸忝居神位，干脆去当人好了。文盲，你可明白？”

洄湘：“神尊，你怎么可以把冷血和懒形容得如此清新脱俗。

“神尊说的这些我不是很明白。我只明白，夕照她是我的朋友，我不能看着她死却什么也不做。”

“说得好，”玄度道，“但这跟我有什么关系？”

洄湘气愤道：“神尊你难道就没有朋友吗？”

玄度：“本座不需要朋友。”

洄湘无话可说：“小神知道了。”

她沮丧地起身，冷不防将镜子扫落，镜面四分五裂。

洄湘：“……”

玄度：“本座说什么来着，镜子早晚会碎。

“你赔。”

洄湘：“神尊，你不是还说，这是天道吗？”

“没错。”玄度道，“你赔。”

洄湘：“……”她赔就她赔，她道，“活该你没朋友。”

她走得铿锵。

玄度：“慢着。”

洄湘回身，满怀期望。

玄度：“镜子碎片捡出去，扎着本座怎么办。”

洄湘：“……”

大食神能屈能伸，镜框好歹能卖钱。洄湘蹲身捡碎片，头顶现了虚空，夕照的命盘旋转其上。

洄湘一喜。

玄度：“别高兴得太早，本座只答应替你朋友看看。”

洄湘嗯嗯点头，道：“神尊，小神久浸人间烟火，总结出一个浅显的道理——神若是有了人性，也可以很可爱。神尊不嫌弃的话，小神愿意当神尊的朋友。”

玄度隔空将命盘拨乱反正，道：“本座嫌弃。”

这段日子以来，洄湘也摸出了几分玄度的脾气。他这个人吃软不吃

硬，只要顺了他的鳞，一般没有生命危险。

因此洄湘对他的回答并不意外，仍旧和颜悦色道：“今日小神认识了位朋友，承诺请他吃饭，届时神尊一起去吧。”

“小神对他很是有好感，神尊神生经验丰富，正好帮小神把把关，如果神尊也觉得他好，小神决定追一追他。”

玄度手一抖。

“怎么了怎么了，”洄湘紧张道，“是夕照不好了吗？”

“夕照很好，”玄度不太好，“她的命盘有人替她改过了。”

6

“我今日好像并没有请你来。”殿内只剩了夕照和封蓝。

封蓝还是一副傲慢姿态，坐在角落美得扎眼。他道：“万山之主选夫，这么好看的笑话我怎能不来看看。”

夕照：“现在你看过了，可以走了。”

封蓝一动不动：“昆仑虚也是我的家，我想来就来，想走就走。”

“我还没死呢，封蓝，只要我在一日，就容不得你在昆仑虚放肆。”夕照一指门外探头探脑的几个低等妖族，“带上你的人从我眼前消失。”

“那你什么时候死啊？”封蓝轻飘飘道，“记得通知我一声，毕竟你是我在这世上最后一个家人，我得好好送你一程。”

封蓝：“你的灵位想摆在父亲旁边还是母亲旁边？”

夕照：“滚。”

封蓝眸子星光熠熠：“还是父亲旁边好了，母亲旁边那个位置留给我吧。阿姐，你跟我争了一辈子，死了不如让我一回。”

他勾勾手，一只狐妖乖顺地依过来，他旁若无人地亲了亲那狐妖，挑眉道："别再搞什么相亲大会徒给人增添笑柄了，你不是那种愿意屈就的人。如果有机会，找个与你两情相悦之人，好好过……"

"这话谁都有资格劝我，唯独你没有，封蓝，"夕照恼怒地瞪着他，"我能有今日，全都拜你所赐不是吗？"

"要不要我当着你这些情人的面，讲一讲你当年是如何勾引了我的未婚夫？母亲临终时你同母亲发誓说要照顾我，转天就上了我未婚夫的床，你就是这么照顾我的？你将别人视作玩物的时候，有没有想过自己曾经也是某人的玩物？"

封蓝放开那狐妖，苍白的面孔上漾出一个牵强的笑："你这辈子的要强都拿来欺负我了，你真不是一个好姐姐。

"幸好神没有下辈子，不然我下辈子一定想办法比你先出生，把你欺负我的一一报复回来。

"你不愿意看见我，我也不是很愿意看见你。"

封蓝走出几步，想起什么，道，"夕照，今时今日你有没有后悔过，当年抢了我的山主之位？"

夕照："无比后悔。"

封蓝走了。

脚步声回荡在大殿，只剩了夕照自己。

她孤坐到天亮，感到了前所未有的疲惫。

身后再度响起脚步声，洄湘气喘吁吁地跑来。

"万山之主做到我这个地步，是不是也挺悲哀？"夕照苦笑道，"一个常人只要不是大奸大恶，死前尚有家人朋友在身旁，而我呢？"

她本来也有，可是不知道从什么时候开始，就没有了。

"你说封蓝他为什么会变成今日这副模样？小时候明明那么可爱，胖得像只雪球，总是跟在我身后，我一转头就能看到他。"

父母太忙，是她一手将弟弟带大的。封蓝学会的第一句话是"阿姐”，整日阿姐长阿姐短，抢她的玩具，抢她的零嘴。

昆仑虚多野兽，他会在野兽拦路的时候，挡在夕照身前，然后被野兽吓哭。夕照翻着白眼一把将他薅走，把野兽打得满地找牙。

夕照成年那天，从母亲口中得知了“万山之主活不过三十万岁”的秘密，决定跟封蓝抢这个位子。

能力越大，责任越重，一来封蓝不适合；二来封蓝得活着，开开心心长长久久地活着。

封蓝十万岁，玄度来昆仑虚做客。封蓝一见玄度误终身，要死要活地要嫁给玄度，父亲和母亲骂他丢人，只有夕照支持他。

然而转头封蓝就抑郁了，因为玄度说他丑，原话是：你是谁家的丑孩子。

夕照不干了，单枪匹马去为弟弟打抱不平，凭啥说我弟弟丑，谁见了我弟不惊艳，这个世上只有我可以说他丑！

当时玄度还在昆仑虚未曾离去，夕照到那儿一看，掉头就走了，回去跟她弟说：“认了吧，以神尊的长相，确有资格说你丑。”

她没说出口的是：但在阿姐心里，你六界第一好看。真的。

…………

洄湘好容易把气喘匀了，对夕照道：“玄度说什么能量守恒巴拉巴拉，我没听懂，但是封蓝用余生万万年为你续了十万年的命。”

她环顾：“封蓝他人呢？”

7

花果山。

一只猴子头顶佛光，蹲在石头上迎风啃桃看日出。

洄湘大吃一惊：“斗战……”

“嘘——”猴子说，“低调，叫我猴哥。”

猴子说，昔日朝夕相处的一位老朋友走了，他来送送。

猴子说：“敢问二位姑娘是？

“哦，夕照，你就是他姐，阿弥陀佛，明明比他形容的好看嘛。

“他让我给你说声对不起，抢你未婚夫不是他本意，是你未婚夫自己渣。”

夕照说：“我知道。”她呛他的那些话，都是气话。

猴子说：“你一生要强，他以为你喜欢搞事业，想要他的山主之位，所以他开始做无赖混蛋，好衬托你的优秀。”

夕照：“我知道。”

猴子说：“但是你母亲临终前，告诉他姐姐为了让他一生无拘无束委屈了自己，他又后悔了，想把山主之位抢回来……没抢过你。他说他做得不好，让我再跟你说声对不起。”

夕照已泣不成声。

“他人真的还行，除了是个断袖。但是那又怎样，谁在乎他断袖不断袖，我佛慈悲。”猴子说。

“俺老孙在这山，度过了很长一段中二时期，都有他一一见证。

“后来他说我现在属于西方部门，东边轻易管不着我，让我走后门，用他的命续你的命。俺老孙不干，他就要挟俺老孙，要把俺中二时期的糗事抖搂出去。

“俺老孙答应了他，绝不是因为他的威胁，而是好久没干缺德事了，手痒。”

一轮红日升腾，冲云破雾。

猴子说：“你们吃桃不吃？”

夕照问：“他凭什么替我去死？”

猴子说：“因为你是他姐姐。”

捌

苦瓜的诱惑

1

洄湘感觉床前有人。

睁眼，敖思半张脸隐在黑暗，举着她的菜刀，笑容阴森：“受死吧，洄湘。”

寒光一闪，刀起刀落，鲜血四溅，洄湘眼睁睁瞧着自己的身体四分五裂而毫无招架之力……

惊痛之下，她从床上弹起，大口喘息，擦了擦额角的冷汗，看看空荡荡的卧房，心有余悸。

她在昆仑虚陪着夕照祭奠了胞弟，回来山肴海错，因些许劳顿补了一觉，未承想做了这样一个梦。

她拥着被子回想片刻，死对头敖思举刀剁她也就算了，已故的师父站在敖思后头笑是几个意思？梦见师父也就算了，还有玄度坐在床头看热闹又是几个意思？

就不合理。

洄湘顾不了那么多，离食神大赛还有八天，她却还只尝得出酸和甜，如此怎么能够打败实力不可小觑的敖思，保住食神之位，以及师父传给她的法器——那柄可大可小，刻着“邵九最帅”，关键时候会放电的玄铁菜刀？

想到这里，洄湘奋起，直奔同位于九天的司命紫府，破门而入。

温馨的小院里，高大的粉袍男子执卷抬头，吩咐童子将破门抬走，道：“嘤，粗鲁。”

“炎英救我。”洄湘抓紧他胳膊一顿摇，“《机缘簿》里有没有那种能一下子尝遍百味的角色？让我去穿。”

司命在脑中检索一番，道：“美食家我还没写过，不如你给我半年，等我推敲一下，构思一下，相关资料搜集一下，沐浴焚香一下……”

“我只有不到八天了，大哥，”洄湘怒道，“读者的热情就是让你这种人活活拖没的，我就问你周更很难吗？很、难、吗？！”

炎英：“……”

洄湘：“别的书里的司命都能日更两万了，你为什么不能？你反思一下，别人拼命攒稿的时候，你是不是睡懒觉了，是不是刷剧了，是不是看女团跳舞了？别人比你优秀还比你自律，长此下去你拿什么跟别人比？”

炎英：“……”

洄湘：“你对得起自己的作家梦吗？对得起自己写作的初心吗？对得起为数不多但是贼拉可爱举着月票嗷嗷等更新的读者吗？”

愧疚和懊悔涌上司命心头，他怀着沉痛的心情检讨了自己，道：“我对不起……”

“振作起来，说你能你就能！”洄湘趁势鼓励他，并打破了一罐特别带来的鸡血，“去吧皮卡丘，卷起来！月票榜前一名我要看见你的名字！”

不知道为什么，司命感觉自己可以了，又行了。他豪横地一抖袖，拿出《机缘簿》：“来，你先穿着。等你回来，美食家篇准时交稿，妥妥的，你放心！”

说完他抄起键盘……觉得键盘有点违和，于是改抄起狼毫，冲回屋憋稿去了，并吩咐童子，除非一龙、一博或亦菲亲自找他吃饭，否则谁来了都说他不在。

洄湘翻看《机缘簿》，好家伙，故事没一个好看的，偶尔有几篇欢脱的还挺尬，没法子，时间紧迫，闭眼跳吧。

三十六天，静然打坐的玄度睁开了眼睛，腕上一根红线若隐若现，一扯一扯，很有拉他共沉沦的架势。

玄度蹙眉看了一阵，指尖凝光在线上一断，线更粗更有劲了。

玄度：“……”

看来还非得他亲力亲为不可了，他无奈地挥袖，原地消失不见。门外等候的霜寒似有感应，推门进来看了看，摇摇头，掏出毛衣针。

没有人分享打毛衣的快乐好寂寞，霜寒收拾收拾下九天，走到银河边上，看见了对面因为没有灵感而在河边抓狂的司命。

霜寒一喜，隔岸呼唤道：“炎英——”

司命：“啊，霜寒——”

恰逢人间七夕，牛郎织女银河相会，他俩这一出，给人家两口子整不会了。

牛郎脱口而出的深情呼喊卡在嗓子眼儿，干巴巴地看着织女：“要不我先回？”

牛郎：“孩子给你留下行不行，辅导他们写作业太难了……”

2

自三十六天清静无为之境一脚踏上实地，耳边混沌嘈杂，玄度拨开迷雾，视野内出现闹哄哄的人间。

有雨丝飘坠，他习惯地伸手，掐诀欲避雨，半晌未果，他疑惑地看向自己的指尖。他人虽然来了，法力却没了，那《机缘簿》是个什么鬼玩意儿。

与此同时，司命毫无征兆地狠狠打了个喷嚏，他环顾四周，感觉有人骂他。

司命揉揉鼻子，看霜寒织毛衣。

霜寒："回头给你打副手套，粉色。"

司命："哎嘿嘿。"

一只纯白的绒毛小兔在霜寒手上渐有雏形。

霜寒解释道："前几日神尊带回来的小兔子没了，我怕他难过，做只玩具兔给他陪睡。"

神尊私底下竟是这种神？司命谨慎地后退一步，这是他可以知道的内幕？

霜寒："他尤其偏爱白毛小动物。"

——前路尽是未知，玄度一步步走得谨慎，将"莫挨本座"写在脸上。

但好像不怎么管用。

今日该是凡间的节日，街上姑娘尤其多，有人送伞给他，有人送花给他，有人送媚眼给他，有人送飞吻给他，还有人送自己给他……

所以那小食神在何处？此单篇故事里她是男是女，是扁是圆，是人还是……

动物？

玄度一眼瞄见了某个小摊，一堆皮毛中，小狐狸脚上戴着比它两倍大的捕兽夹，陷入昏迷。

毛茸茸一团，白色，一点也不可爱，他半分也不心动。

摊主是个猎户，看玄度盯小狐狸盯得痴迷，心想来钱了，是故诱惑道："狐狸性烈，活捉不易，先生算是来着了。今日是七夕，买来送给心仪的姑娘最好不过。先生别看它半死不活，它是装的，它血厚着呢。"

猎户戳戳小狐狸："起来给先生嚎一个……先生？"

玄度回神："我不要活的，它什么时候死？"

猎户肉眼看不到，狐狸爪上有根半透明红线，与跟前这位先生腕上的遥遥相接，牵绊甚深，令这位先生深恶痛绝。

玄度有预感，狐狸一死，等于全剧终，所有难题将迎刃而解。他只要先解决了洄湘，再找出幕后操纵洄湘给他使绊子之人，不过是时间问题。

猎户挠头："这样，我把狐狸卖给你，你若看不顺眼，就杀了它扒皮做围脖，皮毛还新鲜。"

玄度不悦道："那多残忍，我岂能做出此等没人性之事。"

猎户："……"打猎多年，杀生无数，没见过这么冷血的白莲花，搁这儿跟他表演又当又立呢？

猎户默念"顾客是天帝，给钱是大爷"，好脾气道："我帮你杀？"

玄度立即道："有劳。"

猎户："……"

猎户举起猎刀，玄度仿佛看见了洄湘气急败坏回归天庭，满脑袋问号，而自己将从她身边经过，丢给她一个"跟本座作对都是这个下场"

冷酷背影的美好场景。

一声“且慢”打破了玄度的幻想。一位白衣少年来得太快好似龙卷风，兴奋道：“谢谢你哦师父，徒儿的日行一善正好达成。”

少年刀下夺狐：“还是师父体贴，徒儿格局小了，方才看见师父被好多姑娘拥簇，还以为师父不要徒儿了呢。”

玄度：“你哪位？”

少年：“调皮了师父，我是萧霓呀。”

真是个一叫就容易被视为挑衅，然后挨削的好名字。

玄度：“你说得对，我不要你了。”

“师父你又说气话了，徒儿知道你为了徒儿被妖怪所伤失了修为，心里苦闷，”萧霓道，“师父若不解气，捶我两下也使得。师父，来，大力捶我。”

玄度从他手上抱走狐狸，漠然转身。

萧霓见他动了真格，虽然不知道他为何生气，但感觉应该是自己的错，于是低头跟在玄度身后，道：“也是，我一无是处，跟着师父游历以来毫无建树，都是师父护着我。唉，师父当真不要我，那我只好回去继承皇位了。”

玄度：“……”

玄度从萧霓不怎么过脑子的话里了解了自己的人设。这是个崇敬修士的国度，萧霓是当朝太子，文不成武不就，除了卖萌干啥啥不行。半年前皇帝跪求国师——也就是玄度，带太子出宫历练些时日。

萧霓：“但这只小狐狸，能不能送给徒儿？徒儿第一次拯救小动物，想留个纪念。”名字他都想好了，叫小白。

玄度：“我可以继续当你师父，只要你帮我杀了这只狐狸。”

萧霓：“啊？”

难为死孩子了，萧霓开始在狐狸和师父之间权衡。权衡到天黑，走

到客肆开了房，最终痛定思痛，说好。

一炷香后，萧霓惊慌失措满脸通红，跑回来道：“师父师父，小白是妖、妖……”

“没出息，”玄度打断他，“出来这么久，你没见过妖？”

话音刚落，化成人形的狐妖出现在玄度房门口。

多么熟悉又陌生的圆脸。

萧霓：“没见过裸……没穿衣服的妖。”

玄度当机立断，捂住萧霓的眼，同时脱衣。

一件大黑袍劈头盖脸从天而降，小狐狸努力扒拉，从中露出脑袋，眼神纯澈，透着兴奋。

小狐狸说：“二位恩公，你们好呀，谢谢你们救了我。我要报恩，以身相许。”

又为难道：“但是你们两个人，我报不过来，只能选一个报，所以我选谁比较好？”

小狐狸看看玄度，指定了萧霓：“那我就选你吧。”

萧霓还未反应过来，玄度已道：“你再说一遍？”

他也不知道自己为什么那么火大。

3

狐狸小白换上女装，与萧霓同扒玄度的门缝。玄度背对房门在窗下打坐，长发沾染清冷夜辉，身影令人望之生畏。

小白同情道：“你师父脾气不大好。”

萧霓道：“嗯嗯。”

小白：“给，签了这张卖身契，我就是你的狐了。我要给你做一百年的饭。”

萧霓：“原来你说的以身相许，是许给我当厨子？”

小白：“不然你以为？”

萧霓：“……没。”

萧霓：“你为什么选我？”

小白：“我做饭太好吃了，吃过我做的饭的人没有不胖的。你师父那么好看，胖了多可惜，你胖点没关系。”

萧霓：“……”

小白是只九尾灵狐，从小热爱下厨，三百岁上踩着凳子为全族做大锅饭。两百年过去，全族的狐都胖成了萨摩耶，族长一看不行，长此以往狐狗不分，多丢狐脸。于是族长号召全族集资，苦劝小白北漂。

族长道：“京城发展空间大，机会多，听说皇宫正在招御厨。”

小白犹豫了。

族长道：“当上御厨，那待遇可好了，不仅薪酬高，有五险一金，还能见到天子，当面吸他的龙气，提高修为。”

小白还是犹豫。

族长道：“京城美男多。”

小白：“事不宜迟，我这就动身。”

族长：“倒也不用那……”

小白尾巴一卷行李，蹿出二里地。

族长：“么急。”

小白刚走出山，没蹦跶几天，踩中了猎人的捕兽夹。

小白以为自己必死无疑，没想到醒来以后她在客肆见到萧霓他师父，暗叹族长诚不欺她。

这还没走到京城，就遇上了大美人，她终于可以拥有一段自己的人妖恋了吗？

小白："太子，你师父叫啥？"

萧霓道："啊，这个……"

玄度发现自己身上的确有内伤，打坐调息一个时辰。睁眼时，小白和萧霓两个蹲在他面前，四只大眼漏光，齐刷刷地看着他。

萧霓："师父，徒儿问个大逆不道的问题，你叫个啥？"

玄度："你不知道我名字？"

萧霓："我只听他们叫你国师大人。"

玄度转向小白："你也不知道？"

小白："我该知道吗？"

玄度："……"恍惚了，他总以为她是洄湘。

"敢情你是个没名字的可怜人，"小白道，"我给你起一个好不好，不如你就叫国师大人。"

玄度肋骨疼，一指门外："出去。"

一人一狐被拍在门外，面面相觑。

狐道："你饿了没？"

萧霓："有点。"

半个时辰后，玄度的门再次被敲响，小白捧着托盘，道："太子他师父，我来给你送消夜。太子说你们一天没吃饭，你饿坏了吧？"

托盘上放着一碗白米饭、一碟炒苦瓜，翠绿翠绿。

小白还不忘替萧霓表孝心："太子正埋头干饭，等吃完了饭再来找你做晚课。"

玄度："埋头吃苦瓜？"

"那不能，"小白道，"我给他做了鸡丝豆腐、云腿白菜、汆丸子、蛏子汤……"

玄度不想再听了："出去。"

小白："出去是你的口头禅吗？

“多少吃点吧，你肋骨疼是因为火大，苦瓜降火。”

她给太子做了那老些菜，没用上一刻钟，做这道苦瓜却用了小半个时辰，从食材到火候，无一不精细。

玄度冷冷地看着她，心想，明天就杀了她。

小白丝毫不知自己在死亡边缘疯狂试探，以为美男脸皮薄，不好意思，于是她夹起一块苦瓜凑到玄度嘴边：“张嘴，啊——”

小白又一次被拍在了门外。

小白扒着门：“再生气也要吃饭哟，挑食是不对的。我炒的苦瓜一点都不苦，真的。”

门开一条缝，一只枕头扔了出来。

世界终于清净，玄度低头看着炒苦瓜，腹中的饥鸣提醒着他此刻自己是个凡人。

但他是个有脾气的凡人。

遂离座，闭眼不看饭菜，然而饿的感觉越强烈，嗅觉越灵敏，苦瓜清香阵阵诱人。

这该死的七情六欲。

他重新坐回饭桌前，看苦瓜的神情仿佛跟苦瓜有仇。

他也不是没吃过饭，在天上时赴了谁的宴，抑或霜寒母爱光辉泛滥时，也会下厨，不过在天上吃饭，是为了在漫长无聊的神生里找点意趣。

他被洄湘拉进三场梦里，也不是没体味过人间饭食，但那终究是借着别人的壳子，体味得并不真切，何况梦醒以后，舌尖的味道就随着时间淡了。

他之所以对着一盘炒苦瓜沉思以上这么多，就是为了抵住苦瓜的诱惑。

没抵过。

动摇间他拿起筷子，他其实不爱吃苦瓜……

须臾，真香了。

留着那只狐，后天再杀好了。

4

半夜起了狂风，炎炎夏日，腥冷之气横生。

玄度醒来，隔着窗户纸，一狰狞黑影现身。那黑影貌似在寻人，一间一间房子找过，尾巴拖出老长。

萧霓住在玄度隔壁的隔壁，小狐狸不知住在哪一间，反正不关他的事，这俩笨蛋给妖怪吃了他还省心。

玄度一边想着，一边推开了萧霓的房门，但见萧霓在床上睡得东倒西歪，小狐狸在他肚子上摊开尾巴睡得四脚朝天。

玄度按了按腰腹，肋骨更疼了，这回是气的。

一人一狐被叫醒，墙角罚站，睡眼惺忪，既不知有妖怪来过，也不知玄度的无名火是为哪般。

玄度看着萧霓："不是让你给她单独开间房？"

小白赶忙道："不用不用，我变回狐狸不占地方，随便哪里都能躺。"

她还挺节俭！

萧霓道："而且没有空房了，客肆老板说此处有大妖祸世，近来镇上多了很多修士，镇上能住的地方都挤满了。"

萧霓："师父，有何不妥吗？"

玄度："礼教大防不懂？男女有别不懂？人妖殊途不懂？万一……她一高兴吃了你呢？"

就算以身相许，成亲之前也得收敛。

小白委屈道："人很难吃的，我不喜欢吃人。"

萧霓也道："小白不是那种狐。"

玄度眸光一冷，拎起小狐狸后颈就往外走，小白蹬腿挣扎："太子救我！"

萧霓稍微动了动，玄度忽然回头看了他一眼。萧霓立即缩了回去，面壁，动也不敢动，师父的眼神好可怕。

小狐狸放弃挣扎，两只前爪捂眼不敢看，等着被玄度扔出客肆。等了良久，触到了柔软的被褥。

小狐狸："哎？"

这是太子他师父的房……和床。

小狐狸不明所以，玄度在她对面的榻上掀袍坐了下来，合眼接着打坐。仿佛知道小狐狸在看他，他命令道："睡。"

小狐狸战战兢兢地抓紧小被被盖住了自己，闭眼装睡。睡不着，偷偷睁开一只眼，打量玄度。

太子他师父可真耐看，族里最美貌的狐妖都被他比了下去。只是……他为何总不开心？

玄度坐着坐着，手心里突然拱了一只狐狸头。

小狐狸道："你蹂躏我，胡噜我吧。

"我们族长说了，撸毛茸茸可以解压，让人暂时忘了不开心。"

说不定在未来会成为大趋势，几乎每个人类家里都会出现一只狐主子，那些没时间没精力养狐的，就会有狐咖，专门供他们工作之余释放焦虑。

玄度第一反应是将手抽离，但手感实在太好，他动作慢了一瞬，给了小狐狸可乘之机。小狐狸得寸进尺，将整个脑袋钻进他掌心，蹭着他掌心最柔软的地方。

玄度低语："做什么不好，偏要做狐狸。"

小狐狸没听清："啥？"

玄度："没什么。"

他抽手，将小狐狸端正摆到身前："你既选择入世，便该守一守人世的规矩，难道你族中长辈没告诉过你吗？"

当然有。小白道："活在当下，快乐第一。"

玄度："还有呢？"

小白："没了。"

玄度："……"

果然，九尾灵狐把自己活成濒危动物是有原因的。

他道："蹂躏不是什么好词，以后不许对人说。"

小狐狸："我只对你说，只许你蹂躏我。"

玄度："……"

玄度："对我也不许说。"

小狐狸："为什么？"

玄度："不许就是不许。"

小狐狸："哦。"

玄度："还有，对待感情要专一。"

小狐狸："为什么？"

玄度："这就是我要教你的第三个规矩，话太密招人烦。"

小狐狸："那你烦我吗？"

玄度："烦。"

小狐狸："骗狐，你烦我，为什么还吃光了我做的饭菜，为什么要让我睡你的床，为什么不许我和太子一个屋？

"你是不是吃醋了，我们族里的小花狸和对过山头一匹狼好了，小花狸的初恋不愿意，吃起醋来跟你的表现一模一样。三角恋可虐了，我给你讲讲……"

小狐狸如愿以偿，被玄度扔出了客肆。

翌日一早，萧霓开房门，门口蹲着一只眼圈发青的狐。

小白：“太子，你师父不开心的原因我帮你找到了。他暗恋你，所以才不高兴我跟你走太近。”

萧霓：“！！！”

“好羡慕你，幸运儿，”小白酸溜溜道，“早饭你想吃啥？”

萧霓：“蛋、蛋炒饭？”

玄度下楼，大堂香气扑鼻，小白借用客肆灶房，给全客肆的人炒饭。人人面前摆了碗色泽鲜亮的饭，只有他的位置上，摆了盘苦瓜和白米饭。

九尾灵狐妖气纯净，在场五十名修士，眼瞎者五十名，没人认得出小白是妖，只当她是客肆新招的小厨娘。

小白应大家所求现场表演厨艺，将腐干切得发丝一样细，撒上虾子，拌以秋油，一道小凉菜送给大家。

玄度面色不善。很好，凉菜都没他的份，这饭不吃也罢。

他正要起身，小白凑过来，神秘兮兮道：“太子他师父，蛋和腐丝不新鲜，因此我没给你做，别说出去，哦……”

玄度气顺了一丝，拾箸吃苦瓜。

萧霓今日反常，与玄度隔桌坐，离玄度甚远，扒一口饭，瞅一眼玄度，欲语还休，含羞带怯。

玄度起初不解，目光触及萧霓身旁忙碌的小白，明白了。少年情窦初开，听见有姑娘对他以身相许，生情在所难免。

玄度远观，小白和萧霓说说笑笑，她端盘来他刷碗，他洗抹布来她拧干。

一个有情，一个有意。玄度低头看一看腕间，如果将她和萧霓撮合

成功，算不算另一种破局方式？

他决定试试。

玄度招手，小白狗腿地跑过来，腿上伤未愈，一瘸一拐。玄度一指萧霓：“你果真要对他以身相许？”

小白：“是的呀。”卖身契她都签了。

玄度：“想好了就不要后悔。”

小白笃定道：“不后悔。”不管做人做狐，契约精神都要有。

玄度摔筷，走了。

他后悔了。

小白望着他的背影，这人怎么又生气了，是苦瓜不好吃吗？

是夜，萧霓在隔壁的隔壁教小白斗地主，玄度失眠望月。

月神架鹿车巡游，路经此地，认出玄度，惊得差点闯了红灯。

月神：“神、神、神尊？”

玄度：“眼下我是个凡人，当不认识本座即可。”

月神：“好嘞。”

玄度：“因何事下界？”

月神：“此地有大妖出没，我在附近替人牵线，顺道来瞧瞧。”

玄度：“瞧出端倪了吗？”

月神：“那妖长得忒难看，不好找对象。”

玄度：“……”

问了等于白问，玄度烦躁道：“走人。”

月神一转方向盘在半空漂移。

“等等，”玄度忽生一念，“凡人的姻缘尽归你管？”

月神有不祥的预感：“话虽如此……”

玄度抬腕：“死扣，谢谢。”

月神走得很疑惑，铃儿响叮当唱跑调了都没发觉。

玄度以为这下他可以高枕无忧了。

突然门被敲响，小白不请自入，“咻”地变回原形，理直气壮道：“我来找你困觉。”

她跳上床，把自己当孔雀使，尾巴开屏给玄度看，骄傲地道：“我替你想了个好名字，你叫玄度好不好？”

玄度自窗边转身，看着她。

“你也觉得我很有文化对不对？”小白大蓬尾巴一甩一甩，“实话说这个名字是我梦中所得，授权给你，拿走不用谢。”

玄度：“你还梦见了什么？”

小白：“还梦见你跟我成亲，叫我亲亲娘子，爱我爱得那个惨哟，简直无法自拔……”

玄度看着她。

小白心虚，编不下去了：“只记得这个名字，其他醒来就忘了。”

玄度不置可否，拎过狐狸，拆绷带，上药。

小狐狸乖乖趴好，药刺痛了伤口也不挣扎。玄度指尖冰凉，她偷偷用尾巴给他暖暖。

她仰头看玄度，狐狸眼亮晶晶：“虽然你暗恋太子，但是能不能……”

玄度：“我暗恋谁？”

小白：“太子。”

玄度：“你腿还疼吗？”

小白摇头。

啪！门在小白眼前合上了。

小白：“……能不能给狐一个机会。”

萧霓从自己房间走出：“你怎么又被我师父赶出来了？”

小白："我戳穿了他暗恋你的事实，他恼羞成怒了。"

萧霓："要不你跟我睡？"

小白扒定玄度房门："不了不了，玄度不喜欢。"

她还有心里话没说出口，她觉得萧霓大小也算她情敌，她要做一只爱恨分明的狐。

萧霓："我师父叫玄度？"

小白自豪地摆尾："我起的，酷炫吧？"

5

过了几天，全镇的修士都追着大妖往北去，小白腿伤好得差不多，加上皇帝千秋近了，萧霓要回去尽孝，因此一行三人也往京城的方向去。

一路上，玄度有意与他二人疏离，小白有意将萧霓与玄度隔离，自己与玄度亲近……萧霓身处三角虐恋旋涡而不自知，赶路赶得怀疑人生，就感觉师父和小白对自己忽冷忽热的。

难道这就是当储君必须要经受的磨砺吗？

好不容易，到了京都城门，大妖失了踪迹，估计是因为京城清气鼎盛，大妖不敢造次，藏匿了起来。修士们败兴而返，在京郊周边各显神通，地毯式搜妖。

一群人呼啦啦将马车围住，恭迎太子和国师入宫。

小白震惊了，问萧霓："啥啥啥，你居然是太子？！那你爹岂不是皇帝？"

萧霓看着她，玄度看着她，侍卫宫人看着她。

小白："我一直以为你姓太名子。"

众人："……"

小白："不合理吗？你们看孔子、墨子、孙子。"

谁能不说一句绝绝子。

小白忐忑了，拽萧霓袖口："我想考御厨，你不要帮我走后门哦，我要凭实力。"

萧霓点点头："那你加油，等我将来当了皇帝，就升你做御膳房总管。"

小白："有什么好处？"

萧霓脸一红，谎称道："可以跟皇帝同桌吃饭。"

小白想了想，有面儿，欣然同意。

萧霓看她雀跃地先下了车，便叫住玄度，踌躇再三，鼓足勇气道："师父，我好像有点喜欢小白，怎么办？"

玄度："小白是妖。"

萧霓："我不管她是什么身份，她说要给我做一百年的饭。我也会豁出性命去保护她，不让她受一点伤害。"

玄度默然不语，曾经有人在昆仑虚，也说要给他做一辈子的饭。

"喜欢一个人，就要站在对方的角度为对方着想，否则你自己也不会幸福，"他像是对萧霓说，又像是对自己说，"记住你今日说过的话，这辈子不许让她受委屈。"

玄度此行目的达到了，却没有意想中的高兴。

相识一场，就当作……他送给她的临别赠礼。自此天上地下，不复相见，他做回他三十六天孤冷的神尊。

其实，黑毛的小动物也不错，他又不是非喜欢白毛不可。

萧霓临走，望着玄度欲言又止。

玄度："还有事？"

萧霓遗憾道："徒儿注定要辜负你一片深情了，师父。"

玄度火道："我什么时候……"

萧霓脚底抹油，跑了。

6

国师的宫殿坐落在皇城北阙，平日少有外人打扰。留守的修士们迎接国师回归，国师道城外有大妖，要他们联合外地修士，帮忙捉拿，也算为民除害。

修士们连连点头，等着国师大人接着训话。

国师没话了。

修士们目睹国师面若寒冰，一言不发进了内殿深处，殿门随之紧闭。大家大眼瞪小眼，国师出宫一趟，更深沉更智慧了，崇拜，YYDS。

令诸人捉摸不透的国师坐在茶几旁，面对茶几上的匕首、毒药、白绫，抉择得很艰难。

没有法力，靠自主回天不大可能……所以哪个死法比较利落？

殿门忽然大开，一白色毛团"嗖"地钻进了玄度的袖底。在修士们的阻拦声里，宫中侍卫贸然而入，行礼道："属下奉命捉拿一名女子，有人说她往这边来了，没惊扰国师大人清修吧？"

玄度将露出袖外的一条狐尾遮好，不作声。

侍卫干脆挑明："国师大人可见过那名女子？"

玄度："见过。"

狐狸一口咬住玄度手腕，人类你不仗义！

侍卫："那女子在何处？"

玄度："不告诉你。"

侍卫敢怒不敢言地走了。小白听着侍卫远去的脚步，暗道自己冲动了，咬早了。她松口，对着玄度腕上的牙印，舔舔舔。

玄度手一抖，拎出小白摆在茶几上，把匕首往远处推了推，对小白怒目而视。

小白讨好地一笑，只是狐狸毛太厚，笑得不明显。怕他不能深刻体会自己的歉意，她后爪直立，拱起两只前爪，给他表演了个“恭喜发财”。

玄度：“……”

一只灵狐，净干狗事。

玄度：“你进宫有半日吗？劳动侍卫阖宫捉拿，你可真有本事。”

“我也不知道呀。”小白喊冤。

好多宫女围上来给她泡澡换衣裳，还往她头上撒花瓣。接着萧霓来了，说要带她见见母亲。

可能当御厨需要面试，小白没有多想，跟着萧霓七拐八拐，来到一处花团锦簇之地。雍容华贵的妇人纨扇半遮面，打量小白，道：“哪里来的狐媚子？”

小白诚实答道：“里口山来的。”

…………

小白跟玄度告状：“我单报了个住址，她就说我出言顶撞她，要侍卫把我拿下，我能不跑吗？”

怎么御厨竟是个高危职业，不录取就丧命，这可使不得。小白道：“玄度，你带我跑了吧。宫里不好，我打听过了，这里的人都不吃苦瓜的。”

玄度教育她：“我告没告诉过你，对待感情要专一？你答应了萧霓以身相许，便不可以出尔反尔。

“去找萧霓，他会保护你的。”

小白道：“好吧。”

小狐狸耷拉着尾巴，走得不情不愿。走到门槛边，她回头道：“你还没告诉我，我炒的苦瓜好不好吃。”

“不好吃，”玄度道，“苦死了。”

7

玄度最后选择了匕首，不在乎心上再多一道伤。

正要对自己下手，突然殿门大开，皇帝驾到。

玄度：“……”

国师平时都这么忙吗？连自尽的工夫都没有？

玄度不怎么高兴地看着皇帝。皇帝并不介意，因为他也不怎么高兴。

皇帝在玄度跟前来回踱步，道：“不是让你在宫外择机杀了太子吗？你怎么又把他带回来了？！”

玄度：“……”

居然还有意外收获。

玄度：“萧霓不是你亲生的？”

“自然是，”皇帝道，“但是朕又不止他一个儿子。”

众妖皆知皇帝是命定的天子，身负修行所需的龙气，可以提升修为、养颜美容，转发还能冲散水逆。但同时京都遍地是大仙小神，清气充沛，对妖不利，一般的妖不敢近皇帝的身。

俗话说得好，总有那么几个不怕死的。

半年前皇帝被一只大妖缠上，国师屡次除妖不得，遂与皇帝商议，让皇帝舍弃一个血脉，将之册封为太子，国师再略施障眼法，让大妖以为皇帝将龙气转移给了太子，再把太子带出京都，等大妖将太子吸干，最虚弱之际，国师便可将大妖一举诛杀。

皇帝选了倒霉的萧霓。

皇帝仍记得萧霓被册封那天的傻笑，被巨大的喜悦和父皇突如其来的爱重砸蒙了似的，果然上不了台面。

这孩子他平日多看一眼都嫌烦，如果没有大妖的出现，决计不会轮到他当太子。

册封之礼办得相当敷衍，只有萧霓一个人当了真。宴后这孩子提着不合身的绛紫礼服吧嗒吧嗒跑到他面前，握紧双拳志气勃勃，道：“父皇，儿臣一定一定不辜负父皇的期望！从今以后会加倍努力，成为一个合格的储君！”

他不知道他的父皇陪他玩了一场豪华过家家，是为了让他替自己去送死。

他笨手笨脚，努力得好认真。

“我改主意了，”玄度道，“萧霓也不是没有长处。”

皇帝：“比如说？”

玄度想了半天，道：“他善良。”

皇帝：“国师，你若实在想不出来，可以不说。”

玄度：“善良也是一个难能可贵的品质。”

萧霓他尊师重道，坚持日行一善，扶老奶奶过马路，被奶奶的老伴儿追着打。他笑眯眯不知生气为何物，还把奶奶的老伴儿也扶过了马路……尽管老人家要去的是马路对面。

他还拯救濒危小动物。

何况他还有孝心，记得父皇的寿辰，紧赶慢赶回来给父皇过寿。

“他或许不是一个合格的储君，”玄度道，“但终究是你的孩子，你怎能对他下毒手？会遭报应的。”

“朕不想听这些废话，”皇帝道，“朕只需知道萧霓回来了，是不是代表大妖没死。”

皇帝俯身压在茶几上："朕听闻一些风言风语……国师，你莫不是真的看上了萧霓？"

皇帝话音刚落，一个黑影骤然出现。黑气里显现一只利爪，皇帝身子一挺，后心被掏空，身体瞬间被黑气灌满。

玄度："看，报应这不就来了。"

占据了皇帝身体的大妖诡异一笑，瞅准玄度，两眼放绿光："哇，更多的龙气。"

京都和宫里的修士都被派去了城郊，玄度孤立无援。

大妖："神，没有法力比凡人还不如的神，你怎的不跑？"

玄度微微一笑，不慌。

神尊光驾京都，满城大仙小神怎能不来救驾？等着吧，马上就会有人来收拾这只胆大包天的妖。

玄度的淡定，令大妖不知所措，只好跟他一起等，虽然大妖不知道自己在等什么。

京郊某深山，大仙小神齐聚，围成一圈听月神上课。

月神："你们都不如我了解神尊，神尊早年间碴架，最不喜旁人插手。"

月神："听我的就对了，大家集体装死，谁也不要扫了神尊活动筋骨的雅兴。"

众人齐齐点头记笔记，受教受教，职场套路深，要学习的东西还很多。

一盏茶的时间过去了。

半炷香的时间过去了。

一个时辰过去了……

妖都困了。

妖礼貌发问："请问我可以吃你吗？"

妖气铺天盖地，一个跟妖气比起来还没有巴掌大的白毛团挡在玄度面前，尾巴撑作屏障，一根根被黑气侵蚀，一根根齐根而断。

小小的狐狸跌落在玄度掌心，皮毛染血，痛苦地抽了抽。

玄度安慰自己说，虚构的虚构的，这不过是《机缘簿》里虚构的一个角色，无须对她动真感情，一切皆为虚妄……可是为什么，他明知道是假的，却还是会难过，为什么？

玄度压抑不住怒火："不是让你去找萧霓吗？"

小狐狸吐出一口血沫，半睁的眼睛写着不甘心："我回来就是想跟你理论理论，凭啥说苦瓜不好吃？你可以侮辱我的狐格，但不能贬低我的厨艺。"

玄度："……"

她一只爪子钩着他垂落的发丝："枉我那么喜欢你，我还想着带你回去见我闺密。我闺密是个狐狸精，档期很满的，一般人根本见不上。

"你快问我闺密是谁。"

玄度不动，把停下看戏的大妖急得不行："你不问我问。小狐狸，你闺密是谁？"

小狐狸："说出来吓死你，我闺密叫妲己。"

玄度："你别说话了。"

"不，我要说，"小狐狸怕自己再不说就没有机会了，"是你告诉我对待感情要专一。玄度，我喜欢你，我只喜欢你一个。"

小狐狸元神消散。

大妖抱臂喟叹："多么痴情的小狐狸，是吧？玄度，你没有心。"

大妖说着说着不说了，因为他惊觉此时以玄度为中心，四周突然冷风如瀑。大妖扭身往外逃，殿门猛地合上，淡白结界无处不在。

去他的虚妄。

大妖碎成了渣渣，死前留下一句话：“开挂可耻。”

萧霓闻声赶来，惊诧地看见整个宫殿被冰封，他被寒气逼得止步，感觉全身的血都冻住了。殿门无声而开，从中走出的神白衣白发，额心神印金光熠熠。

萧霓看傻在原地：“师、师……”

无论如何，眼前这人他也不敢再称一声师父。

玄度自他身旁掠过，萧霓只觉脑子一空，再次恢复神志，听见宫人焦急地在他耳边呼唤：“太子殿下？”

眼前宫殿恢复原样，破败，灰尘深厚，蛛网密集，似荒废了很多年。

萧霓的记忆像是被洗过一遭，有些发蒙。

宫人哀恸道：“殿下还请振作，皇上他昨夜已于睡梦中……驾崩。”

萧霓：“啊。”

8

洄湘在九天乍醒，久久不能平复心情。

苍了天了。

司命府新装的门再度被破了，洄湘一个箭步把住司命：“你怎么能用神尊为原型搞创作，不要脸你还不要命吗？”

司命也很迷乱：“甚？我没有？！”

“完了完了这下彻底完了，”洄湘捂脸，“我自己跳诛神台谢罪算了，还能留个全尸。”

司命：“不至于……”

洄湘：“我大言不惭，给他起名叫玄度。”

司命：“甚？”

洄湘：“我撮合他和一个男的谈恋爱。”

司命：“甚甚？”

洄湘：“我在他面前裸奔。”

司命：“诛神台右转慢走不送，出去就说你不认识我。”

司命回书房查看《机缘簿》，回来时脸色凝重，道：“小洄湘，你知道《机缘簿》只是你寻味的一个媒介，若是有人强大如神尊，是可以不受限制，以真身自由出入其中的。我有一个好消息和一个坏消息……”

洄湘：“坏消息。”

司命：“神尊真身入簿，看你裸奔……

“好消息是他也喜欢你。”

洄湘愕然：“他为什么？”

司命往上一指：“你自己去问问？”

9

三十六天。

霜寒：“神尊今早不知隐遁去了何处，还没回来。”

“不应该啊，”洄湘嘀咕，“他跟我前后脚。”

霜寒：“你说什么？”

洄湘：“叔，神尊他平时有没有……跟你提起过……他的感情生活？”

霜寒：“神尊他没得感情。”

洄湘问：“叔，你在找什么？”

他们置身一小间密室，似是玄度存放藏品之所。霜寒自冰雪架子上一一看过，边说道："给神尊织了只兔子，寻两颗宝石做眼睛……咦？"他抽出一只锦盒，"这是什么时候收进来的破烂？"

洄湘好奇地探头，愣住。

锦盒里头每一样东西她都认识。

一只木雕小像——叶清澜刻给宋温暖的。

一只镶满钻的茶杯——慕容时送给雪万岁的。

一把桃木剑——江阮在风雪月坟头练过的。

洄湘全明白了，原来不止这一次，怪不得每个故事里她爱上的那个人，他们虽有不同的容貌，却有相似的秉性，还有他们颈侧那隐隐的斑痕，分明是玄度脉心鳞的凡生相。

原来她经历的人间情爱、喜怒悲欢，都跟玄度有关，都是……玄度。

可她又不十分明白，为什么偏偏是玄度？一位高不可攀，跟她八竿子打不着的上神。不，三十六除九，要打四个八竿子……都够呛能打着。

霜寒见洄湘一会儿笑一会儿黯然，怀疑孩子给冻傻了，要领她出去暖和暖和。

洄湘摇头，坚定道："我在这里等他回来。"

霜寒把毛线兔子塞给了她。

10

玄度出了《机缘簿》，径直下了酆都城。

酆都城一如既往的黑暗阴森，殷祀被他浑身雪亮的神光刺得睁不开眼："心肝儿，收了神通吧。"

玄度："我喜欢上她了。"

殷祀："……所以是恋爱了呗？"

玄度："嗯。"

他向来如此，一旦确定心意就坦然，不再自欺欺人："来跟你说一声，六界当中你谁都可以滥情，唯有我喜欢的这个人，你不许碰。

"走了。"

殷祀："……"

不是，咋的，恋爱就能自带两万五千瓦的光环，来炫耀完了就走？

殷祀："没头没尾的，我知道你说的是谁？"哪家神女？首先可以排除洄湘，他这两天发现人家姑娘挺可爱，给洄湘写了万字情书，刚托乌鸦寄出去。

玄度回眸："你认识她，食神洄湘。"

玖

玄度去哪了

1

酆都鬼王殷祀，天生命带风流，鬼生猎艳无数，自诩阅尽千帆，乘风破浪，披荆斩棘，万花丛中过，从未有失手，不想今日在一个叫洄湘的身上翻了船，扎了手。

洄湘可真是一朵带刺的玫瑰。

殷祀不明白："不久之前是谁信誓旦旦，说决计不会喜欢那小神。"

玄度："我。"

殷祀不明白："又是谁号称太上无情，立誓绝不拘泥于小情小爱。"

"那是没找到合适的，"玄度道，"博爱苍生和独爱一人，冲突吗？"

殷祀："那……"

玄度："不要试图跟我讲道理，你又打不过我。"

殷祀一惊，继而委屈："心肝儿你变了，你如今都用武力镇压我了。干吗这么对我，好像我讲道理能讲过你似的。"

判官打这儿过，感慨："我就说耽美没有好结果。"

言罢，判官命一鬼差道："骑上王上的哈雷，用赶着投胎的速度，风驰电掣地把信鸦追回来。"

"希望还能来得及，"判官自言自语道，"及时止损吧王上，爱情无罪，但知三当三不磊落。你不能爱屋及乌，因为爱神尊而不得，就转而给他爱的人写情书。"

殷祀磨牙："就你有嘴，你以为本王搁这叭叭半天拖延时间是为什么？"

玄度："什么情书？"

殷祀："……"

判官："……"

判官意识到不对，提袍就溜，深藏功与名。

殷祀也想跑，没跑成，被赶来的生死簿堵了个严实。

殷祀道："簿簿来得正好，神尊和洄湘相爱了。在这大喜的日子里，让我们忘了情书和一切不愉快，举杯共祝我们绝不舍得对朋友下手的神尊……哎呀！"

生死簿将殷祀往旁边一扒拉，殷祀这才发现她此次出来没化妆。素颜出镜，意味着她内心慌张，大事不妙。

生死簿冲到玄度面前："神尊……"

玄度："要么祝福，要么闭嘴。"

生死簿："你不能喜欢她。"

玄度："你说什么？"

生死簿脸色苍白如纸，大汗淋漓，仔细看，她身上还有被鬼火灼烧的痕迹。

她自三十六天回来之后一直想不通，六界当中谁有这般能耐，能与玄度抗衡，动不动拉玄度入梦？若那人当真有这么大的能耐，为何不直接动手，反倒要通过一个小小食神来达到目的？

若说那人有目的，可目的又是什么呢？

若说那人有害玄度的本事，玄度却至今平安无事，难道那幕后之人的乐趣，仅仅是看玄度一次次陷入人间情爱吗？

生死簿想不通，所以她跳了个崖。

鬼门关外有十万丈鬼狱，生死簿在成为生死簿之前，是扎根在那里的一棵鬼木。

她的根脉吸收容纳了六界许多的魂梦，她本只是想去碰一碰，结果她知道了一个秘密。

一个说出来足以震荡六界的秘密。

他们都被玄度骗了。

"神尊，你想喜欢谁都可以，"生死簿抱着必死的决心，闭眼道，"唯有那个叫洄湘的，你不能喜欢。"

2

玄度没回来的第一个时辰，洄湘跺着脚等。

玄度没回来的第二个时辰，洄湘和霜寒就毛线兔子的眼睛颜色争论无果，最终猜拳决定。

玄度没回来的第三个时辰，司命来找霜寒量手围，因为霜寒答应要给他织手套。

玄度没回来的第四个时辰，洄湘、司命、霜寒围着火炉吃西瓜和火锅。

洄湘味觉还没恢复，吃着西瓜看霜寒和司命涮锅，顺便听他俩唠嗑。

霜寒道："回旋镖啊，这个组合名字小度不一定喜欢，不如叫龙须菜。"

洄湘、司命："小度？"

霜寒自觉失言："别说出去哦，神尊不喜欢我当人面叫他乳名。"

司命思忖道："龙须菜……也行，这样到时候酒席上就不能上这道凉菜了。"

霜寒："先别说酒席，彩礼你们准备要多少？"

司命："我就这么一个小洄湘，你们看着给吧。"

霜寒："半个三十六天够不够？"

"够够够，"司命合不拢嘴，"嫁妆呢？"

霜寒："都是一家人说那两家话，你把洄湘培养这么大不容易，咱还能管你要嫁妆？只要洄湘肯嫁，什么都好说！"

"亲家敞亮！"司命道，"但老话说得好，嫁妆是姑娘家的腰杆。咱们司命府和山肴海错虽比不上你们三十六天阔绰，我也不能委屈了洄湘，俩孩子成亲以后除了房子，代步工具要有，不然我们洄湘上朝打卡、接送孩子上下学什么的也不方便。这样吧，我们高低得陪嫁一只羊驼。"

霜寒："羊驼陪嫁过来，怕是不好养活。"

司命："是不是嫌钱少，他亲家你是不是嫌钱少！"

霜寒："亲家这不是钱的事，主要是吧你看房子是我们家出的，那你们家就出一辆车也好啊……一只驼，它也不够两个人开呀，不是，骑呀。"

司命："看看，看看，还说不是瞧不起我们，刚还说只要小洄湘肯嫁不要嫁妆都行，原形毕露了吧。怎么的，真以为我家洄湘非你家小度不可了呗，离了你家小度就嫁不出去了？也不看看你家小度，那么大年纪了都没人要，别是身体有什么毛病吧？”

霜寒：“你说这话我就不爱听了。是，我们家小度年纪是大，你们家洄湘就一点毛病没有吗？顶个圆脸就知道卖萌，除了可爱一无是处。”

司命：“说谁一无是处呢？我家洄湘，文能默写菜谱，武能颠锅翻勺，种地织布做手工样样行，田园女神弘扬六界文化你懂不懂！不就是容貌上有点劣势嘛，反观你家小度，除了是六界大佬，还有什么用，什么用！”

……

洄湘吃着瓜，看他二人你来我往，忍不住插言：“我说您二位会不会入戏太深……”

霜寒、司命异口同声：“没你的事儿！”

洄湘闭嘴，远离战场，继续啃瓜，等玄度。

3

十万里幽冥酆都城。

玄度面无表情。

“神尊若不信，我只问你一个问题：神尊那两粒龙珠，其内所装何物？”生死簿步步紧逼，“因潇又是谁？神尊你还记得她吗？”

玄度道：“你说只问一个问题。”

生死簿还未答话，一旁的殷祀批评道：“你这孩子怎的还学会了揭大人伤疤，因潇不就是……”此时，他看见玄度眸中一闪而过的迷茫，惊道，“不会吧，玄度，你真的……忘了因潇？”

殷祀难以置信：“一直以来我以为你只是不愿提起，才故作不知，原来不是……玄度，你怎么能忘了因潇？即便你当初已与她了断彻底，也没人反对你往前看，新结良缘，但是你怎么能……忘了她？”

“我要回去了，”洄湘还在等他，玄度转身，“听不懂你们在啰唆什么。”

“十万丈鬼狱自有答案，”生死簿拦在他面前，“神尊跟我去看一看。”

玄度拂开她：“不感兴趣。”

生死簿道：“神尊是不愿，还是不敢？”

玄度微愠：“谁许你跟本座如此说话的？”

“还是神尊已经想起了什么，”生死簿顿悟，“是了，你又不是一日之内爱上了洄湘，从你对她生了好感的那一刻，你自然慢慢……”

她话未说完，原地一缩，被玄度收在了手上，老老实实当回了一卷簿子，自此禁言。

“本座想做什么，不想做什么，曾几何时会因旁人几句规劝而动摇，”玄度不屑道，“区区十万丈鬼狱，本座今日下了又如何？你且看着。殷祀——”

殷祀亲手为他开了鬼门关，厚重的结界一开，鬼泣嘶鸣响彻寰宇，心神不坚定者坚持不到一刻钟，便要神魂俱灭。

殷祀眼下就已心神不宁，他忽然感觉自己忘了一件很重要的事情，连带看玄度都陌生了起来，因此他只是在门边站了站，召一杆鬼皮灯笼，匀三盏鬼王火给玄度做照明，便离开了鬼门关。

十万丈深渊，血海尸山，鬼煞互相撕咬啃食，一簇光亮掀翻了血浪，犹如在深海中投入了一道响亮的炸雷，万鬼蛰伏，深渊乍然安静。

静下来的鬼狱更骇人，生死簿自玄度指缝间窥去，但见崖壁上密密层层挂着趴着装死的鬼，忍不住头皮一阵阵发麻。

她不能出声，只好在心里吼了一嗓子。

当然，鬼也不知道。这无上神尊装的一脸好深沉，实则怕鬼怕得厉

害，握簿子的手都有点抖。

大家互相怕着，谁也不敢妄动，任玄度徐徐沉到狱底。那里有棵黑漆鬼树一眼望不到头，个别不死心的鬼魅想借由它的高大爬出鬼狱，刚一接近它的枝干和裸露在外的根脉，就被吸干，成了树的养分。

与其说它是一棵鬼木，不如说它是一棵魔树。

时间长了，鬼也不敢靠近，故而树周十里，是鬼狱地底唯一的净土。

赤红地面，只有一个女子坐在那里，守着堆经年的尸骨。她穿一身黑衣黑裙，裸露的肌肤和一双脚白腻如雪。

她抱着双膝依偎在树干上，长发散落四周，不时张望一下鬼木旁边的树坑，那里原本该有棵同鬼木一样粗的树植，不知什么缘故被连根拔起，只留一个大坑。她望了一会儿，又靠回树干，似是在等人。

她的脸，比地狱最妖冶的曼珠沙华还要妖艳，比任何魔族都邪魅，不笑时眼睛里尚带三分狷狂，是那种无与伦比的美丽。

玄度手中的鬼灯笼落了地，鬼火从中爬出蔓延，燎了他的袍角，引得万鬼如潮般后退。玄度浑似不觉，只是望着那女子。

女子侧眸，终于，她要等的人等到了。

她望着玄度来的方向，欣喜笑道："玄度，你来了。"

4

十二个时辰过去了。

霜寒、炎英从吵架到和好，织完了一只手套。

三十六天没有日夜，洄湘守在门口，盯着来路，旁边趴着开明兽。看冰雪看久了，眼有些花，她揉揉眼睛晃晃脑袋，接着等。

开明兽先感应有人至，起身昂首。洄湘忙站起来，搓搓手，理一理衣裙，暗恼自己穿得太随便。

雪雾里四名天兵渐现，声如洪钟："奉神尊与天帝之命，捉拿食神洄湘，并司命星君炎英。"

司命闻声赶出，手上还戴着半只手套。他回望一眼洄湘，在她眼中看到了同样的困惑。

紫霄宝殿。

众仙神班列，高座之上天帝暮商脸色铁青，将一本《机缘簿》掷到洄湘、炎英脚下，道："你二人可知罪？"

洄湘看向暮商身后的玄度，他黑衣冷峻，目视虚空，端的无情。

洄湘："小神与司命星君何罪之有？"

暮商："你二人串通一气，利用司命职务之便，任意穿梭《机缘簿》，扰乱三界秩序，知法犯法，枉为人神。如今人证物证俱在，还想作何狡辩？"

司命道："谁是人证？"

玄度："本座。"

司命张了张嘴，无从辩驳，就是有些同情洄湘。他跨前一步，正要揽下所有罪责，洄湘抢他一步："陛下明鉴，此事与司命无关，是小神趁他不备，私盗《机缘簿》，违反天规，所有罪责由小神一力承担。"

天帝不解："你好端端进那《机缘簿》作甚？"

洄湘看了看位列于众神中的东海龙王——敖思她爹，再看看玄度，玄度始终不与她对视，洄湘咬牙道："小神……就是贪玩。"

暮商："……"

既然洄湘已主动认罪，暮商转向玄度，见玄度微微颔首，他抬手招来天兵："将食神打入天牢，百年不得出，以示小惩大诫。"

"等等。"洄湘急道，"小神不能去天牢。"

食神大赛召开在即，未能准时参赛等同弃权。洄湘再次直直地望向玄度，盼他能出来说句话，纵使是她自作多情会错了意，他其实并不喜欢自己，但锦盒里那些件件与她相关的私藏又作何解。

她捧着十二个时辰未离身的锦盒，道："神尊，你除了揭发小神，难道就没有别的话可说吗……你说句话好不好？"

玄度斜觑她一眼，道："本座劝你迷途知返，在天牢静思己过，莫作无谓挣扎。"

洄湘的心已死了一半，跪地道："小神所犯之罪不止这一条，小神还犯了渎神之罪。小神爱慕神尊，屡屡拉他入《机缘簿》，行种种不轨之事……"

"够了。"暮商喝止洄湘，在满庭哗然中回头看玄度，来前只说把洄湘关起来，可没有排练过后头这一段，这叫他如何拿捏？

"小神不愿陛下为难，自请诛神台领罚天雷三百道。"

洄湘叩首，再度直起腰，仍是看着玄度："现在我的心意你已知晓，我喜欢你，你喜欢我吗？

"玄度，你喜欢我吗？"

洄湘清脆的声音响在空旷大殿，响在云霄。

光天化日，众目睽睽，数十万年来，敢向神尊当庭求爱者，食神当属第一人，连东海龙王见了都得说声"莽"。

众人期待的目光中，玄度尤其淡漠，他看着洄湘，冷傲地笑了一声，道："你配吗？"

洄湘心如死灰，满腔爱意结成冰，堵得她难受。

娘家人不愿意了，司命站起，怒指玄度："冰天雪地的，小姑娘等了你一天一夜，你就算不喜欢，说句软话能怎么着？"

"司命星君炎英，原身为鬼狱一神木，与身旁的一树鬼木连理同枝，"玄度轻飘飘道，"你当真以为时过境迁，你同生死簿那点纠葛已没人知晓？生死簿此刻就在本座袖中，你可要本座召她出来见见？"

司命一个踉跄，死盯着玄度袖口面露恐慌。

洄湘扶住他："别低头，王冠会掉。"

"挖人陈年往事犹如掘人祖坟。小洄湘，你喜欢的这个神，连凡夫俗子都不如，"司命道，"不就是三百道天雷，哥哥跟你一起扛。"

"傻瓜，"洄湘眼眶发热，"我主动讨笞是为了能参赛，你如果跟来，到时候谁照顾我养伤？"

她最后望了一眼玄度，将锦盒狠狠扔在地上。

5

自洄湘、炎英被天兵带走，霜寒心里便不安，他等在无方境外半晌，见玄度闪现，犹如遭逢一场大劫，浑身有说不出的疲惫。

迎面见到霜寒，玄度问道："她真的等了我一天一夜？"

霜寒忧心忡忡地点头："就坐在你此刻站的地方。

"还为你的兔玩偶挑了个绿色眼睛，她说绿色健康。

"这孩子除了审美扭曲，别的方面我看都还行。"

玄度握紧了手中锦盒，一言不发地绕过他，霜寒还要追问几句，门在他面前关上了。

玄度对着锦盒静坐许久，闭上眼却似有一幕幕浮现眼前，眼下与过往，梦境与现实……拨云见雾过后，只剩无尽苍凉。

原来是这样。除了洄湘，谁都可以。

最后他睁开眼，低头一笑，又是凄怆，又是释然。

6

三百道天雷，足以损洄湘十之八九的修为，留一二予她残喘。

洄湘平时人缘不错，众饭友听闻她被罚受伤，纷纷来探望，其中就有霜寒。他拿出冻了不知道多少年的补品，道："我瞒着神尊来的。"顿了顿，补充道，"其实神尊他知道。"

司命好奇地打开礼盒："嚯，好耀眼的鹿茸。"

霜寒："那是神尊小时候蜕下来的龙角。"治伤有奇效，毕竟龙全身都是宝。

洄湘伏在枕上气若游丝，不蒸馒头争口气，道："不要。"

说完对霜寒解释道："叔，不是针对你。"

霜寒抱着礼盒回三十六天，故意打玄度跟前过，哀声道："唉，我去看了，那小洄湘伤得可是不轻。"

走过去又过来："一般的伤痛神仙可以自愈，天罚却是不能，天庭那帮人丝毫不知怜香惜玉。"

走过来又过去："可怜的小洄湘，全身不剩几块好皮，惨啊……"

玄度正给雪貂喂食，闻言抬眸，不冷不淡道："你是在家门口迷路进不去了吗？"

霜寒："……"

将雪貂喂饱，玄度回屋打了一会儿坐，抄了一回经，把从昆仑虚带回的若木修正了一番，脑子里全是"洄湘伤得不轻""全身不剩几块好皮"……锉刀削了手指，皮肉却毫发无伤。他回神，看了看指尖，叹了口气。

…………

夜间饭友退散，司命担起了帮洄湘喂坐骑的重任，出门找草料，眨眼只剩洄湘自己。

玄度如入无人之境，降落在山肴海错的小院，对着亮灯的屋子，驻足不前。

屋内，洄湘趴在床上，后背伤口痛在其次，关键是痒，挠又挠不着，这种感觉谁能懂。

洄湘恨得捶床，玄度闻声而动，不作他想，化出本相，步入屋内。

洄湘看不见来人，听见脚步声以为是司命，是故道："快快快，帮我挠个痒。"

玄度："……"

他掀开洄湘的薄被，看她背上血肉模糊，还略有煳味，心下跟着一疼。

洄湘只觉后背被丝丝的冰凉覆盖，灼痛顿时消减，能翻身了。

她惊诧地翻身，对上玄度，怀疑自己回光返照："我这是要死了吗？我就知道以我的为人，临终必定会天降美男来接我，但是怎么办，临终感言我还没想好。"

玄度："……"

为何每次见面，她都有临终感言要说。

幸好这次洄湘自己反应过来："你……你是溪云？！"

玄度："你竟认得出我。"

洄湘："我记得你眼里的温柔。"说完自己一羞，低头往被子里扎，却又忍不住抬头一再惊艳地打量眼前人的雪衣白发。她碰了碰他周身萦绕的淡淡神光，"我现在才明白，为何当日在昆仑虚，封蓝会要死要活地看上你了。"

长成这样，封蓝跟他一比，确实成了个丑的。

玄度与其他上古之神不同，虽是应龙，却是以人身出生，而非兽态，因此除了应龙原身，还有本相与法相之分。起初他制霸洪荒，常以本相示人，由于太过扎眼，敌人往往不战而败，主动投降，无论男女公母，都哭着喊着，说美男娶我。

赢得太容易，玄度烦了，遂以法相示人，就是如今大家伙日常所见

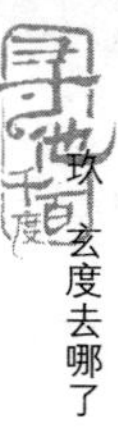

的相对平庸的容貌。

洄湘看痴了，一时不知道说什么，直到玄度在她面前抬手晃了晃。洄湘将他的手顺势一握："我刚失恋，失意又伤心，对生活丧失了信心。道友，你愿不愿舍生取义，奉献自己，帮助失恋少女走出阴霾，重拾生活的勇气？"

玄度："什么意思？"

洄湘："娶我。"

玄度："你伤口不疼了是吧？"

经他一提醒，洄湘发现伤确实好了大半。她看着他，惊艳之外多了几分崇拜，想起自己骨折那一次，也是溪云顷刻将她治好。

她蹬鼻子上脸，也就是随便一问："倘若我说疼，能不能再来一次那个。"

玄度："哪个？"

她目光从他眼睛下移，定在他薄唇。

玄度："……"

明白了。

他先是不自然地躲了躲，继而下定了什么决心，双手撑在洄湘两侧，俯身——

关键时刻，洄湘道："算了。"

她颇为自责："我心里有了人，再占你便宜不道德。"

玄度应声起身，过了片刻，他道："忘了玄度，他不值得你喜欢。"

洄湘在紫霄天庭对玄度那一通表白，恐怕已传遍了六界。她不怀疑怎么溪云也知道，只是讷讷不言，过了会儿才道："我会忘了他的。"

她强颜欢笑："没有爱情我还可以搞事业嘛。对了，我还欠你一顿饭，等我恢复味……等我伤好了，一定给你补上。"

玄度：“不必着急。”

“要的要的。”洄湘道，“上次你说道场在悬镜岛，为何我问遍旁人，也没有问出这个地方？”

玄度一怔，道：“地处偏僻，少有人知。”

洄湘：“正好，你告诉我怎么走。”

她摩拳擦掌，铆足劲要登门为他做饭。

玄度望了她一会儿，道：“悬镜岛游离于六界之外，寻常的路去不了。你若想去，燃烧此物，便可传唤与我，我带你去。”

洄湘手中一凉，多了枚银白圆莹之物，像极了……鳞片。

洄湘：“你是龙？”

玄度：“怎么？”

洄湘深吸一口气：“没、没什么。”

洄湘努力说服自己，世上的龙也不都是恶龙，像敖思那样的当然很坏，玄度更不用说，大大的坏，但是像溪云这般人美心善爱替人疗伤的龙，便是世间仅有的好龙。

洄湘收好龙鳞：“我会好好使用的！”

坐起时牵扯伤口，她疼得龇牙咧嘴。

玄度扶她一把：“我听说天帝本不欲重罚你，你为何还要自讨苦吃？”

坐牢百年，对神来说不过弹指一瞬，可洄湘此次失掉的修为，万年也补不回来。

洄湘：“五天以后就是食神大赛了，敖思这些年来费尽心机想夺走食神之位，我绝不能让她得逞。”

玄度：“看不出来，你将名利看得挺重。”

“不是，”洄湘道，“这是我师父的遗言，他曾要我发誓，绝不能让敖思当食神。”

别人师门里的家务事，玄度不好刨根问底，只是带着些许责备看着洄湘：“你师父几句遗言，值当你以命相搏？”

洄湘握拳：“嗯！”

玄度无话可说。他缺失了洄湘太多光阴，她怎么成长，如何成神，他一概不知，也不曾参与，只通过她寥寥数语，知晓她跟那个叫敖思的东海公主有恩怨。

回头倒要过问过问，洄湘的师父是谁，几句话就能让徒弟卖命，可见不是什么正经师父。

蓦地，一阵脚步声响起，听着不像是人，灯影映出墙上一个庞大黑影。

洄湘忙道：“溪云别怕，家养的上古凶兽，轻易不咬人。”

伴随着她的话音，一只全身加起来没有二两肉的生物出现了。模样似羊又似驼，一步三晃，似乎随时有倒下的可能，它咯噔咯噔，摇头摆尾，细长的脖子不足一握，两只小眼贼亮，朝床头一步一挪。

玄度：“……”

敢问此兽凶在哪里。

玄度：“这只发育不良的白毛驴是？”

洄湘骄傲道：“我的坐骑，草泥马大壮！帅吧？”

玄度违心地点头，对上大壮的眼，大壮忽然看定了他，伸长舌头朝玄度舔了过来。

也就是玄度闪得快。

洄湘替驼委屈：“我家大壮喜欢你呢。”

这喜欢玄度承受不来：“他不喜欢人是什么样？”

正说着，司命寻驼而来，大壮转身朝着司命就是“呸呸呸”，疯狂朝他吐口水。

司命拎着湿嗒嗒的袍袖有苦说不出，这养不熟的驼！他被这驼撵得满屋跑，抽空看了眼玄度，满目惊喜，问道：“道友你是谁？可愿娶我？”

洄湘：“看见了吧，这就是不讨驼喜欢的下场。”

玄度受教了。

7

玄度出了山肴海错，恢复法相，袖中的生死簿愤愤发话：“神尊你就忽悠吧，你骗着她哄着她，让她收下了你的脉心鳞，你……”

玄度：“本座许你说话了吗？”

生死簿：“你有没有为你自己想过？”

玄度：“你有没有看见炎英？”

生死簿蔫了，过了良久，道：“他穿粉色好难看！”

又过良久，生死簿：“你觉不觉得他瘦了，我怎么觉得他瘦了呢？”

玄度唇角勾起一抹苦笑。

“无论如何，神尊你不能再进那该死的《机缘簿》了，”生死簿提醒道，“洄湘现在对你还只是喜欢，等她真正对你难舍难分，一切就来不及了。”

玄度：“本座知道。”

卯日星君当值的时刻快到了，一队先行神女赶着布朝霞，披帛飘舞，拖出条条绮丽彩带，看见玄度，纷纷停下行礼。

玄度道：“九天也布一些。”

神女们你看我我看你，打头一个道：“是。”

洄湘小睡一觉醒来，透过窗子看到了漫天绚烂，兴奋地提裙出屋，

九天何时有了朝霞？神女们布错了吧？

管他的。

她站在门前地头，仰头看着触手可及的璀璨霞光滚动、燃烧……她在人间时，最喜欢看日出之前的朝霞，却每每因睡懒觉而错过。如今想来，凡人的一生实在很容易蹉跎，稍微不珍惜，一辈子就过完了。

真浪漫啊，听说日神制造朝霞的初衷，是为了向心上人求爱。

洄湘看着看着，想起地里的土豆该刨了，辣椒茄子也该收了，于是顶着满天朝霞，开始干农活。

农活干到一半，来了个海鲜。

海鲜是来替自家公主送食神大赛入场帖的，帖子的内容很常规，就是希望洄湘五天以后准时参赛，落款处画了个炸弹的表情包。

洄湘：“敖思的好心威胁我收下了。”

海鲜：“食神大人可还有话带给公主？”

洄湘道：“反弹。”

海鲜点头记下，横着走了。

司命来时，洄湘捂着心肝病若西施：“我伤了。”

司命吓一跳，以为她伤口恶化：“伤在哪里？”

洄湘把入场帖给他看：“我伤在了不起。”

洄湘扒着司命目露凶光，司命退后一步，抱紧了自己：“你还来？你怎么记吃不记打呢？”

司命：“不成不成，《机缘簿》你说什么都不能再进了。”

洄湘：“我失恋了。”

司命：“知错不改，罪加一等，你想把天牢坐穿？”

洄湘：“哥，我失恋了。”

司命：“《机缘簿》给你。”

洄湘得逞，迫不及待往里一扎。绿光过后，她捧着簿子站在原地，与司命两脸疑惑。

洄湘："我为什么没穿？"

她不服，再一扎。

绿光过后，洄湘："我为什么还没穿？"

司命往《机缘簿》一探："神尊动过了，你被限制了。"

"什么？"洄湘怒声，"版权是你的，凭啥给你锁文，你去把权限要回来！"

司命为难道："实际上我只有这个簿子的使用权，最终解释权归神尊这种有资历有本事的人所有。"

洄湘愤懑道："我恨资本！"

她抬头望天："炎英你说，昨日闹僵成那个鬼样，我今天就上去求他，会不会显得我太屃太猥琐。"

司命："这点你放心，你在他面前本来就没什么形象可言。"

洄湘："……喵的。"

8

洄湘怀着悲壮的心情造访三十六天。

扛着一麻袋新出的土豆。

拾

这个杀手不太行

1

洄湘来三十六天之前想过了，对待玄度此神，不能硬上，得迂回地上。

她找到霜寒，迂回地发问："如何能把神尊制服？"

霜寒："你迂回得好直接。"

作为玄度的第一把剑，正直的剑，霜寒绝不出卖主人。他大义凛然地拒绝洄湘："死心吧，我不可能告诉你。"

洄湘："我家大壮褪下来的毛织成毛线晚上会发光哦。

"我家大壮一千年只褪一次毛，一次只褪二斤，下次又要等一千年哟。

"我还是送给织女好了。"

"突然想起来我也没有那么正直，"霜寒道，"一手交毛线，一手交神尊。"

洄湘的笑容逐渐变态。

2

霜寒交给洄湘一颗牙，形似狼牙，冷月弯钩，却比狼牙大一倍。

霜寒："此物能让神尊乖乖听话，你说什么他都照做。"

洄湘："此乃何物？"

霜寒："犼牙。"

洄湘觉得不是很靠谱，凭借此物就能将玄度镇住？玄度怕鬼，还不如找只鬼来得直接，洄湘甚至想过，去酆都城找殷祀借贞子一用。

说起来，殷祀这笔友怎的也不给她写信，亏她还挺期盼。

洄湘："这犼牙什么原理？"

霜寒："你把这两个字用广东话念一遍。"

洄湘："……"

霜寒："想象一下，你举着这颗牙，让神尊做什么，神尊都说'猴呀''猴呀'的场景，是不是还怪感人的。"

洄湘瞪着虚空："这也能玩谐音梗，顾及读者感受了吗？！"

霜寒："你在跟谁说话？"

洄湘："你不知道，读者们知道。"

洄湘对犼牙将信将疑，决定暂且一试。

她找到玄度，玄度这厢刚把截获的来自酆都的情书处理完毕，抬头蹙眉，还没质问她为何擅闯私宅，冷不防洄湘颈间的犼牙发出一道粲焕金光，将他给套住了。

像极了大圣当年给玄奘画的那个防妖怪的圈。

只不过这圈是为了防玄度。

玄度："……"

洄湘："……"这破牙有用？

她与玄度对视，前一天的冲动表白还历历在目。

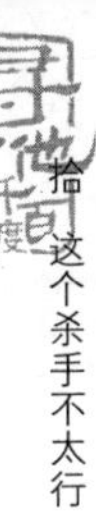

要不说爱情就像一个怪圈，圈里的人想出来，圈外的人想进去。

不是。

洄湘找回理智，试探道：“你……”

不敢命令玄度，她㞞：“那什么，你多喝热水！”

玄度静静看着她。

不管用？洄湘战术性后退。玄度的目光从她脸上移开，端起眼前的热茶饮了一口。

洄湘立马膨胀了：“说你喜欢我。”

玄度道：“我喜欢你。”

洄湘报仇：“但是我今天已经不喜欢你了，你被我甩了，欧耶。”

玄度：“……”

洄湘大方地往玄度跟前一坐，欠儿登欠儿登的，拎着犼牙：“就问你怕不怕。”

玄度缓缓问：“好玩吗？”

洄湘：“好玩。”

玄度：“你开心就好。”

开天之初，玄度因为过于强大，成功引起某位创世神的注意。于是那位不愿透露姓名、名字以“盘”打头的神另创一物，专为克龙。就是这“犼”。

犼状似恶犬，好食龙髓，一犼可吞二龙三蛟。

龙族见犼露牙，往往疲软无力，动弹不得，听之任之。

如此良机，洄湘不造作谁造作，道：“你心仪的女子该是什么样的？”

玄度想了想，道：“知书达理，聪明恬静，温柔识趣。”

洄湘郁闷了，以上优点她一个也不挨着。

洄湘：“这样的女子我也喜欢。”

洄湘又说："那你骗骗我，说出我有她们没有的优点。"

玄度凝视她："她们再好，也不是你。"

洄湘怔住，为玄度眸中的款款柔情，这要是玄度发自肺腑的真话该有多好。

洄湘道："我以为你喜欢胸大腰细屁股圆，头上还插朵牡丹花的。"

玄度道："那是一本书。"

洄湘："是，每个女人都是一本书。"

玄度："她真是一本书。"

洄湘："是，男人就是翻书的人。有人喜欢字典，有人喜欢小说，而你喜欢封面华丽内容空泛的。呵，男人你敢不敢偶尔也看看菜谱！"

玄度："我跟戴牡丹那位不是你想的那般，不信算了。"

不知为什么，洄湘信了。

库房里，霜寒拎着一只犼牙陷入沉思。妈呀，刚给小洄湘那只牙是他空闲时做来练手的工艺品，他给拿错了。

要不要告诉洄湘？霜寒望着玄度所在的方向，选择原地不动打毛衣。

3

洄湘摊开《机缘簿》放在两人之间："玄度，今日我跟你交个底。虽然我不知道每次我穿书你都跟上来同我谈恋爱是出于什么爱好，你又不喜欢我，我不是你消遣的工具，我进此簿，是有急事要办。

"不知什么原因，我的味觉消失不见了，只有去往人间历经烟火方能慢慢寻回。你不见得能体会味觉对食神有多么重要，我也不要求你体会，只盼神尊网开一面，放小神一条生路，行吗？"

他二人面对面，腕间由一条红线紧密相连，可只有玄度自己看得见。

玄度晓得她为何突然失去味觉，却不能对她坦诚，道：“你换个神位。”

洄湘：“你说啥？”

玄度：“别做食神了。我问过暮商，十三天有许多上神位空缺，你想晋升哪一个，随你挑。”

洄湘：“这算神尊为小神破例走的后门吗？”

她讥笑：“小神何德何能，得神尊如此偏爱。神尊，你不会后脚再去告小神一个谄媚之罪吧？”

玄度：“本座没有那么不堪。”

“那就好，”洄湘道，“食神我必须要当。”

玄度：“理由。”

洄湘：“我得对得起我师父。”

又是师父，玄度脸色微僵。

洄湘将《机缘簿》往他跟前推了推：“解封。”

反正她有犽牙，玄度只能说“猴呀猴呀”。

娘的，犽还是只广东犽。

但洄湘莫名心虚，找补了一句：“求你。”

玄度闻言抬手。

《机缘簿》解封之际，洄湘忽然深吸一口气：“怎么样，我搞起事业来范儿是不是很飒。”

玄度：“……”

洄湘神魂飞入《机缘簿》，没看见玄度闭目盘坐，紧跟其后。

室内一时落针可闻，霜寒迈进门，看看入定的洄湘和玄度两具肉身，坐定为二人护法，牵起二人袖角，编起了同心结。

4

大夏国某某年间。

广陵君府邸。

一老者慈爱地看着一姑娘，自报家门：“孩子莫怕，是我，姬积复。”

姑娘眨眨眼：“唧唧，木兰当户织？”

“别打岔，台词里没有这一句。”姬积复接着道，“你可能不认识我，我是你师父。你从十七岁跟着我，如今已有七年，因为捡你时你撞了脑子，所以你经常失忆。”

姬积复：“你还记得自己名字吗？”

姑娘摇头，眼神懵懂。

姬积复：“你跟着为师姓姬，为师对你寄予厚望，希望你机智过人，所以给你起名姬吴丽。”

姬吴丽：“那我名字跟机智过人有个毛的关系？而且听上去不大健康。”

姬积复：“你又打岔，台词就是这么写的。作者想抖破包袱，咱们纸片人还能不让他抖？”

姬积复：“今日先排练到这儿。丽丽，你方才演到失忆那段，失智的眼神很到位，连师父都差点被你恍了。”

姬吴丽：“师父，那段我没演，就是我自己的眼神。”

姬积复：“……啊。”

姬积复：“午饭吃啥？”

吃完午饭，姬积复叫过姬吴丽，要跟她说说刺杀信阳君的计划：“养你千日，到了你报效主公的时候了。”

丽丽的主公唤作嬴潜，封地广陵，是大夏国君的次子。

丽丽所要刺杀的对象，唤作嬴渊，封地信阳，是大夏国君的嗣子。

嗣子与次子的区别，除了考验人能不能说好绕口令以外，区别在于，嗣子还是国君的继承人。

说白了广陵君是老二，哥哥不死，他永远没机会登上国君之位。

广陵君心里憋屈了不是一两年，对哥哥的明谋暗害从未有停止，一直在升级。

而丽丽师父作为广陵君府上最得力的门客，为广陵君培养了一名大杀器，就是丽丽。

一般的杀手，刺杀手段主要有两种，武艺特别高强那一波，选择正面刚，十步杀一人，千里不留行。例如刺客圈里的短兵器爱好者——刺秦王的荆轲和刺王僚的专诸，打着进献的名义，把兵器或卷在地图，或藏在鱼腹。整个过程荡气回肠，热血沸腾，成功率不高，成名率很高，一不小心能上“四大刺客”排行榜。

这两位都是丽丽的偶像，丽丽想效仿偶像，奈何广陵君他抠，不舍得花钱给哥哥买任何礼物。

丽丽只好屈就第二种刺杀手段，假扮信阳君嬴渊失散多年的白月光，先去信阳君府上做卧底，再伺机刺杀。

为了这，姬吴丽还专门去了趟高丽，花高价做了个微调，力求外表更似嬴渊的白月光。

此刺杀过程，非但投资多，风险大，回报小，还得小心偷鸡不成蚀把米，爱上嬴渊。

因为嬴渊极美。

姬积复：“丽丽，你知道这代表着什么吗？”

姬吴丽：“代表基金和男人都很危险？基金慎买，恋爱慎谈？”

姬积复：“你出师了。”

姬积复：“go吧。”

姬吴丽："我空手去啊师父，不给把绝世武器什么的吗？"

姬积复："主公近日赔惨了，哪有经费给你，靠你的智慧自己解决。"

5

姬吴丽潜到嬴渊府邸附近。

姬吴丽自被师父捡到，就躲在深山秘密接受训练，从未见过嬴渊。只知道嬴渊年近三十，美姿仪。

按照之前做过的功课，此时此点，该当是嬴渊出门清谈的时间。

姬吴丽蹲守门外，看一人龙章凤姿，宽衣博带，放浪形骸，从府门走出。

姬吴丽扑上去，拿出这些日子锻炼的演技："我可找到你了！"

她梨花带雨："被拐卖的这些年，我吃尽苦头，坚持不下去的日子里全凭想着你，才能数着日子熬过去。我真的真的好想你。"

她凄婉动人："你为何不来救我，为何！小拳拳捶你胸口。"

美男饶有兴趣地看着她："敢问姑娘是谁？"

姬吴丽后退一步，离开美男的怀抱："我是岁冬，现在叫姬吴丽。"

美男："你以为我是谁？"

姬吴丽："你不是嬴渊？"

美男："我是他舅。"

姬吴丽："原来是舅。

"他大舅他二舅都是他舅，高桌子低板凳都是木头。

"告辞。"

姬吴丽扭头要跑，被美男逮住，这些年全家为嬴渊单身的问题挠破

头，自动找上门的外甥媳妇哪能让她跑了。

美男：“你要见公子渊，我带你去啊。”

6

幽篁深处，琴音袅袅。

众美男围坐，听一位容止舒然的美男独奏，个个如痴如醉。

嬴渊他舅带着姬吴丽站在外围听完了琴音，才道：“渊，有人寻你。”

众美男集体回头，让出中间奏琴的美男。

姬吴丽扑上去，把对他舅背过的台词对着美男又背了一遍。

美男按弦而笑：“你这姑娘着实可爱，但我不是你要找的人。鄙人姓嵇，你要寻的情郎在那里。”

他指向身后的竹楼，姬吴丽这才发现竹楼二层还坐了一个人。

姬吴丽仰头张望，心下一震。

同样的宽袍大袖，那人却穿得超然出众。

谁说的嬴渊甚美，嬴渊的好看已经不能用美来形容。

姬吴丽心道，怪不得自家主公不受国君待见。她若是国君，也想把天下给嬴渊，为他上天揽月都答应。

嬴渊眸子润光，轻觑于她，问：“小拳拳……捶我胸口？”

姬吴丽：“……”

嬴渊起身，居高临下，广袖当风，对她道：“上来吧。”

7

姬吴丽与嬴渊面对面，心跳相当激烈。

嬴渊："你说你是岁冬，本君凭什么信你？"

姬吴丽："身份经历可以通过打听编造，但是身体上的痕迹骗不了人。我胸前有块独特胎记，你要看看吗？"

其实她没有胎记，只是为了诈一下嬴渊。

她赌嬴渊是个正人君子，不可能知道岁冬胸前有没有胎记。

但她去高丽顺便还做了光子嫩肤，目的是万一需要脱衣，可以色诱嬴渊，让嬴渊色令智昏。

此时此刻，也不知道算谁诱了谁，反正姬吴丽有点头昏。

嬴渊道："不必了，本君信你便是。"

他拍了拍姬吴丽搁在案边的手："这些年你受苦了，回来就好。"

姬吴丽顺势将他手反握，不撒了，道："嗯嗯嗯。"

嬴渊要将手抽回，姬吴丽："小时候亲密无间，只因为我走丢了几年，回来略变了模样，嬴渊哥哥，你就要与我生疏了，是否？"

嬴渊一顿，手也就由她握着了。

第一关，姬吴丽过得出奇顺利，以她的智商，没有发觉任何不对。

她跟着嬴渊下楼参加清谈会。

在她看来，所谓清谈，就是一帮大老爷们闲着没事，聚堆唠嗑，贼无聊。

毫无意外，姬吴丽在第一个回合，听睡着了。

等她醒来，发现夕阳西斜，暮合四野，旁人早散了去，只剩她和嬴渊两个。

她枕在嬴渊腿上，微微抬头，对上嬴渊垂眸看她的目光。

几许怜爱，几许温柔。

"你这双眼睛……"姬吴丽痴痴道。

嬴渊眸光一动："怎么？"

姬吴丽："是不是开过眼角了，不然眼尾弧度不可能这么优秀。找哪个大夫做的，介绍给我好不好？提你名字应该能打折吧？”

嬴渊温柔地掀翻了她。

一路坐车回府，姬吴丽怕破绽太多，不敢与嬴渊随便叙旧。

看得出来嬴渊是个沉默寡言之人，干坐着又尴尬，不利于姬吴丽融入信阳府当卧底。

是故她没话找话：“嬴渊哥哥，你平常买基金吗？”

嬴渊：“不买。”

姬吴丽：“你克扣下属工资吗？”

嬴渊：“不。”

姬吴丽：“你是个好主公。

“晚饭吃啥？”

嬴渊对她温煦一笑：“你想吃什么？”

姬吴丽红霞升粉面：“我厨艺还行，要不我给你露一手？”

《刺客基础入门》上说，想抓住一个目标对象的心，就要先抓住他的胃。

8

姬吴丽于下厨上有天赋，何止露了一手，她在信阳府后厨一顿操作猛如虎，看呆了信阳府的厨子。

厨子：“姑娘师从于哪位食神？”

“我属于自学成才，”姬吴丽颠着勺，“其实我本职工作是个杀手。”

后厨一片震惊。

现在美食界都内卷成这样了，杀手都来分一杯羹了？还让不让厨子活！

姬吴丽：“我再拿萝卜雕只凤凰摆个盘。”

厨子：“你把刀给我放下！”

姬吴丽端着最后一道鸭羹上桌，发现舅也在。

嬴渊他舅叫蔺迟，由于生得晚，比嬴渊不过年长几岁，颜值仅次于嬴渊，与嬴渊相携一坐，可谓双璧。

姬吴丽内心好一番挣扎，在二人之间反复横跳，艰难地抉择半天，想起自己是个杀手。

一个专业的杀手，职业素养不能丢。她殷勤为嬴渊布菜，在极力保证不爱上嬴渊的情况下，让嬴渊爱上她，真是为难她。

蔺迟扇子一展，自带风流，笑眼看姬吴丽：“岁冬，你走失的这些年，都漂泊在何处？”

来了来了，对她的考验来了。

姬吴丽对答如流：“我被拐卖进了青楼，逃跑无门，老板对我各种施虐，逼我学艺。”

蔺迟：“那你这次是如何逃了出来？”

姬吴丽：“不是我自己逃，是老板主动放了我。他发现我确实没有一点艺术细胞，饭还吃别人的两倍，实在赔不起了，所以把我放了。”

蔺迟：“……”

嬴渊：“……”

姬吴丽：“我几经辗转，才找回了这里。这几年我陆续生了几场大病，得了间歇性失忆，好多事情记得模模糊糊，还时常头疼，就好比现在，”她突然柔弱，排演多日，自认演技炉火纯青，“人家头好晕的说。”

她楚楚可怜：“嬴渊哥哥，我能先去休息吗？”

嬴渊点头。

姬吴丽走后，蔺迟：“她真是岁冬？”

嬴渊："不是。"

蔺迟："啧。"

蔺迟拾起杯温酒慢慢啜："又是嬴潜的人？"

嬴渊默认。

蔺迟："你这个弟弟，对你纠缠不舍至厮，我都怀疑他想跟你搞骨科。

"舅舅帮你处置了这小丫头，如何？"

"留着她不好吗？"嬴渊道。

蔺迟："你想利用她将计就计，反将嬴潜一军，也可。"

"不是，"嬴渊看着满桌菜，"只是觉得她做饭挺好吃，处置了浪费人才。"

蔺迟："……"

蔺迟无甚所谓，振袖离座，道："你自己慢慢吃，我刚服了寒食散，须出去发散发散。"

他擎着酒杯走了几步，忽然问道："渊，你至今还喜欢着岁冬吗？"

嬴渊道："喜欢。"

蔺迟低笑："无怪你找了她这么多年。"

9

嬴渊与岁冬的相识，说来也简单。

七年前的冬日，西风紧，大雪纷飞，街边多饿殍。嬴渊在城中设立粥棚，为穷苦百姓施粥。

长长的队伍后头，有个小姑娘被人蛮横地插了队。那姑娘倒在地上，衣不蔽体，瘦骨嶙峋，似是饿了多日，倒地许久都无法站起。

嬴渊见状，上前扶她，递予她一碗热粥。

姑娘狼吞虎咽，喝完吐着舌头，后知后觉地说好辣。

为了让百姓们御寒，熬粥的人是会在粥里加辣椒面儿。

嬴渊又递一碗清水给她，姑娘道着谢，袖子底下猛地翻出一把匕首，朝嬴渊胸口刺来。

常有刺客乔装打扮，瞅准时机来刺杀，嬴渊被刺习惯了，侧身一躲。

姑娘就比较倒霉了，脚下打滑，摔出雪地好几米，折了手，混乱之中还被人群踩了好几脚。

更难过的是，她对辣椒过敏，挣扎着爬起来的同时，脸肿成了猪头。

姑娘哭了。

这是她作为杀手第一次接大活儿，没想到这么悲催，任务失败，怕死在其次，主要还是丢脸。

她哭得太凄惨，最后她的刺杀目标都来给她递手帕，安慰她："对不住，没让你完成任务。"

她听完这话，哭得更大声了。

她边抽噎边道："有本事你站着别动，让我砍一刀。"

嬴渊："你当我是拼夕夕？"

姑娘："拼夕夕是什么？"

嬴渊："不重要，你叫什么名字？"

姑娘犹豫，杀手的名字从来都是秘密，只有她的主公才能知晓她的名字。

姑娘握紧嬴渊给的手帕，上面还带着未散的温暖，她道："我叫岁冬，年岁之岁，冬日之冬。"

嬴渊叫来侍卫："去告知广陵君一声，说他送来的岁冬，本君收

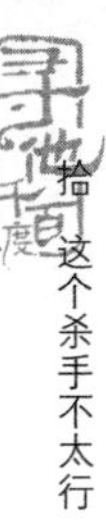

下了。”

岁冬畏惧地缩成一团，道：“你要对我施展什么酷刑？是要我滚钉板，还是用蘸了盐水的鞭子抽我，我、我、我都不怕的。”

嬴渊解下鹤氅给她披上，暖意将她围拢：“你还是先吃饱再说吧。”

她低头嗅着鹤氅上的暖香，小心翼翼，慌里慌张，唯恐弄脏。她没说谎，作为一个活着就是为了送死的杀手，她从来不怕酷刑。寒冬里，无望时，冷意刺骨时，给她的温暖和关怀才真正让她战栗。因为从来没人给过，所以一时无所适从。

她顶着一张猪头脸，问嬴渊：“你收下我，是不是因为垂涎我的美貌？”

嬴渊：“一定是。”

后来她喜欢上嬴渊，再同旁人介绍自己，说她叫岁冬。

与嬴渊岁岁年年之岁，与嬴渊相识在冬日之冬。

后来她为保护嬴渊，从悬崖跌了下去，活不见人，死不见尸。

嬴渊找了她七年。

姬吴丽有一张与岁冬极为相似的脸和相似的性情。

但是……桌上有道辣子鸡，方才她吃了好多，没有出现任何不适。

嬴渊叹了口气，拾箸吃饭。

这厢，姬吴丽接到姬积复暗号，与姬积复见面。

姬积复：“你傻呀，多好的机会，你不会在菜里下毒？”

姬吴丽：“那多不尊重菜，是对我厨艺的亵渎！”

姬积复：“徒弟，你是个杀手，是个杀手，是个杀手。”

姬吴丽：“我站在杀手的角度，也觉得那是对我厨艺的亵渎。”

“OK。”姬积复道，“告诉你个秘密，蔺迟暗中投靠了主公，是我们的人。你若需要人帮忙，可以找蔺迟。”

姬吴丽：“啊？那嬴渊岂不是很危险，蔺迟这个舅当得不地道，他就不怕嬴渊正月里剃头？”

姬积复：“你这是在担心敌人？你不会喜欢上信阳君了吧？”

姬吴丽：“我哪有！

“但是师父，他对我的厨艺十分肯定，他真的懂我。”

姬积复：“完犊子喽。

“喜欢他也没关系，想想你体内的毒。

“解药主公独有。

“嬴渊不死，你就死。”

姬积复要走，姬吴丽叫住他：“师父，我到底是不是岁冬？”

姬积复：“你当然不是。”

姬吴丽：“我觉得我是，不然我为何没有七年之前的记忆？”

姬积复：“为师告诉过你，你从悬崖掉下去摔到脑子了。”

姬吴丽：“我去悬崖干吗？为什么会掉下去？”

姬积复：“你去蹦极，没系安全绳。”

姬吴丽若有所思。

10

次日姬吴丽再见嬴渊他舅，只觉此舅已经不是昨日那个舅。

姬吴丽暗扯嬴渊：“你舅……”

蔺迟正好看过来。

姬吴丽：“你就是我生命里最美的奇迹。”

嬴渊：“谬赞了。”

姬吴丽：“通常听到姑娘家这样说，出于礼貌你该回一句，‘佳人

婚配否，可愿嫁我’。”

嬴渊但笑不语。

姬吴丽：“还是嬴渊哥哥始终对我有嫌隙，认为我缺失了记忆，我已非完整的我，不再是从前的岁冬。”

嬴渊欲言又止。

姬吴丽：“你直说，我抗打击。”

嬴渊：“你确实忘了，我早已向你求过婚，你的答案是不愿意。”

姬吴丽道：“我当时脑子是抽了什么龙卷风，谁给我的勇气拒绝你？”

嬴渊：“你说渊假以时日为国君，你不愿终身守于深宫，与众夫人共享一夫。”

倒是可以理解。

姬吴丽：“你当时就没哄哄我，发个誓什么的。”

嬴渊：“没来得及哄，你就出事了。”

姬吴丽：“那你现在哄。”

撒个谎骗骗我，我把命给你。

嬴渊：“渊也不愿做国君，余生只求闲云野鹤，与心上人泛舟湖上，听嵇先生抚琴。”

姬吴丽：“嵇先生就算了，他嗑多了寒食散就撒欢儿裸奔，谁能受得住。”

嬴渊低眉一笑，灿若春华。

姬吴丽心想：沦陷了，沦陷得死死的。

11

姬吴丽找到主公嬴潜，说嬴渊根本不想跟你争，你韬光养晦，别再搞事情了。

嬴潜说："不行，我必须得弄死我哥。"

姬吴丽："为啥？"

嬴潜："谁叫他不喜欢我。"

姬吴丽："主公，是我以为的那个喜欢吗？"

嬴潜："随你怎么想，但嬴渊必须死。"

姬吴丽："我辞职不干了，麻烦结下工资。"

嬴潜邪笑："你身上的毒，没有我的解药会死得很惨。"

姬吴丽："死就死。"

就是这个毒，搞得她体质巨变，吃辣椒都不能享受过敏变猪头的乐趣了。

人生而无趣，死又何惧？

没有嬴渊，她生有何趣？

嬴潜："笑死，本君府上又不止你一个杀手。

"一个不行就两个，两个不行就两百个，只要我活着，我哥就别想安生。"

听到这里，姬吴丽一狠心，把嬴潜逮了。

12

信阳君府。

嬴渊与五花大绑的嬴潜四目相觑。

嬴潜："哼！"

嬴渊："一直以来我不明白，小潜，你为何这般恨我？"

嬴潜："是你先不喜欢我的！

"你对每个人都很好，唯独对我严苛。小时候你管我学习，长大

了你管我行乐，不让我干这个不让我干那个。我行事稍有不慎你就蹙眉头，我二十多了还得看你脸色……”

姬吴丽：“少来，你才十九。”

嬴潜：“我跟我哥说话，关你什么事。”

嬴渊：“所以你就故意跟我唱反调，整日行事荒诞，乃至豢养刺客、密训杀手来对付我？”

姬吴丽趁机告状：“他还偷买基金，赔了好多钱，手底下杀手的工资都发不出来。”

嬴潜狠狠瞪她一眼。

姬吴丽对嬴渊说：“孩子还在叛逆期，你不要过多责备他。”

嬴潜面色渐缓和。

姬吴丽：“不如上手打一顿吧，我帮你。”

嬴潜：“……”

嬴渊为嬴潜松绑，温声道：“你不是一直想当国君吗？为兄承认过去对你有许多不妥之处，但都是为了你好。你自小被父母溺爱，不知天高地厚，若没有人对你严加管教，将来你长大成人，只会不断为你前半生的所作所为付出代价，一辈子就这样毁了，你还有何资格继承国君之位？

“国君之位为兄可以让你，但更希望你能光明正大地争取，你可明白？

“你心里有委屈，尽可与我说，不要再这么幼稚了。”

嬴潜眼泪汪汪：“那你抱抱我。”

嬴渊蹙眉：“刚说不要这么幼稚。”

姬吴丽陪着掉眼泪：“你就抱抱他嘛。”

嬴渊无奈，抱了抱嬴潜。

缺爱的小孩抱紧兄长不撒手，指着姬吴丽：“我如果真想置你于死地，怎么会派这么废柴的杀手来杀你。”

嬴渊：“我知道。”

姬吴丽：“……”

嬴潜：“我做过最对不起你的事，无非是把岁冬，也就是丽丽藏起来七年没还给你。但是这七年她老失忆，疯疯癫癫，我怎么能让这样的女人出现在你身边，她根本配不上你。”

嬴渊与姬吴丽对视。

嬴渊：“我同意打一顿。”

姬吴丽开始撸袖子：“差不多可以了，这是我的男人，臭小子你给我撒开。”

有人在门外鼓掌。

嬴潜扭头道：“舅舅，我跟我哥和好了，你把解药给岁冬，我不想再玩下去了。”

蔺迟从门后转出：“你俩这样，让立志于成为两面派离间你们兄弟的舅舅我，很为难啊。

“怎么办，我特别想要你们爸爸那个位置。

“兵权我有，但是逼宫不好看。毕竟咱们这个时代是文人墨客的天下，被人成天口诛笔伐地戳脊梁骨，王位坐着不舒坦。

“我想兵不血刃。怎么样大公子，你跟舅舅走一趟？这样你的父母兄弟和嵇先生都能保住。

“以及你的心上人。”

蔺迟一指姬吴丽：“你告诉我说她不是岁冬，说到底不就是为了保护她，怕我知道她是你的软肋，加害于她？”

嬴潜涨红了脸：“大骗子！如果非要有人去，我去！别动我哥。”

嬴渊按住他肩膀，看着蔺迟：“舅舅的意思是，需要有个天下人都信服之人帮他夺得王位，再名正言顺地让位给他，此人非我莫属。”

嬴潜："君父正值壮年，蔺迟打着你的旗号篡位，你会被不知情的天下人背弃，父母不会原谅你，嵇先生也不会原谅你。届时天下人都是杀手，你人皆可诛，没有人会帮你。你不许去。"

姬吴丽道："我不许你去。"

嬴渊看了她一眼，笑道："放心。"

他道："舅舅，请吧。"

13

嬴渊一走，便再也没有回来。

月余后，姬积复为姬吴丽送来解药。

姬吴丽全想起来了，那时她嘴上没答应嬴渊的求婚，私下里却到处找隐居之地，准备偷偷给嬴渊一个惊喜。

就是她眼下站的这个地方。

山明水秀，有花有草有湖泊。

湖上有舟，可随心所欲泛到白云外，前提是人还在。

姬吴丽："我竟不知师父何时投靠了蔺迟。"

姬积复："人为财死，成王败寇，工资发得厚。"

姬吴丽："他呢？"

姬积复同她一道望向湖面："公子渊那般耀眼的人，新国君是不会容许他活着的。"

"我还是那句话，没有嬴渊，生有何趣？人生而无趣，死又何惧。"姬吴丽将解药扔进了湖里。

姬积复："你这杀手当得，太失败了。"

姬吴丽死于毒发。

数年后，嬴潜几经筹谋，为兄长复仇，从蔺迟手上抢回王位，成为大夏史上最英明的国君。

14

洄湘神魂复归肉身，睁眼，看见比她先醒的玄度。

他们在三十六天入定不足一刻，案角的香尚未燃尽，却经历了凡人的一生。

二人怅然若失。

洄湘：“是你吗？”

玄度起身，衣袖与洄湘的衣袖连成一片。

玄度环视，罪魁祸首霜寒不知逃去了何处，先有犽牙，后有衣袖，此剑不管不行了。

洄湘将袖一扯，没怎么用力，玄度顺从地坐了回来。

洄湘：“嬴渊是你吗？”

玄度从案上取出殷祀所写的情书给她，私自拦人书信不对，爱一个人，当予她尊重，她有接受爱意和表达爱意的权利，只要她自己愿意。

玄度：“这是殷祀给你的，它们……送错地址了。”

洄湘将信信手一抛：“随他去，我不在乎。”

玄度：“……”

洄湘：“是你吗？”

玄度低声道：“是。”

洄湘：“太好了。”

她没有哪一刻比现在更加庆幸。她和她爱的人都是神，意味着他们总还有机会，可以弥补未尽的遗憾。

洄湘钻进光圈，吻住了玄度。

玄度愣了一瞬，搂住了她后腰。

回应，掠夺，缠绵缱绻。

洄湘意犹未尽，站起来道：“吻技还需锻炼。”

说完，她就走了。

她就走了。

走了。

玄度：“……”

洄湘下到二十四天，头顶响起一道炸雷，某神道天尊恼羞成怒了。

洄湘一个开心，头发砰地散开，开始不受控制地疯长。

司命担心她，来至山看海错，从一垛绿草般的头发里把洄湘扒出来。

司命：“你这是……动情了？”

洄湘害羞地点头。

司命：“千万别告诉我是神尊。”

洄湘：“嘿嘿嘿。”

完了，孩子高兴傻了。

司命往她身边一坐，行吧。

洄湘乐极生悲，脑海中突然响起一个声音：“如果必须舍弃这身魔骨从头来过，才能和你在一起，那我愿意，我愿意为爱成神，为你成神。”

洄湘的头发停止生长，缩回成正常长短，有些失神地望着司命。

司命：“咋？”

洄湘：“炎英，我是谁？”

拾壹

喜欢不会被辜负

1

黄云天，青草地，一只尥蹶子的大壮。

洄湘问：“我是谁？”

她神情之反常严肃，令司命为之一震。

这才刚开始谈恋爱，就变着花样虐单身狗。司命没好气地说：“你是玄度他女朋友呗。”

洄湘：“……”

心头那股莫名的胆寒洄湘一时半会儿摸不着头绪，也可能是自己受伤未愈，再加上频繁穿梭《机缘簿》，出现了幻觉。

倒是司命这一句“你是玄度他女朋友”取悦了她，她不自觉咧了嘴，站起来往地尽头走去。

司命：“你忙忙叨叨的作甚？”

据洄湘观察，玄度喜欢吃鱼。她道：“为神尊承包个鱼塘。”

司命一掌拍向身旁的柠檬树，走了。

天上不值得。不就是个恋爱嘛，跟谁没谈过似的。

司命走出两步，又恐这傻孩子吃亏，扭身道："塘先别急着挖，我且问你，神尊亲口承认喜欢你了？"

洄湘的锄头停在半空，挥不下去了。

爹的，没有。

从《这个杀手不太行》回来，光顾着激动，亲完玄度她就跑了。

她自己又是动情又是怅惘地傻乐了一天，经司命提醒，她才想起来，除了她拿犼牙逼迫，得到了玄度一句违心的"喜欢"之外，玄度真的没有主动说过喜欢她。就连她扑上去吻他，也是因为她戴着犼牙。如此说来，玄度是被迫让她亲的？

司命："傻子，坑挖大点，养什么鱼啊，你把自己埋了吧，勤浇水施肥，明年春天又是一把崭新的芗菜。"

洄湘郁猝，踩上朵云，径直上了三十六天。

霜寒正遛开明兽，迎面看见洄湘："小可爱，你最近往我们这儿一趟趟跑得挺勤啊。"

他道："准备好了吗？"

洄湘点点头。

霜寒将遛兽绳换了只手，空出的那只手先是把洄湘脑后歪了的一支钗环扶了扶，继而轻轻往洄湘后背一推，洄湘脚踩冰面出溜到底，连溜冰鞋都省了。

2

静室内，玄度在生死簿上练书法，写"跟着殷祀鬼混容易遭雷劈"。一页写满，无须玄度动手，生死簿自主翻了一页，同时道："堕落，神尊你堕落呀。你明知进《机缘簿》的后果，为什么还要配合她进去，你连这点自制力都没有了吗？”

玄度：“你在教训本座？”

生死簿：“……不敢。”

玄度自知理亏，抿唇顿了顿，道：“她求我。”

生死簿：“她求你你就答应，那她明日求你把命借她耍耍，你答不答应？”

玄度：“我的命早已给了她了。”

生死簿自觉失言。片刻，只见纸面上凭空长出一只蔻丹鲜红的柔荑，抢过玄度手中的笔，自己在本上画了个嘴，再打个叉，自己把自己禁言了。

玄度刚把生死簿合上，洄湘撞了进来。

如果他没记错的话，距离她上次来还不到一天。

玄度：“食神大人又来观光了？”

洄湘来势汹汹：“说你喜欢我！”

这次她没戴犽牙。

玄度抬眸看看她肩上扛的锄头：“如果我拒绝，你这是准备刨了我？”

洄湘急切地将锄头一扔，准头忒好，墙角一只花瓶应声裂开。

玄度道：“你每次来，不打碎点东西就过意不去，是吗？”

洄湘冷静了，老实了：“要赔吗？”

玄度：“明知赔不起，就不要问这种虚伪的问题。”

反正他已经习惯了。

洄湘：“好嘞……说你喜欢我。”

玄度：“凭什么？”

洄湘：“不喜欢我，你还亲我？”

玄度：“……讲不讲理，是你突然扑上来的。”

洄湘："那你偷着跟我进《机缘簿》是为什么？你又不是不知道里头的流程，去了就得跟我发生点什么，你还去？"

玄度看她一阵，伸手道："请坐。"

洄湘气鼓鼓地坐在他对面，看他还有什么好说。

玄度不紧不慢道："本座久居天界，与众生相隔甚远，不亲入凡间，如何洞察苍生疾苦？本座要体会这些，应当应分吧？"

洄湘点点头。

玄度："《机缘簿》中七情六欲种种，情爱只占其一。本座化身凡人，就算不爱上你，也总有别个凡人女子与本座相爱，是不是这个理？"

洄湘点点头。

玄度："那你凭什么说本座喜欢的是你？"

洄湘茫然了。

玄度："本座入《机缘簿》，为神的记忆全无，爱上你的是凡人嬴渊，与本座有什么关系？"

洄湘："没、没有关系吗？"

玄度："诚然嬴渊是本座，但本座就等于嬴渊吗？你这样粗暴地拿嬴渊与本座画等号，是不是有失偏颇？"

洄湘想了一下，不自信道："是、是吧？"

玄度："综上所述，你怎么就能确定本座喜欢你，你又喜欢本座呢？"

洄湘迷乱道："我不确定了。"

玄度："不如食神大人回去考虑清楚？"

"哦。"洄湘一脸懵懂地站起来往门外走，还被门槛绊了一跤。

"神尊，"她回头，歉疚道，"我眼下觉得，拿犽牙强迫神尊还占神尊便宜，实在是不对，我下次不敢了。"

玄度："本座宽恕你，下不为例。"

生死簿叹为观止，在洄湘走后，她开口道："好好的孩子让你忽悠瘸了，我总算明白当年因潇是怎么被你骗到手的了。"

"这些都是因潇教我的，"玄度苦笑，"当年我才是被骗的那一个。"

忽而颈侧微微灼热，他抚了抚颈子，反应过来，这是洄湘在烧他给她的鳞片。

才下三十六天就要见"溪云"？这女人心情转换得会不会太快了。

纵然溪云也是他，玄度还是不太愉快。

生死簿在旁幸灾乐祸："神尊，你可真忙呀。"

玄度拿砚台将簿压死，挥袖现出本相，马不停蹄赶往山肴海错。

3

龙鳞的确是个宝贝，怎么烧也不见变形。

洄湘收了龙鳞，蹲在地头怀疑人生，两根手指夹着根辣椒，不时吸上一口，找找感觉。

《这个杀手不太行》之旅有得有失，她找回了辣的味觉，失去了……

她也不知道算不算失去了玄度。经玄度一番点拨，她现在很质疑，自己有没有得到过玄度都不好说。

"溪云，"她吐出一口辣气，弹一弹辣椒籽，道，"你有没有这种经历，就是有这么一个人，你以为他喜欢你，结果他告诉你，他不喜欢你，甚至你也不喜欢他。我现在……怎么跟你形容呢，我整个人都很模糊。"

玄度把她嘴里的辣椒给掐了，答非所问："你召我来，就是想让我跟你参禅？”

“当然不是，”洄湘找回了“酸甜苦辣”四个味觉，感觉炒家常菜够用，迫不及待想要兑现给溪云做饭的承诺，“你带我去你道场，我请你吃饭。”

顺便练练手，距离食神大赛还有三天。玄度再许她进《机缘簿》是不可能了，而且也来不及，她只能凭借有限的能力尽力一搏。

玄度道：“在此处不行吗？”

洄湘警惕地环顾四周，声音细若蚊蚋：“也行。”

话音刚落，一清朗之声响起：“谢天谢地，洄湘终于想起自己是个食神了！”

一轴古卷自洄湘的储物室里飞出，浮在半空，舒展开来。“西红柿炒蛋”从里头跳出来，接着是“辣椒炒肉”“小鸡炖蘑菇”“红烧蹄髈”……

一马当先的“西红柿炒蛋”着内黄外红的长袍，在风中长身玉立，道：“洄湘，做我。”

“红烧茄子”紫袍飘逸，挤上前来道：“洄湘，别听他的。做我做我，你都好久没做我了。”

“饭后不得来个小甜点吗？”淡绿衣衫的“豌豆黄”剑眉星目，“做我。”

紧接着，白衣白发的美男又将“豌豆黄”挤到一边：“龙须酥请求一战。”

“龙须酥”说完打量一眼玄度，同样的色号。撞衫不可怕，他丑他尴尬，所以他扭身，靠在麦芽糖身上哭了一会儿，眼泪流得太多，粘在了麦芽糖身上……

总而言之，人声腾沸，数不清的菜品站满了山肴海错，这宽阔之地眨眼成了闹市，羊驼大壮都被挤上了树。

玄度总算明白为什么洄湘一个人，要住这么大一片地盘了。

洄湘扒开众美男，来到玄度身旁，道："这是我师父传给我的上古食谱，年岁久了，其上所记载的菜品都化了灵。我若是长时间不做菜，他们就会跑出来督促我，好在他们没有我带着出不去山肴海错，所以咱们还是去你的道场吧。"

玄度点头："……为何所有的菜灵清一色都是男子？"

洄湘扫了一眼赏心悦目的众美男，脸色一红："我师父说这有助于激励我精进厨艺。"

玄度眸子眯了起来，洄湘真是有个好师父。

也不是没有例外。这时，玄度衣角被人轻轻拽住，他垂眸，一个只及他膝盖高的小姑娘仰头看着他，穿一套粉嫩嫩的小衣裙，圆脸蛋白里透红。

她问："叔叔，你喜欢吃雪媚娘吗？"

玄度："不大喜欢。"

"雪媚娘"一瘪嘴，要哭。

玄度："好吧，喜欢。"

"雪媚娘"破涕为笑："我是草莓味儿的哦，我还有个名字叫大福。叔叔你真好看，像邵九爹爹一样好看，我能叫你爹爹吗？"

洄湘抱起大福："邵九就是我师父，大福见了好看的男子就喜欢认爹，道友不要介怀。"

玄度："你也觉得你师父好看吗？"

这算什么问题，洄湘道："我师父的确好看。"

她说得公正，玄度却冷了脸色。他骄矜地一扬下巴，在满院美男的注视中，抬手将洄湘肩头一揽，道："闭眼。"

洄湘赶紧闭上眼睛，大福也听话地跟着用两只小手捂上了眼。

洄湘眼前一黑，只觉耳旁气流涌动，然后是鸾凤和鸣。

片刻，她再睁开眼，只见眼前出现一个巨大的明镜湖，湖泊中央聚有桃花岛，岛上桃林常年花开不败，林中藏了座小楼。

玄度先她一步落足凌波水面，对半空的洄湘伸手。

洄湘迟疑一瞬，将手叠在他掌心，经他带着涉水趋步。

离岛近了，渐有粉白桃花瓣飘拂脸上发上衣上，留下淡淡余香。

小楼的门感应到人来，无声地洞开。

站在二楼凭栏处，巨树成荫，繁花照眼，花雨缤纷。

室内设有团裀小几，瓜果鲜花齐备，玄度拨弄红泥火炉，烹茶煮酒。白衣铺陈，乱花缀满了他垂在肩头的雪丝，一举一动叫人挪不开眼。

洄湘看他许久，久到玄度察觉她目光有异，抬眸与她对视，洄湘收回目光："我大概魔怔了，竟觉得你同三十六天那位神尊，有些许相像。"

玄度微愣，道："你愿意我是他吗？"

"说笑了不是，"洄湘道，"你怎会是他。"

为了掩饰尴尬，她装作起身看风景，自二楼望下去，圆湖边沿不工整，左一块右一块，像是被人拼凑起来的。

她提出自己的疑问，玄度撒谎不眨眼："这湖原是一面镜子所化，镜子被人打碎过。"

其实何止那湖，整座悬镜岛都是玄度在镜中造出的幻境，是外人绝对不得擅闯，连霜寒都不能来打扰的清净地。

这看似不大的岛，却承载着他内心无法对人言语的全部和一些不能见光的秘密。

洄湘"哦"了一声，不由想起自己打碎过玄度一面镜子，到现在还没钱赔。

歇息过后，洄湘自乾坤袋掏出食材，下楼去往厨房忙活，临走将大福搁在了玄度腿上。

玄度哪里带过孩子，与大福面对面，对着瞅。

玄度："你吃点心吗？"

这伤害对大福致命，哪有教孩子吃同类的，大福："叔叔，我就是点心。"

大福"哇"地哭了。

玄度立时将她拎出一臂距离，把她结冰，让她冷静冷静。

玄度摆事实讲道理："洄湘是菜，不也照样吃别的菜？"

大福世界观碎了："洄湘姐姐说她从来不吃菜的，洄湘姐姐骗我，我再也不要喜欢她，她食谱上的雪媚娘从今天起没有灵魂了。"

玄度："……"

大福哭得越发惨。

玄度："你打算哭到什么时候？快些哭完，我还有事要你办。"

大福的哭声戛然而止，有生之年没听过如此专横的要求。

"不哭了？"玄度道，"那好，你过来。"

大福是个有脾气的小点心，她一扭小脸，就是不过去，道："哼！"

玄度哄她："你若让本座探探你的灵识，本座便勉为其难当你爹爹。"

大福一指垂涎了半天的他头上的雪发："我还要给你头上编小辫儿。"

玄度："你放肆。"

大福又要哭，玄度赶忙道："成交。"

圆脸的大姑娘和小姑娘都是魔鬼。

他伸出两指往大福眉心一探，入了她识海。

4

大福作为上古食谱的一分子，该是很久之前就跟着邵九了。玄度想看一看，洄湘这位师父到底有什么魅力，让洄湘念念不忘。

入目是林中一段小路，和一个男子瘦削的背影。

男子披一件旧青袍，提灯夜行。他看不见玄度，玄度便负手跟着他，听他步履间琐碎的声音。细看，男子脚下戴着镣铐。

邵九竟是名罪神。

但戴着脚镣不曾影响他游逛的兴致，他挖红薯，摘桑葚。洄水湘江贫瘠，农作物寥寥，他苦中作乐，唱了支山歌，歌词内容，是玄度听了要蹙眉，作者写了不能过审的那一种。

他路过一块石头，又退回去，从石头后薅出一个小姑娘。

小姑娘比大福大不到哪儿去，满脸稚气，头发未能褪尽绿光。

邵九："咦？原来不是绿伞盖的胖蘑菇啊。"

这时候的洄湘不叫洄湘，是无名无姓一棵野菜，极其罕见地成了精，生了灵脉。

邵九稀罕道："这般充沛的灵气，不可能是你自身习得。丫头，你是不是得了什么高人的指点？"

洄湘不懂这些，许是被邵九揪疼了，她小脸皱成一团。

邵九被她小模样逗得哈哈大笑，丝毫不知心疼。玄度在旁看得愤懑不已，却无可奈何。

邵九笑着笑着，后颈一冷，他纳闷地回头："怪哉，有野鬼过路不成，怎么突然冷了起来？"

他只是生性太乐观，好开玩笑，其实打心眼里对这小绿胖丫头也是喜欢，怜她孤苦，时常给她甘露，教她修习之术。无事的时候，会偷偷去照看她一下。

邵九去看洄湘，玄度便也得以见证她的成长，看她歪歪栽栽，磕磕绊绊，吃十堑长一智，笨拙地长大了……从什么都不会到心不灵但手巧。

吃了多少苦，只有她自己最清楚。

上古食谱本是邵九随身带着的，后来邵九把食谱丢了，被洄湘捡到，想去归还，邵九却不在家，洄湘只好代为保管。

玄度在她看不见的身边，与她朝夕相处。

看她早起修习，有时也没有那么早起。

看她挖野菜熬粥。身为菜，吃菜吃得没有丁点儿负担。

她的厨艺天赋显露无遗，尚未拜邵九为师，熬出来的粥已经香飘十里。

她用厨艺结交了好多朋友，但是洄水湘江这穷乡僻壤，敌人永远比朋友多。

洄水湘江，这地名里带了那么多的水，实际上却干涸千里，遍地裂纹。生存环境严酷，为了生存，厮杀在所难免，尤其洄湘是一棵菜。

一棵灵力强大，武力值却不高的菜，简直是抢手山芋、行走的活肥肉。

邵九在还好些，邵九不在，谁都想吃她一口。

洪荒之初的环境比洄水湘江恶劣千倍万倍，玄度自己就是这么过来的，见惯了血腥，面对血肉横飞而不动如山，灭你不打招呼，还顺带问候人家全家。

他明明晓得洄湘会安然无恙，活蹦乱跳，日后成仙成神，在某个不甚明媚的日子，在紫霄天庭拔他的昙花种向日葵，并出言调戏他。

他明明晓得自己眼下是处于别人的识海，处处受限，弄不好还会遭反噬。

可是这天夜里，洄水湘江的草棚中，当一群饿狼包围了洄湘，朝洄湘扑上来时，他还是出手了……

在洄湘眼中，这是上古食谱神光大盛，让狼群消弭于无形。

自那以后，日日夜夜，洄湘将食谱摆在枕边，终于能睡个安稳觉，她知道她的床头站着一位守护神。

这是邵九的食谱，邵九是洄水湘江唯一的神，洄湘理所当然地以为是邵九庇佑了她，从此对邵九死心塌地。

邵九回来那天，玄度见洄湘远远地便捧着食谱兴高采烈地迎上去，要将练习了好久的拜师词背给邵九听，求邵九收她为徒。

她给自己起了名字，叫洄湘，感念邵九的恩德。她自以为很好听，一点让人联想不到八角、花椒和桂皮。

邵九不是一个人回来的，他旁边站了位金光闪闪的小姑娘。东海公主敖思，已经先一步管邵九叫了师父。

敖思衣着华丽，居高临下地看着洄湘，毫不掩目中嫌恶。她扇着鼻子道：“最讨厌脏兮兮的臭丫头。”

洄湘灰头土脸的。不同于敖思的满头华翠，她头发扎得随便，上面还挂着草，那是帮刺猬妈妈找离家出走的娃儿，掏土洞掏的。

她努力站直，道：“我天天洗澡，身上不臭。”

敖思和她的侍从闻言，齐齐嗤笑。

洄湘第一回知道了什么叫窘迫，什么叫云泥之别，不自觉地离敖思远了一点。

邵九是个直男，体会不到姑娘们之间细微的火花，倒是对食谱失而复得很是高兴，对洄湘要拜他为师也很高兴。他揉揉洄湘鸟窝似的脑袋，道声好。

他左手洄湘右手敖思，道：“走，回家，师父给你们做好吃的。”

玄度盯着洄湘那瘦巴巴，极力跟上邵九步伐的背影，心里堵得慌。

一想到洄湘拜邵九为师还是自己间接促成的，更难受了。

胸口的疼痛猛地尖锐，反噬来得猝不及防。他急急退出大福的识海，将大福眼睛一盖，吐出一口血来。

大福眼睛眨眨眨，睫毛扫着他掌心，不安道："生病了要请大夫。"

玄度将血迹抹去，当作无事发生，板着脸道："不许告诉洄湘。"

正说着，洄湘端菜上来，随口问："不许告诉我什么？"

大福看看玄度，道："我什么也不知道，我只是一块无辜的小点心。"

真是个识时务的好孩子，玄度大方地允许她玩自己的头发，然后扭过头来教育洄湘："你口口声声说邵九对你好，那也能叫好？"

早年间的洄湘跟故事里的岁冬有什么区别，从未被温柔相待，因此但凡得到旁人半点关怀，便恨不得掏心掏肺，百倍地回报。

洄湘："你进大福的识海了？你这么关心我……的吗？"

玄度："我闲得，不行吗？"

"还以为尊师是何种完美的神圣能人，"他越想越生气，"你满身的硬气只会在我这里施展，人家欺负你，你会不会反击，敢不敢欺负回去？"

洄湘呆呆看着他。

玄度："你看我做什么？"

洄湘："这朝我甩脸子的模样，更像玄度了。我突然想到，玄度是龙，你也是龙，你俩别是亲戚吧？"

玄度道："天底下的龙多了去了，别岔开话题。"

"哦。"洄湘老实回道，"我后来打回去了啊，这不是没打过嘛。"

洄湘："我师父虽然放浪了些……"

玄度："只是放浪一些？"

洄湘："……"

洄湘："放浪放浪，放手去浪。"

玄度冷笑了声。

洄湘："但他待我真是极好的，我和敖思打架，他若在场一定会站在我这方，告诉敖思，别太过分。他是好几个人的师父，不是我一个人的，总不好偏心得太过。

"我没拜师之前，他就默默地保护了我很多次……你胸口怎么了？"

玄度："被你气得。"

"那你多吃苦瓜，降火，"洄湘夹一筷给他，"我炒的苦瓜一点也不苦。"

玄度自是知道，还得装成第一次吃，不重样地夸她。夸得洄湘心花怒放，得寸进尺："还有三天就是食神大赛了，我心里没底。去东海好比闯了龙窝，要是有一位心地善良的龙族朋友肯给我壮胆，陪我同去就好了。"

玄度："你可以找玄度。"

洄湘道："我说的是心地善良的龙族。"

玄度："玄度心地不善良吗？"

洄湘："对我反正是不怎么善良。"

玄度："你有没有反思过这是你自己的问题。"

洄湘："反思过了。反思一百遍，也是玄度此人有毛病。"

玄度筷子一放："不吃了。"

洄湘："不合胃口吗？"

玄度还未说话，头皮一痛。

大福闯了祸，瞬间闪人。洄湘望了一眼玄度的头发，怒道："你这孩子也是，哪有给人头发一根根打死结的！

“我这有把上好的王麻子剪刀。”

玄度：“你敢。”

5

洄湘迫于无奈，找了把梳子给龙顺毛。

她是发现了，脾气再好的龙也比别的物种容易暴躁，溪云今日就格外的暴躁。

是故她小心翼翼，顺着那一头雪丝，攥了一手的沁凉。她问：“你们龙都是冷血动物吗？”

玄度：“多新鲜哪。”

洄湘：“冷血跟冷血，有没有地域之分？比如玄度那种生在洪荒最冰冷之地，睁眼是万里孤寒的龙，其后万万年，三界口口相传他的峥嵘，他的无上成就，论起往昔，说的都是他的杀伐果断，冷血无情。却无一人说起，是什么造就了他的冷血无情，他也是由血肉之躯一天天长起来的，难道就因为生来是上神，便可以抹杀他成长过程中与所有人一样要经历的惶恐、挣扎、孤独……”

玄度：“你在怜悯他？你觉得他需要你的怜悯吗？”

洄湘：“我是喜欢他，才发自肺腑地心疼他。

“虽然我不知道他为何执意要诓我，让我觉得他不喜欢我。

“你说呢，玄度？”

玄度：“……”

洄湘：“来回切换大小号，你玩得挺溜啊神尊。

“你快问我几时知道的，我好不容易聪明一回。”

玄度：“所以你刚才说我不善良，有毛病，就是在故意气我？”

洄湘：“你不问我也告诉你。破绽太多了，那枚龙鳞，那个被我摔碎的湖……更重要的是，除了玄度，没人会吃我师父的干醋，没人会在乎我过去吃了多少苦。多年前在我床头乍现的神光，护我周全的人，是不是你？我一直记着那气息，后来观察许久，纳闷许久，那神光不属于我那倒霉师父。

“我惦记那道神光惦记了很多年。因为心里有这道光，敖思再怎么欺负我，也不能使我绝望。”

洄湘绕到他面前，伏在他膝上仰头望着他：“承认吧，原来你这样喜欢我。”

玄度低头看她：“得意的嘴脸收一收。”

洄湘道：“说你喜欢我。”

玄度搁在膝上的手收紧，道：“东海我陪你去。”

“喜欢我吧玄度，”她不知道他在害怕什么，站起来抱住了他，“你的喜欢不会被辜负。”

静默许久，玄度道：“好，喜欢你。”

不忘补充道：“别以为本座喜欢你，头发这事儿就过去了。”

一顿，又说：“以后不许随便召唤那卷破食谱。”

洄湘失笑，将他抱得更紧。

玄度在她怀里轻轻闭上眼，贪恋片刻温存。

“第一百零一次。”他心里默数。

也是最后一次。

6

三日后。

东海龙宫，门口两对虾、四只蟹，守卫森严，还有披着海带飘来飘去的人鱼。

看在洄湘眼里，都是海鲜，都是海鲜，都是海鲜。

她止步不前。

盛装一新的司命站在她身侧，听她口中念念有词，以为她是不适应海底，离近了才听清。洄湘念叨的是：“蜜汁烤虾、蒜蓉扇贝、盐水皮皮虾、杏仁银鳕鱼……”

司命：“……”

正巧蟹将上前询问来者何人，一起的吗？

司命：“不是一起的，不认识。”丢不起这个人。

司命巡视四周，宾客从八方赶至，瞧着个个来头不小，东海龙王宠女果然名不虚传。

为了让女儿赢一次，可谓脸都不要了，也要光明正大作弊，将比赛办在自家海里。

洄湘势单力薄，味觉失灵，拿什么赢人家？

他道：“咱们那位神尊呢？不是要和你一起来吗？”

洄湘道：“估计快到了吧，他不喜欢迟到。”又道，“说不定已经进去了，毕竟他这个人低调。”

司命：“也是。”想起了头一遭在紫霄宝殿见到玄度的恐惧。

他正要携着洄湘进去，忽然人群骚动，东海龙王提袍奔出，人群散为两列。一束神光缓降，玄度本相自光中现身，独有的浓厚应龙气息威压海域。

司命腿软，目瞪口呆：“这不是……这不是……”

洄湘搀他一把：“没错，就是你见过的那个溪云。”

众人见到这位常年见首不见尾，只活在传说里的神尊，表现比司命好不到哪里去。尤其东海龙王，此次也算龙族的盛会，他本着试一试的态度往三十六天拜了请帖，做好了玄度不来的准备，没想到玄度居然来了，而且一改行事内敛的作风，出场先炸了一波。上次东海起这么大的浪，还是吒儿闹海。

东海龙王打头，众星捧月，要将玄度往龙宫让。玄度道声且慢，目光看定人群角落的洄湘，径直走到她面前，回首与东海龙王道：“食神你认识吗？”

“认得，”龙王还没有认识到问题的严重性，道，“小女此次大赛之劲敌。”

玄度与洄湘十指相扣，道：“你重新认识一下，食神洄湘，本座的心上人。”

拾贰

结婚游戏

1

单身多年的大哥大突然宣布自己有了扒蒜老妹儿，出身黑龙江的龙王受不了这刺激，没了待客的心，恹恹离场。

龟丞相跟在他身后，一缩脖一问：“王上去哪儿？”

敖广：“去珊瑚广场体察民生民计。”

龟丞相：“咱们君臣之间还用藏着掖着？”

敖广：“去找水母和扇贝贝扯老婆舌。”

这还差不多。

龟丞相：“带上臣。”

主人一走，宾客跟着徐徐散去。

人群的后面，洄湘目不转睛地看着玄度：“方才你说我是你的什么？”

玄度为帮洄湘出气，当众摆完了这个谱，此时才想起来不好意思：“没听见就算了。”

洄湘挽住他手臂："哥哥我不想努力了。"

玄度马上道："我让敖广把冠军直接颁给你。"

听起来这么缺德的事，他说得毫无压力。

洄湘道："我说着玩的，你在旁看着就是，我凭实力也能赢。"

玄度："你时不时盲目的自信让本座很是欣赏。"

他抚了抚她头顶，道："要争气，你不是一人在战斗。"

洄湘期待地眨眨眼。

玄度："你还有炎英、霜寒和一只白毛驴子。"

洄湘："……"

想从玄度口中套一句情话比打他一顿还难。不过不要紧，来日方长。

负责接待的龙虾走来，将玄度往金海星贵宾套房里引，说："Please（请）！"

洄湘新奇地看着他。

龙虾："怎么的，不兴说家乡话吗？我澳洲来的。"

原来是澳洲龙虾，洄湘道："没事了。"

她轻拽玄度："哥哥，离正式比赛还有些时间，先别去总统套房，来我们普通大床房坐坐？"

玄度听完未表态，澳洲龙虾表示懂，并问："要套吗？"

玄度眼珠子都快瞪出来了，洄湘满脸娇羞，刚想说声也不是不可以，龙虾大兄弟一脸正气，掏出了两副鞋套。

龙虾："从这儿过去要经过一片沙地，穿鞋套不容易脏脚。

"这位女客官没事吧？你脸红得好像我煮熟的同胞。"

洄湘："你们海底太热了，嗯！太热了。"

她自觉无颜再见乡亲父老，说完便转头马不停蹄地往自己客房的方向奔去。玄度一把将她拖住，指着相反的方向。

洄湘为自己挽尊："来海里嘛，脑子多少都会进点水，神尊你说是不是。"意思是说错了话，走错了路，情有可原。

玄度："那也不能全是水。"

洄湘："除了水，还有你。"

玄度："……"

汉不撩她她撩汉，洄湘道："俗话说有来有往，神尊，你看我都将你放进脑子里了，那你除了将我放在心上，若还能将我看在眼前，眼里时时有我，就更好了。"

玄度给她戳中心事，步子不由得一顿。

洄湘察觉他神情有异，歪头与他对视："怎么了？"

玄度温和地一笑，手腕一转，两粒龙珠悬浮于掌心，正是初见之时，洄湘见过的那两颗"核桃"。

玄度："你不是说它们适合当定情信物吗，送你。"

她说过的每句话他都记得，洄湘道："我虽然不了解龙族的习性，也知道龙珠是你们龙的元气凝结之物，怎能轻易送人？收回去收回去。"

玄度将手掌往前一送，掌心覆在她掌心，直到金光消融在洄湘体内。

他轻描淡写道："没什么大不了。"

洄湘只觉一股暖意流通四肢百骸，全身有说不出的舒畅。她先前在诛神台受的雷刑导致的内伤都好了起来，暗叹不愧是龙珠。

这可是玄度的龙珠。

先有龙鳞，后有龙珠，玄度送了她许多珍贵之物，她却没什么拿得出手的东西作回礼，她十分愧疚。

玄度道："你已经送过了。"

洄湘不明所以。

玄度道："你送了我许多场绮丽的梦。"

那算个什么，也没有很多场，而且其中以悲剧收场的时候多。司命这个狗！洄湘道："也不都是好梦。"

玄度："对我来说，只要有你在，就都是好梦。"

洄湘心跳加剧，难道这就是热恋的感觉吗？

洄湘："再说一句。"

玄度："什么？"

洄湘："情话，土味的都行。"

玄度："把你脑子里的水好好控控，专心比赛，敢输给敖思就分手。"

洄湘："什么？？？"

玄度："清醒了吗？"

洄湘："……"

玄度满意，堂而皇之地回了自己的总统套房，还不让洄湘跟着，真没人性。

2

洄湘独自往客房走，头顶的透明水晶划过小鱼小虾派大星……

洄湘心想，这要开个餐馆该多好。客人在海底吃饭，海洋生物在旁边游玩，互相成趣，一定很赚钱，还可以给餐厅起个名，叫"海洋馆餐厅"——只要涉及吃的，洄湘脑子都很灵活。

人刚到客房门口，忽而来了个鲛人侍女，称三公主有请。

三公主就是敖思。

比赛前夕请她是有什么要事？难道是听说了玄度来给她撑场面，怕了她，要认输不成？

洄湘跟在侍女身后，眼睛不时瞟人家的尾巴，果然七彩靓丽。

洄湘忍不住问："小姐姐，听说你们鲛人能泣泪成珠，可是真的？"

鲛人侍女说是真的。

洄湘："能有偿帮哭一串珍珠项链吗？我想送情郎。"

小姐姐用幽怨的眼神拒绝了她。

前路渐黑，阳光全无。洄湘心下起疑，想说小姐姐你们三公主住的地方挺伸手不见五指的，冷不防鲛人侍女尾巴打个弯，潜入深海不见了，留给她一串泡泡。

洄湘："……"她是不是被人暗算了？

她连忙转身，想原路折返，一群海草飞速移来缠住了她双脚，酥麻感随之顺着她小腿上蹿。这海草有毒。

洄湘手忙脚乱，施术要将海草赶开，头顶的海水开始翻涌，一大团阴云动了。洄湘抬头，突然明白过来，此处海域不是没有阳光，而是阳光被遮挡了。

遮天蔽日的章鱼翻了个身，海底霎时天旋地转，洄湘一个不稳扑倒在地，其中一只手也给海草缠上了。

洄湘："我靠！你不要过来呀，我没有那么大的铁板烧你。"

她是万万没想到，敖思敢这般明目张胆地暗算她，就不怕玄度动怒吗？

对了，玄度。

洄湘用那只自由的手取出随身携带的龙鳞，还未来得及烧，章鱼便压迫而至，粗壮的触手缠上了她的手臂和腰，紧紧一收，将洄湘吸离了地面。

洄湘顿时眼冒金星，感觉五脏六腑都移了位，口鼻呛出了血。她手一松，鳞片光华闪了闪，跌落海底，被细沙掩埋。

这下惨了，洄湘心想：一棵菜要葬身章鱼腹内。章鱼肚子里全是墨，她下辈子投胎能当个文化人吗？

章鱼被一闪而过的龙鳞吸引，触手将龙鳞从沙中吸起，往嘴里填去。

洄湘急道："不要！"

那是玄度送她的东西，玄度没有明说，但她总感觉那是玄度的脉心鳞。脉心鳞是龙的命。

她不知哪来一股怒意，菜刀应召而出，化成层层利刃，往大章鱼那七八只触手砍去。然而章鱼的触手实在太粗，不痛不痒地受了她几刀，仍旧不紧不慢，眼看就要将那枚龙鳞吞入腹。

洄湘双目赤红，其中一把利刃对准了自己。她抬起被毒海草侵蚀变得僵硬的手臂，举刀狠狠刺向自己的腰腹……力道之大，刀尖穿透缠在腹部的触手，割开了她的皮肉。

周遭的海水染红一片，洄湘却无知无觉。

章鱼吃痛，缩回一只触手，然而尚有一只抓着她手臂。洄湘悬在半空，吃不上力，砍了几次没砍断，狂躁了，干脆砍向自己肩膀。

她一往无前，抓回龙鳞，握紧，与章鱼怪对视。血水以她为中心往外蔓延，她自断一条手臂，却仿佛不知痛，脸色苍白，眸子猩红，目光却异常平静。

忽而，她笑了，笑容诡异，脊背黑气喷涌，很快盖过了血腥。她包裹在黑气中，伸出仅剩的完好的手，五指张开，对着章鱼怪隔空一扭。

章鱼怪骤然紧缩，如同受到巨大的气场挤压，捏成一团，炸成了墨色血雾。

洄湘眼前一黑，体力殆尽，缓缓在水中下沉。

玄度来晚一步，伸手将她接住。洄湘眸中红光淡去，神志回归，膀间的剧痛上涌。她勉强睁开眼睛，看见玄度、黑气和章鱼的残尸。

她最后的念头是——玄度竟是魔？

这以后怎么跟他处？

3

洄湘丢了条手臂，赛是比不成了。

东海龙王虽然溺爱女儿，也知此次敖思闯了大祸。他亲自将敖思绑了，拎到玄度面前，自己跟着跪倒，失声唤了句“神尊”，多余无话，护犊之心全在这一声唤上。

旁的龙族逆鳞不得拂，至多一枚。玄度不同，他全身都是逆鳞，不知怎么就惹了他，平日无缘无故还要挑理三分，何况这次是祸及他的心上人。

玄度守在贝壳床前，看也不看他们父女。

司命站在床尾，帮不上忙干着急。洄湘自昏迷中刚醒，玄度就将洄湘圈进了他的领地，贝壳床十步方圆，谁凑近谁挨呲儿。

他握着洄湘的手，脸色阴晴不定，对龙王道：“你该祈求原谅之人不是本座。”

龙王立时转向洄湘，言真意切：“恳请食神高抬贵……”不小心说到了敏感词汇，玄度看他一眼，敖广吓出半身冷汗。

敖思见不得老父亲伏低做小，抱怨道：“她手又不是长不回来了。”

敖广正要呵斥闺女，洄湘道：“敖思说的其实也对。”

洄湘撑着玄度坐起来，道：“我能不能和敖思私聊一会儿？”

她对玄度点点头，示意他放心。

室内只剩了师姐俩。

洄湘道：“师姐，我一直以为你是想看我倒霉，原来你是想看我死啊？”

敖思闻言一瞪眼，欲言又止，最后只是嘴硬道：“少废话，如今你傍上了神尊这个倚仗，要杀要剐随便你，但你若是敢为难我爹，我就算做鬼也不放过你。”

洄湘道：“你难道不知，神死了就元神俱灭，当不了鬼，投不了胎吗？

“就像师父那样，留一缕执念，回来看一看，须臾就散了，什么也不剩。”

提及她们共同的师父邵九，敖思紧绷的身板忽然塌了下去。她低头，有眼泪落在她身前的地毯上。

洄湘召出菜刀，对准她挥去。敖思眼中闪过一丝畏惧，继而浑身一轻，洄湘将她的绑松了。

洄湘刀柄倒转，刻着“邵九最帅”的菜刀递到她面前，还有一卷上古食谱。

洄湘道：“你不是一直想要吗？拿去吧。”

敖思狐疑道：“你会有这么好心？”

洄湘：“我不想跟你争了，”她有了比找回味觉更重要的事，“食神之位我也可以让给你。”

敖思：“我根本就不稀罕当食神。”

洄湘：“不稀罕你还跟我抢？”

敖思擦擦眼泪站起来，道：“因为我讨厌你，凡是能让你不痛快的事我都想干。”

洄湘道：“莫非我杀了你全家？”

敖思：“你抢走了邵九。”

大家共同的师父，何来抢走一说？洄湘有种不祥的预感：“难道你真的，你……爱……”

敖思道："是，我爱邵九……可邵九爱的人是你。"

洄湘目瞪口呆："这绝对是个天大的误会。"

"误会？"敖思恼恨道，"邵九生平最珍爱的两件宝物，我向他讨了多少年，他却都留给了你。他死前最后一面都不许我见，唯独留你在身边，你跟我说是误会？"

洄湘道："人跟人不一样，有人临终，希望亲近之人都能守在身边，而有人不愿看亲近之人为自己流泪，宁可孤单地死去。师姐，你认为师父是哪种人？"

敖思摇头："别狡辩了，我都听到了。师父临终前，他说洄湘，你一定要成为食神，别让给敖思，是也不是？"

她无尽委屈："我堂堂东海公主，从小到大想要什么没有？不远千里去那贫瘠僻壤给他一个罪神当徒弟，我费尽心思，想得到他半分认可，到头却只换来他的瞧不起，他以为他是谁！这把破刀，那个食神的位子，我是真的想要吗？我想要的不过一个他，不过一个他！"

她嘴上有多凶狠，眼泪便流得有多凶，多年来的满腔怨怼无处宣泄，洄湘是她的敌人，却也是唯一能跟她一起怀念邵九的人。

"我也想要他的赞许、他的青睐，我要他笑着说，敖思你做得好，在我眼里你最出色……而你洄湘，你凭什么，论出身容貌，你给我当粗使丫头都不配……"

她哀情诉得正浓，洄湘插言道："为了你好，我打断一下。你骂我，我本人倒没什么，但我对象在外头，那是个眼里揉不得沙子的主儿，好像你们龙的耳朵都怪好使？"

敖思："我怕你吗？"语气很横，音量却低了八个度。

洄湘扯个海绵抱枕靠着，断臂大概被玄度处理过了，丝丝凉凉不是很痛，伤口还有点痒，这是要长新胳膊的征兆。

她注视着敖思，道："你偷听我跟师父说话就算了，还听不全，真

令本菜头大。”

敖思：“怎么你是棵大头菜吗？”

洄湘：“……”

他们龙有一个算一个，这都什么脾气。

洄湘忍了：“我来告诉你，师父的临终遗言。”

洄湘闭眼，邵九临死之前的惨状就在眼前。他中毒已深，形容枯槁，同往日的风流倜傥相比，简直换了一个人。脚上那道屈辱的枷锁，直到死也没能摘下。

他的原话是：“洄湘，你一定要成为食神，别让给敖思。敖思心思不纯粹，她对厨艺没有敬畏心，不能胜任食神，她来这里的目的，并非想学厨艺，而是想要得到我。”

“而且，”他看向屋外，仿佛知道敖思就在门外偷听，“可恶，还是给她得到了。”

他笑道：“可是你不必告诉她，我不愿成为她余生的拖累，好吗洄湘？”

洄湘含泪点头，为他合上眼睛。

邵九生性豁达，偏一生命途多舛，活得像个笑话。

他本是“食为天”先食神座下一名杂役，因厨艺天赋出众，被先食神季礼赏识。邵九以为自己遇见了伯乐，对季礼死心塌地。

其时六界灾祸不断，苍生食不果腹，遍地饿殍，巧妇无米下锅，抱着孩子无助地彻夜长哭，天亮时易子而食，以养活全家。邵九钻研多日，发明出“水蒸”之法，教人如何用最少的米做出最多的饭，拯救了千万条性命。

老天帝论功行赏，季礼将邵九的功劳冒领，只扔给邵九一把他不要了的玄铁破菜刀，告诉邵九继续努力。

邵九将菜刀视若珍宝，每天磨，在刀柄刻上“邵九最帅”，以便自恋。

邵九觉得，“吃”是件大事，美味也可以是良药，能够治愈很多人。他孜孜不倦研究新菜，还修复了残破不堪的《上古食谱》。

季礼知道以后，伸手问他讨食谱。邵九是心大，又不是傻，也看出季礼压根没有专注做菜的心，食神这个至关重要的小小职位，不过是他攀登的工具，所以邵九不给。

就在这时，邵九恋爱了，对方是个活泼可爱的大眼姑娘，有点娇气，有点憨，会对邵九嘟嘴卖萌。她用清澈的眼睛看着邵九的时候，会让邵九萌生从此只给她一个人做好吃的的念头。

邵九爱她，无所不应。

姑娘说想看传说中的《上古食谱》，邵九二话没说便给了她。

姑娘喜得亲了他一口，转头就投入了季礼的怀抱。

美人计，不管啥时候都好使。

邵九自知上当，怒而去抢食谱，可他哪里是季礼的对手，被碾压暴揍。季礼随便给他安了个罪名，便将他流放下界荒凉之地——河流干涸的洄水湘江。

“凭你也想继承本神的衣钵当食神，痴人说梦。”季礼扔下这一句，拥着大眼美人扬长而去。

抢夺的过程中《上古食谱》被撕碎，邵九一瞬枯萎。

这种枯萎不是面相上的老朽，而是在经过背叛、理想破灭、心血被毁、无尽的冤屈之后，内心的疲惫。

他在洄水湘江百年，耗尽毕生修为重修了《上古食谱》，始终不是很满意，心力却难以为继。而后，他在某个黑灯瞎火的午夜，误把洄湘当成蘑菇捡了回来。

邵九自知命不久矣，临死之前想为洄水湘江的生灵做点事，便去了临近的东海，想求一孔泉眼。结果连龙王的面都没见着，就被拒之

门外。

正要转身离去，却差点被一个姑娘撞翻。

小姑娘穿一身火红嫁衣，站在门口嘶吼，说：“未婚夫，你在哪儿啊未婚夫！”

邵九吓了一跳，他上次见这么恨嫁的姑娘，还是在上次。

邵九道：“小姑娘，即便恨嫁，也不能穿着嫁衣现找，碰上渣男怎么办？”

小姑娘说：“我找的就是渣男。”

过后邵九才知道，那天是敖思的大喜之日。有个龙族王子与敖思指腹为婚，敖思与他见过两次面，说过三句话，连人家王子的名字都记不住，管人家叫未婚夫。

成亲当天，上门的夫婿留下字条，连夜扛着云霄飞车跑了。

敖思很气，给未婚夫换个名字，叫“渣男”。

她与邵九初见，犹如老友，倚着门框将盖头当二人转的手帕甩，诉起了衷肠，说怎么这样，结婚多好玩，渣男跑个毛啊。

邵九见她如此之彪悍粗犷，道他不跑才是脑子有问题。

敖思：“你再说一遍？！”

邵九：“我的意思是婚姻大事岂能儿戏。”

敖思怪失望的：“我什么新奇游戏都玩过了，就是没当过新娘，今天必须找个人把堂拜了，要不然都对不起我早起化的妆！看这假睫毛，贴了三层，防海水的呢。”

她翻着上眼皮给邵九看假睫毛，翻着翻着望定邵九，不动了。

邵九后退一步，道：“不。”

敖思涎笑，一副调戏良家的地痞流氓样，道：“往好处想，我需要个未婚夫，你在此时出现了，也算你我二人有缘，要不你就从了我？”

邵九：“你都不了解我。”

敖思："你叫什么？"

邵九："邵九。"

敖思："这不就了解了？"

邵九指着脚下镣铐："我是个戴罪之人。"

敖思："那又怎么样。"

敖思："来嘛，结了觉得不好玩再离呗。"

邵九："……"

邵九对大眼娇憨的姑娘有阴影，道："你不是我喜欢的类型。"

"那就没办法了，"敖思往门槛一坐，细数道，"可惜了我爹给我陪送的那老些嫁妆，珍珠十箱，个个拳头一般大，外加一林珊瑚树，还有泉眼一孔……"

邵九："一孔什么？"

敖思："泉眼。"

邵九抢过盖头把自己蒙上："堂在哪里拜？带路。"

新郎跑了，宾客散了，老龙王觉得丢脸自闭了，偌大的水晶宫只剩敖思当家做主。

敖思站起来，在当下，在门口，在海底，她说："大海就是我的高堂。"

敖思还说："但是要说好，你想要我的嫁妆，总归还是我吃亏多一些，所以这桩婚事将来得由我做主。我说玩够了，你才能和我散。"

邵九道："陪你玩玩又何妨。"

两个不靠谱的人就地成亲。

夫妻对拜，邵九直起腰，问道："过瘾吗？娘子。"

敖思："一般般，夫君。"

邵九："对了，你是谁啊？"

敖思："我爹叫敖广。"

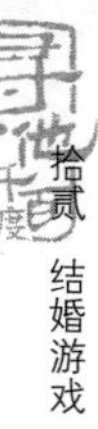

邵九："……"

他只当她是寻常小鱼小虾小王八，后来听她有泉眼当嫁妆，想到她身份可能比自己认为的尊贵些，但是没往龙族公主上想。

洄水湘江还得靠东海庇佑，龙王他开罪不起。

敖思这不懂何谓门第的单纯公主，还挺高兴自己白捡个夫君："等我爹从珊瑚广场回来，我要把你介绍给他，民间怎么说的来着，乘龙快婿。"

邵九："别，不敢骑。"又疑惑道，"珊瑚广场？"

敖思："我爹去体察民生民计。"

邵九："哦。"

等了一分钟，他又问："你玩够了没有，能离婚了吗？"

敖思："还没有，夫君。"

邵九："公主饶命，别叫夫君。"

他越是害怕敖思越上瘾，缠着要同他回洄水湘江："夫君不叫就不叫，那我管你叫师父吧。"

邵九："夫君和师父……有什么因果关系？"

敖思："没有，只是我爹以前管我娘就叫师父，曾经有一段时间他们很是恩爱。"

邵九："后来呢？"

敖思："他们就离婚了。"

敖思："他们打得呀，昏天黑地，我爹躲进蚌里都防不住我娘，被我娘拖出来揍……"

邵九："可以了，家丑就外扬到这里吧！公主。"

敖思："那我能跟你回去了吗，师父？"

邵九说不。

敖思："你懂如何安置泉眼吗？"

邵九思索一阵，道：“拜师可以，对外不许提这场婚事。”

敖思笑得没心没肺：“不提就不提，看你吓得。”

她呼仆唤奴，彩云飘飘地跟着邵九往回走，快要走到地头，才想起来问：“我拜你为师，你能教我点啥呢？”

邵九道：“我只会做饭。”

敖思道：“做饭好啊，我最喜欢下厨了。”

邵九听了，权当没听见。

敖思娇生惯养，被宠坏了，怕是连灶台都没摸过。他等着她玩够了这场过家家，或者就受不住洄水湘江的清苦自行回东海了。

他从敖思这里受到启发，开始考虑收徒的事，临死之前能将自己一手厨艺传授出去也是不错的。所以洄湘主动来找他拜师，他很是高兴。

可敖思不高兴。

第一年，邵九问敖思什么时候能离婚，敖思把洄湘欺负了，说等等吧，我还没玩够。

第二年，邵九问敖思什么时候能离婚，敖思把洄湘欺负了，说等等吧。

第三年，邵九揽镜自顾，陷入沉思，问洄湘：“师父我魅力这么大吗？”

洄湘听不懂他在说什么，说师父我给你炒个饭吧，加两个笨鸡蛋。

拜师第四年，邵九收了更多的徒弟，对敖思说你别再欺负洄湘了，结果敖思联合其他人把洄湘关进了地窖，放蛇咬她。那一回邵九动了怒，让敖思回了东海。

敖思不肯走，说他是她的夫君。

邵九对她吼：“你到底明不明白夫妻的意义？”

敖思吼回去：“是你不明白！”

他二人对峙，地窖死寂死寂，洄湘趴在两人之间弱弱举手：“我明

白我要是再不抢救，我就挂了。”

邵九抱起洄湘，转身时对敖思道：“回你的东海去，洄水湘江不欢迎你。”

敖思红了眼眶，大声道：“邵九，你会为你今天说过的话后悔的！”

她冲出地窖，在洄水湘江横冲直撞，路过毒瘴林，她驻足片刻，咬牙跑了进去。

毒瘴林中毒雾重重，听说还有巨兽蛰伏，邵九平常没事老拿这里恐吓她，说你不晓得陆地生物的可怕，所以离婚吧。

她想，我不往深里走，我就躲在这里吓吓邵九，看他来不来找我。

她其实没想对洄湘造成什么实质伤害，只是看不过邵九与洄湘亲近。这一回是不知哪个想奉承她的弟子会错了意……可事情已经发生，她才不去解释，她的骄傲不允许。

她佯装对厨艺感兴趣，实际学艺四年，到现在还一拿菜刀就切手，一切手就哭唧唧找邵九。她喜欢看邵九为她心疼，蹙眉捏着她手指头，骂她两句，急赤白脸地给她一顿包扎，替她擦擦眼泪，问她想吃什么。

于是下一次，她故意切了手……

十个手指都切了一遍，结果邵九让她走。

所以一直以来，她嫉妒洄湘，讨厌洄湘，因为洄湘不但抢走了本该属于她一个人的师父，还因为洄湘每次做菜的时候，邵九看她的眼里都有光。

而她除了任性和刁难洄湘，不知道还能怎么引起邵九的关注。

她在毒瘴林等了又等，逐渐感到不对劲，四肢乏力不说，肺腑间好像着了火。

她后知后觉地想要跑出去，才发现腿软动不了，身后有个巨大黑影覆上来。她实在是龙里最不中用的那一条，除了哭，就是呼唤邵九。

邵九救了她，怎么救的她不知道，邵九来的时候她已经中毒晕了过去。

醒来时洄湘守在她床边，艳羡地说龙的体质就是好。

敖思啥事没有，邵九就不一样了。

洄湘有点为难，说师父不让你去看他。

敖思往邵九房里闯，结果被挡在邵九门外的结界弹了回来。

邵九站在房门口，面无表情地看着她："我不是让你回东海去吗？你去毒瘴林做什么？"

敖思号啕大哭，说对不起。

邵九说："你走吧。"

敖思道："你不是我的夫君吗，我要和你在一起，我哪儿也不去。"

邵九道："你说那只是游戏一场，根本算不得数。"

敖思拼命摇头："可是我当真了，我当真了，邵九。"

邵九看她最后一眼，挥手将她送离了洄水湘江，不许她踏入一步。

他看似无恙，实则背后血肉模糊。巨兽带毒的爪子挠透了他的脊背，毒已入骨，救无可救。

他站在那里，听敖思在外喊叫，发脾气，发誓再也不理邵九，最后是无助的哭泣……

大概哭累了，她走了。

邵九也倒了下去。

邵九养伤期间，季礼听说邵九手里有新的《上古食谱》，特设一厨艺比赛，以食神之位当诱饵，给邵九设套。

来替季礼下战书的是已成为食神夫人的前女友。

她望着病床上的邵九，眸中尽是高高在上的怜悯，说我早就知道你没用。

洄湘气不过，在前女友出门的时候，伸腿绊了前女友一跤。

洄湘说："师父，跟他们比！"

邵九讪笑道："我本就是个将死之人，不想再斗下去，算了。"

比赛当天，邵九没能出席，队伍尽头有个不起眼的圆脸姑娘，起初没有引起任何人注意，分到手的食材还缺斤少两。直到评委席里老天帝吃了一碗她做的蛋炒饭，直呼我勒个去。

洄湘一饭成名，老天帝问她是谁。

万众瞩目中，洄湘站在众人中央，说："我的名字不重要，重要的是我是代替邵九来的，我是邵九的徒弟。"

老天帝笑着对季礼说："看来食神之位是时候拱手让给新人了。"

季礼自己放出的狂言，输了又反悔，说："一个黄毛丫头怎堪继任神职？"

岂料洄湘道："食神之位应该是邵九的，不该我来当。"

季礼越发笑了："邵九都没来参赛，自己不敢做的事情让徒弟来顶，好意思吗？"

洄湘带来了邵九做的蛋炒饭。

洄湘的饭已是巅峰，邵九炒的饭直接把老天帝吃得站起来了，当场宣布，邵九是新一任食神。

季礼不同意，知道邵九已身中剧毒下不得床，咬死了邵九人不在场，便没有比赛资格。

老天帝不想得罪食神，平白失去一员老臣，因此陷入犹豫。

双方争执不休之际，四头雪狮驾车经过，停在上空。昆仑山主从车上下来，道："老远便听见此处喧嚣，大家都是神仙，动辄吵吵巴火，不好，不好。"

老天帝眼多尖，瞅见雪狮车上帘幔之后还有一人，便三言两语将情况讲明，语气里叩问的意思很明显。

那人声音极冷极淡，道："能者居之呗。"

季礼不服："规则总是要讲的吧。"

原本要离去的雪狮车顿了顿，洄湘好奇地跟着抬头看，纱帘后人影绰约。

那人道："你跟本座讲规则？那好，规则就是本座看你太丑，身为食神怎可长得如此倒人胃口，你下界当土地吧，多埋自己少露面。"

车里伸出一只骨节清瘦的手，对季礼一点，不容任何人置喙，将季礼贬下了界。

全场噤若寒蝉。

洄湘第一次上天，惊讶于天上还有如此霸道不讲理的神仙，想谢谢他，雪狮车却已飞驰而去。

周围人拥上来恭喜，她措手无暇，也就忘了问那位神人是谁。

洄湘帮邵九赢回了食神之位，可邵九已病入膏肓。他没有搬离洄水湘江，弥留期间颁下一个不成文的规矩，往后每隔千年，便举办一次食神大赛，夺冠者可继任食神。

不为别的，就是为了给所有身负厨艺才能之人一个公平。

这时候，距离敖思离开已过去了半年。敖思熬不住，从东海回来找邵九，在门外听见邵九跟洄湘说的话。无奈她听到"别让给敖思"一句已愤而离去，从此以后恨极了邵九，也讨厌极了洄湘。

她走后没多久，邵九就去世了……

洄湘道："如果他当真不喜欢你，又何必舍身救你。"

敖思把眼泪擦干，道："我知道了。"

她把菜刀和《上古食谱》还给了洄湘："最珍贵的东西被我弄丢了，我再要这些身外物有何用。你是他选中的继承人，你才配拥有这些。"

"你知道吗洄湘，其实初遇他的那天我很难过，我被抛弃了，尊严当众扫地，从没受过这么大的委屈。当时我也是赌气，心想无论如何我也得把自己嫁了，管对方是臭鱼还是烂虾。

“这么想着，抬头看到了他。我心里有个声音说他可真好看呀，我听我爹说有个罪神自不量力，觍脸来讨泉眼，他不知道我东海泉眼有多珍贵吗？想必说的就是他了。

“其实当时我的嫁妆里没有泉眼，我怕他不肯娶我，才故意那么说的，后来我为了泉眼，跟我爹冷战了好久。

“初时我不觉得自己喜欢他，只觉他这人长得好看又有趣。不知从什么时候起，我就有点喜欢他了。洄湘你记住了，就只有一点。”

敖思伸出小拇指尖儿：“就这么点。”

洄湘道：“好好好，这么点儿。

“他都知道的。你刚来洄水湘江那会儿，他跟我们说你是洄水湘江的大恩人，还说你看着咋咋呼呼，什么也不在乎，内里实则无比脆弱，要我们多照顾你一些。

“那天你给他看你的假睫毛，他看的是你眼睑下未干的泪痕。他也不知道为什么，心念一动，答应了陪你玩下去。

“可是敖思，他那时已经时日无多，不想耽误你。他以为只要是游戏，你总有厌倦的时候。”

敖思道：“我不会原谅他的，我也不会忘了他。”

一瞬间，她好像长大了。

走出房间之前，敖思道：“那条章鱼……不吃人，我只是想让它把你困住，让你不能参赛。”

她飞速地弯腰给洄湘鞠了个躬，往洄湘手里塞了一串珍珠，别扭且凶狠道：“对不起！”然后跑了出去。

洄湘愣在那里，傻傻道：“啊……没、没关系。”

洄湘捏着手里的鲛人小姐姐的眼泪成果，一片愁绪漫上心头。她又想起了自己晕倒前的场景，玄度站在黑气里，神色冷峻。

一只手搭上她肩膀，洄湘一抖，抬头对上玄度的眼，很快便移开了目光。

玄度问：“珍珠送我的？”

洄湘下意识地说道：“不是，我自己要来玩的。”

玄度：“跟敖思把心结解开了？”

洄湘点头。

玄度：“没有什么想跟我分享的吗？”

洄湘摇摇头，勉强道：“我有点累了，想睡一觉。”

玄度扶着她躺下去，她闭眼装睡，内心纠结万分。

玄度怎么会是魔呢？

直到她真正睡着，玄度抬手按在她眉心，稍微试探，黑气便丝丝缕缕地冒出来，缠住了他指尖。

玄度收回手，注视洄湘良久，叹了口气：“你终究……还是觉醒了。”

拾叁

灯火阑珊处

1

从东海回来以后，洄湘颇为消沉了一段时间，一为养伤，二为惶恐。

因为不知道怎么回事，她站在镜前看着自己长出的新胳膊，这伤也好得忒快了些，她都有点不认识自己的身体了……所以她只剩下惶恐。

司命新写了个本子，急需找人品鉴，提着来问她穿不穿。

洄湘忧心忡忡："炎英，你作为我的闺密，我平日待你好不好？"

司命："凑合。"

洄湘瞪着他。

司命改口："不是亲生，胜似亲生。"

洄湘："既然咱俩关系都这么铁了，那我告诉你件事。"

洄湘："我怀疑玄度是魔，并且有证据。"

司命扭头就走："今天天气好晴朗，处处好风光，啊，好风光。"

洄湘拽着他后领将他拖回来。

司命：“不听不听，王八念经。”

洄湘肃声道：“真的。”

司命：“你何以肯定？”

洄湘：“现场就章鱼哥、我、玄度，排除章鱼哥，不是玄度还能是我啊？”

司命：“有道理。”

司命：“那你准备怎么办？”

洄湘：“什么怎么办？”

司命：“不举报玄度吗？”

洄湘：“你疯了，那可是玄度！”

司命：“那你跟我说什么？”

洄湘：“但是人家心理压力好大，好害怕。”

司命：“听我的，举报吧。”

洄湘：“不，我要保护他。”

司命：“那你跟我说什么？”

洄湘：“人家心理压力好大，好害怕。”

司命：“我也心理压力好大好害怕。”

两人瑟瑟发抖，拥抱取暖。

司命恍然：“我说你这两天总是躲着玄度，还以为你们要分手，庆祝的鞭炮我都买好了。”

洄湘：“天上不许放鞭炮，你不知道？”

于是洄湘把司命举报了。

司命上交鞭炮回来，道：“其实你也不能确认玄度一定是魔，对不对？”

洄湘点头。

司命：“要不要试探他一下？”

洄湘："如何试？"

司命："听说魔力大无穷，身体素质贼好，伤口愈合神速。"

洄湘："我本来就打不过他。这条过，下一条。"

司命："听说魔都没有心。"

洄湘："玄度哪怕是神他也没有心。下一条。"

司命："听说魔没有味觉。"

洄湘二话不说，去炒了盘酸辣土豆丝，炒完端出来，满脸沮丧。

司命一尝，五官挤成一团："怎么这么难吃？"

洄湘："我好不容易找回来的味觉，不知为何，又失灵了。"

司命："一定是你压力太大了。"

洄湘要把土豆丝倒掉。

司命拦住她："正好给玄度尝尝，如果他能面不改色地吃下去，我就敬他是条汉子。这玩意儿别说魔了，大壮都不吃。"

洄湘："跑题了，哥。"

司命："如果他能面不改色地吃下去，就说明他以前吃你的菜说好吃是装的，他确实是魔。"

2

噔噔噔！洄湘怒上三十六天。

霜寒："哪来一只蹿天的猴儿。"

玄度看着面前的一盘酸辣土豆丝。

洄湘笑眯眯地奉箸，诱哄："尝尝？"

躲着好几天不见他，突然主动来献殷勤，有猫腻。

玄度尝一口，吐了出来："难吃。"

洄湘顿时忘了来前目的："你不爱我了，话本里那些如胶似漆的情侣，一方给另一方做饭，再是难以下咽，吃的那方也接受得欢天喜地，说好吃好吃，以示内心满满的爱意。”

玄度：“我绝不允许自己受这种委屈。”

洄湘：“那你把手伸出来，让我划一刀。”

玄度：“……”

洄湘：“这个要求是有点过分了哈。要不这样，你举个重给我看看。”

玄度：“……”

玄度伸手往她额头一探，没发烧，那就是纯有病。

玄度：“我给你表演个生气吧！”

洄湘：“哎？”

玄度手一挥，洄湘从三十六天自由落体，稳稳落在山肴海错自家门前。

司命悬着一颗心，扑上来问：“试探出来了吗？”

洄湘叹了口气。

司命也跟着叹气。

许久无话，司命拎着《机缘簿》：“要不，穿一个？我起名废，这次女主用了你的名字。”

闲着也是犯愁，不如继续找味觉，洄湘：“走一个。”

洄湘消失在三十六天，玄度身后案上的生死簿发出一声叹息：“神尊，你知道一本书生平最大的憾事是什么吗？”

玄度：“不想知道。”

生死簿：“是眼睁睁看着你一步步走向深渊，跌下去，却无能为力，只能看着。”

玄度：“你可以不看。”

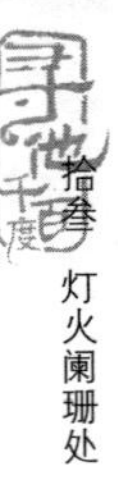

生死簿："像你这般双目失明，还装作无事发生？"

玄度："我已然留不长久，她喜欢，给她就是。"

生死簿："一个疯子不可怕，就怕有人陪她一起疯，甚至比她还疯。没错，神尊，我含沙射影，说的就是你，眼看要压制不住她了，你还助纣为虐。上次是脉心鳞，这次是眼珠，你们龙就算全身是宝，那也没有这么送的。"

玄度刚想反驳，忽而身形闪了闪，生死簿连忙伸出手把住了他手腕。

女子原地现身，发顶的牡丹掉了也不顾，只死死拉着玄度，默默与《机缘簿》的力量抗衡。

这一刻来得这么快。她是鬼，没有泪，神情哀莫大于心死。

玄度："放手。"

"不放！"生死簿道，"你去了就再也不会回来了。"

玄度平静地看着她。

"神尊你别走，我改，我都改，"生死簿瞬间变回当初那个老实巴交的男孩子，"我听你的话，再也不跟殷祀鬼混了，即便殷祀嘲笑我穿粉衣裳，我也不跟他打架，我保证乖乖的，只要你别走。"

玄度对他笑了笑，拍拍他的头："帮我做完约定的最后一件事，你就回去找殷祀吧。"

他果断而决绝地拨开了生死簿的手，消失不见。

生死簿："……"

一只黑鸦急急落在生死簿肩头，殷祀急切的声音从鸦嘴传出："我想起来了，我都想起来了，连我也被玄度算计了。这个骗子，他人呢？你叫他下来找我！"

生死簿："你来晚了。"

3

洄湘刚落地，就发现这次穿进《机缘簿》跟以往任何一次都不一样。

这次她是身穿。

如果只是她自己也就算了——

她转向身旁：“玄度，是你吗？”

玄度：“是我。”

洄湘：“这是……怎么回事？”

玄度不答反问：“我们眼下在何处？”

他们站在一片山野上。洄湘指着一块界碑，道：“楚国。”同时她心里疑惑，玄度自己不会看吗？

玄度朝她伸出手，洄湘握住，两人往前走了没几步，呼啦啦围上来一群人，直呼来迟，请陛下恕罪。

洄湘小声对玄度：“设定这不就来了吗，原来你是陛下。”

话音刚落，那群人齐刷刷地对着洄湘拜了下去。

洄湘：“大意了，陛下竟是我自己。”

她不怀好意地看向玄度，脑子里男宠禁脔剧情一堆……最多玄度也就是个皇夫。

洄湘：“承让了，小玄子，想必你是……”

话未说完，那群人话锋一转，管玄度“太上皇太上皇”地叫开了。

洄湘蒙了：“你们说他是谁？他是我爸爸？！”

洄湘抬头望天，心想司命你个狗，自己那些见不得人的恶趣味不要写到文里来啊！！！

4

毫无疑问，这是篇朝堂权谋文，不欢脱不搞笑不感人，甚至都不狗血，可以说是毫无看点。

这说明什么？说明司命不行，适合找个电子厂上班。

此乃南楚，南边群龙之首，众国中的老大哥。八年前，南楚和北魏打了一仗，战后楚皇带人打扫战场时，捡回一位少女。

据说少女当时捧着颗人头坐在尸体堆里，可怜、妖冶又美丽。

少女遍身伤痕，起初话都不会说，好似受了长期的虐待。楚皇封少女为公主，五年来可谓又当爹又当娘，辛辛苦苦把少女拉扯大。

五年以后，少女带着驸马反了。

她将楚皇囚禁在冷宫，对外说是楚皇主动禅让。整整三年，她对楚皇反复凌辱、糟践，除了杀他，其他该干的、不该干的都干了。

洄湘坐在大殿，借口失忆，听侍女讲完了这个前情提要，感慨如下——

“我还是人吗？”

“当然不是了，”侍女改头换面，露出蛇头，对洄湘吐了吐信子，“您可是小妖王。”

洄湘立即道：“知道了，麻烦变回去。”

小看了司命，这他娘的竟然还是篇玄幻。

所以洄湘当时在战场上，是去吃尸体，被楚皇当成了寻常孩子带回宫。小妖王爱上了人间的繁华，发现活人比死人好吃，是故野心膨胀，篡了个位，以便祸乱人间。

既然她是小妖王，那么必然……

侍女：“您是咱们妖界后生代的楷模，妖王陛下的骄傲。自从您接管了楚国，咱们妖界直接从温饱线迈向了小康。”

洄湘："明白了，咱就是妖界的供货商，专往妖界送食材的。"

皇帝都当上了，干的还是食神的老本行，这你能信？

只不过这次，食材是活人。

侍女："您都记起来了？"

洄湘糟心道："不想记起。"

她起身离座："那个，朕去看看太上皇。"自从回了皇宫，她跟玄度就分开了，在此听了半天恐怖故事，很想跟玄度"殉个情"，再回天上找司命算账。

侍女露出奇怪的神色。

洄湘："咋？"

侍女道："您不生气吗？今日太上皇差一点就逃出了楚国。"

哦，忘了一点，楚皇受不了她糟践，好不容易逃了出去。洄湘以前的人设得知，立刻亲自带人去抓，在楚国边界把楚皇找了回来，就是开头她跟玄度刚穿来那一幕。

洄湘："我不生气，要我我也跑。"

侍女跪了下去。

洄湘："又咋？"

侍女："陛下恕罪，奴婢自作主张，将太上皇'请'去了冰窖，毕竟……是否要将太上皇放出来？"

毕竟搁往日，楚皇稍有不合洄湘心意的地方，洄湘必然要将他凌虐一番，玩痛快了才罢手。而楚皇病体消沉，柔弱可欺，最耐不得寒，关冰窖已经是对他最轻的惩罚。

冰窖啊……洄湘道："倒也不用放，他待在那种地方反而舒服。"

区区人间冰窖，怎及三十六天的冰天雪地，说不定玄度此刻正趁四下无人，快乐地唱开了《Let It Go》。

侍女闻言，心说这还叫不生气？

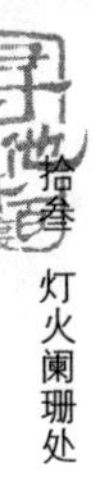

洄湘："你不必跟来了。"

洄湘提着碍事的龙袍一顿蹽，遇到宫人就停下来摆摆谱，等宫人过去了，继续蹽。

进了冰窖一看，果然，玄度意态闲适，在做冰雕。

洄湘饶有兴趣地凑上去看："雕的我吗？"

玄度点头。

"不太像，你手艺退步了玄度，"洄湘道，"下巴这里削一下，瘦脸，眼睛放大一下。"

玄度停下手，握紧挫冰的刀："我再给你磨下一皮？"

洄湘："那敢情好。"

玄度："加个特效？"

洄湘："我自己来。"

洄湘捏诀抬手，惊讶地发现："我放出来的都是黑气。"

"正常，"玄度道，"你现在是妖，妖魔不分家。"

洄湘觉得合理，给玄度简单讲了下此篇故事的梗概，妖孽病娇女帝×清冷如玉太上皇。避开他受虐的那部分不提，洄湘说出自己的猜测："肯定是炎英的《机缘簿》出了问题，还把你连累了进来，这可如何是好？"

玄度道："《机缘簿》牵一发而动全身，为了不招惹不必要的麻烦，配合这个故事演下去，不要改动情节，走到结局。"

洄湘："我竟不知你这么爱司命。"

有脚步声传来。

洄湘："对了，这篇的人设里你病体消沉，柔弱可欺。"

玄度干咳一声，虚弱地靠在她肩头。

洄湘："……"

入戏这么快吗？

这时脚步声传来，洄湘揽住玄度，抬眼看来人。

来人乃中人之姿，眉宇间一股子戾气，看衣饰之华贵，此人应该是小妖王那便宜夫君杜书游。

洄湘："有何贵干？"

杜书游看洄湘抱住玄度那只手，目光阴毒地闪了闪，行礼道："陛下此前让臣去宫外寻觅各色人才，臣已办妥，请陛下移驾昭和殿过目。"

说得好听，还不就是男宠。

洄湘好奇："多少人？"

杜书游："共计七十四人。"

好嚣张，洄湘有点开始喜欢这小妖王了，她道："谢邀，不去。"

杜书游："此间阴冷，陛下不可久留。"

洄湘不愿离开玄度："朕热，此间凉快。"

杜书游："可……现在是冬天，陛下你病了吗？"

草率了，洄湘道："冬天又如何……"

玄度暗中捏了捏她的手，洄湘一个激灵，差点忘了走剧情。她猛地站起，居高临下地狠狠捏住了玄度的下巴，病娇女帝病娇女帝病娇女帝。

洄湘："男人，你给朕等着，朕晚些时候再来宠幸你。"

杜书游在前带路，洄湘趁他不备，扭身对玄度点头哈腰用嘴型说对不起。

走出冰窖，杜书游道："此次是守卫松懈，让他跑了出去。陛下放心，臣已经加强了皇宫巡防，同样的事不会再发生第二次。再说一个瞎子，谅他也翻不出什么浪花去，陛下犯不着同他置气。"

洄湘："什么瞎子？"

侍女说陛下失了忆，杜书游起初还不信，以为是洄湘又想出了什么新花招，装着好玩而已，此刻看她神情，却不那么笃定了。

杜书游道：“陛下忘了，一年前太上皇一句话惹了你不快，你赐了他一杯毒酒。陛下良善，事后于心不忍，命御医救治，人救了回来，眼睛却……”

洄湘懂，什么于心不忍，分明是事后后悔，不想楚皇就这么死了。

洄湘道：“你在这里等着。”

她跑回冰窖，玄度正琢磨给冰雕瘦脸。

洄湘快要凑到他脸上，盯着他眼睛死命看。

玄度：“别看了，没瞎。”

洄湘：“这是几？”

玄度：“二。”

看来玄度这种无法无天的神不受《机缘簿》的设定限制，洄湘放了心：“七十四个，退回去七十二个行不行？”

留两个陪她斗地主。

玄度：“你说呢？”

洄湘嘿嘿一笑，飞快地亲了亲他，跑了。

“洄湘，”玄度叫住她，眼睛对着她，极力辨认她的笑容，“这是我陪你走的最后一个故事，倘若结局不好，你别伤心。”

洄湘：“为什么是最后一个？”

玄度：“这些故事写得不好，我不想再看你伤心，以后就不陪你进《机缘簿》了。”

洄湘笑吟吟地道：“我不伤心的，权当梦一场。我知道无论如何你都在，等梦醒了，我去三十六天找你。”

“好。”

“还有……”

玄度：“什么？”

洄湘道：“没什么，等回家再说吧。”

还有就算你是魔也没有关系，我陪你吃素，我可会做素菜了。

她一蹦一跳地走了。

玄度放下冰刀，叹了口气。

洄湘快要觉醒了还是这么好骗，每次比手指都比“二”，他闭着眼也能猜到。

他伸手在冰雕小像一拂，冰雕改换了他的模样。他攒尽最后一丝力气注入冰雕，让冰雕成为他的替身，陪洄湘走完最后一程。

而他则缓缓散作一片星光。

一截红线出现在玄度原本坐的位置上。

“铮”一声轻响，有东西断了，洄湘抬腕看去，陷入迷茫。

“陛下有何吩咐？”杜书游问。

洄湘摇头，步入大殿，遍地是美男。洄湘邪魅一笑，左拥右抱好不逍遥。

她说：“都给朕留下。”

酒池肉林，寻欢作乐，下半夜她不知靠在哪个怀里喝醉了酒，想起楚皇。

在冰窖关了一天，冻坏了就不好玩了。

洄湘下令：“把他们都关进围场，再带太上皇来见我。”

七十四个美男惶恐不知发生何事。

楚皇被带进大殿，洄湘亲亲热热地握住了他的手，当他的眼睛，将他带到围场。

“玩个游戏啊周暮初，”她唤他的名字，递给他十支箭，“楚皇慈悲，天下皆知。你面前有七十四人，你若箭无虚发地射中十个，剩下的六十四个我就都放了。你若不配合，我就把他们全杀了，给手下小妖们拌饭，好不好？”

她声音很大，字字清晰，围场中众美男纷纷跪地求饶，哀号一片。

她置若罔闻，只看着周暮初，特别好奇他会怎么选。就算杀上十人，他便也是手上沾了无辜性命的杀人犯，看以后还怎么理直气壮地指责她滥杀。

她身处地狱，所以他必须也下地狱来陪她。

“听见了吗，告诉我你怎么选。”她看着他，“你眼睛瞎了，难道耳朵也聋了？”

周暮初动了，后退十余步，拉开了手里的弓，利箭射中了洄湘的心脏。

化成侍卫宫女的小妖们原形毕露，朝周暮初扑上来。洄湘摆摆手叫他们退下，没事人似的将箭从自己身体里一点点拔出来，血都不流一滴。

“你总是不听我的话，”她走近周暮初，“我叫你不要娶北魏和亲的公主，你想要四海臣服，我帮你就是了，可你偏说不与妖为伍。”

“我叫你不要把我嫁给别人，你却非要给我赐婚……你顺从我一回，就这么难吗？”她上一刻还笑着，下一刻却用箭捅穿了周暮初的肩头。

血渗透白衣。

洄湘扒开他衣襟，吸他伤口的血。

“真冷啊。”她说。

“你的血真冷，比妖血还冷。

“你们人类无情起来，比妖绝情多了。

“反正你已经瞎了，不如我把你舌头割了，耳朵扎聋，你在我身边当个漂亮的傀儡好了，起码不会惹我生气。”

她轻轻拍着他的脸：“你说句话。”

周暮初脸色极度灰败，因为伤口尖锐的疼痛而发抖。他看了洄湘最后一眼，失去了意识。

洄湘惊慌失措，抱着他一道摔在地上。

周暮初抓紧她衣袖，低声吐出几个字。

洄湘抬头，问杜书游："那北魏的公主叫因潇？"

杜书游闻言摇头，也是非常纳闷。

洄湘站起来，冷冷地瞪着周暮初："真想把你的心挖出来，看看里头到底装着谁。"

可是人类太脆弱，挖了心会死。

洄湘叫人把周暮初抬回冷宫。

她自己兴致缺缺，想回去继续喝酒。杜书游指着围场中的众人，问她如何发落。

洄湘："放了吧。"

杜书游深感意外，又正中下怀，勾起嘴角，道："是。"

洄湘躺在酒池边上，酒喝得越多，心里越空荡。她也不知自己是怎么了，突然不再快活。

归根结底，这都是周暮初的错。

八年前要是他不多管闲事，捡她回来就好了。

5

八年前那个寒冬比今日更甚，荒野狼烟四起，她饿极了，跑到战场捡死尸。

一群人朝她走来，领头没穿铠甲的那个长得最好看。像废庙里荒败的神像，置身苍凉，却披一身和煦春光。

好想拉他下神坛，看他跌入尘埃，一定很有趣。

这个人对她说了些什么话，她一概听不懂，好像在问她怀里抱着的

头颅是不是家人之类的。

不是，是食物。

他见她不为所动，朝她伸手，对她道：“以后不会有人欺负你了。”

后来她才知道，他是楚国的皇帝周暮初。

他住的房子很大，给她的衣服很暖和，还让很多人跟着她，其中有个老头子整天拿本书对她念之乎者也。

她烦不胜烦，想吃了老头，一口咬在老头手腕上，结果老头太难吃，她差点吃吐。

当天晚上周暮初来了，带着她去找老头道歉，说咬先生是不对的。

周暮初亲自教她说话，“天地玄黄，宇宙洪荒”八个字教了一千遍，她光顾着惦记周暮初的肉了。

天寒地冻，灯火暖黄。灯下周暮初的眉眼染上一层淡薄温和的光，她盯着他皙白的颈子，心想吃起来一定很鲜美。

不知不觉她钻到周暮初怀里去，对着他流哈喇子。周暮初的怀抱暖乎乎的，她箍住他的腰，舍不得这怀抱冷却，决定明日再吃他。

明日复明日，日月盈昃，辰宿列张……

她学会了说人话，“周暮初”三个字叫得最清楚响亮。

周暮初很忙，她常常推开御书房的门，喊着周暮初，浑然不懂什么叫规矩，也不管在场诸臣的目瞪口呆。

她轻车熟路，往周暮初怀里一扑，说：“周暮初，我来找你冬眠。”

周暮初朱笔倒转敲她一记，说胡闹，让她站在一旁，将一盘奶酥糕推给她。

后来看她实在哈欠连天，他只好带她回寝宫睡觉。

星子万千，周暮初提一盏琉璃灯，像一轮行走的月亮，另一只手扶的是洄湘。

洄湘问："你为什么给我起这么个名字？"

周暮初："一念之间，觉得你该叫这么个名字。"

她点点头："一直走下去吧，周暮初，走到宇宙洪荒。"

周暮初说，好。

她虽然很困，但是听得分明，他是答应了的，同她走到宇宙洪荒。

人类喜欢食言，可周暮初不一样。

寒来暑往，秋收冬藏，闰余成岁。

洄湘身量见长，模样趋近大姑娘，用人类的标准来衡量，就是该嫁人的时候了。

这是她被周暮初捡回来的第五年。这一年南楚同北魏休战，北魏皇帝要把妹妹嫁给周暮初做皇后。

洄湘问周暮初什么是"嫁娶"。

周暮初告诉她，就是两个人永结同心，往后风雨共济，一直一直在一起。

她听了，说："那我要嫁给你。"

周暮初笑了："傻孩子。"

也就是从那天开始，周暮初张罗为她选驸马。同时周暮初向北魏递了婚书，求娶北魏公主。

人类真难懂，只面未见的两个人，为了共同的目的，就可以在一起。

洄湘丢下满殿青年才俊，跑去周暮初寝宫，现了原形，说她是妖王的女儿，如果他想要天下一统，她也可以帮忙。

她青面獠牙，快要戳到周暮初脸上，道："你娶我吧，周暮初，我不比北魏公主差，你都不知道我有多厉害！"

周暮初慌张过后，看了她很久。

洄湘：“我不好看吗？我在我们妖界也是美人。”

周暮初：“那你喜欢我吗？”

她愣住：“什么是喜欢？”

周暮初：“我也尚且不懂什么是喜欢，但我明确，喜欢绝不是占有，我这辈子没有喜欢人的自由。洄湘，唯愿你有。”

周暮初：“回去睡觉吧，”摇头叹道，“难怪要冬眠。”

周暮初还是娶了北魏公主。

洄湘大闹婚宴，周暮初似早有准备，好几个捉妖师将洄湘捉拿，锁了起来。

他们将她看管，却不敢伤她分毫。

洄湘为了冲出牢笼，折断了自己的翅膀，忍痛飞过皇宫，看周暮初牵着一个跟他一样穿大红礼服的女子，走过千级石阶，仿佛要走到宇宙洪荒。

原来周暮初跟普通凡人一样，也会食言，是她高看他了。

她恨周暮初。

她蜷缩在角落舔伤，一块手帕递到她面前。

杜书游，跟她相亲的众多男子中的一个。

“滚开。”她朝他龇牙，“老子是妖。”

杜书游笑着摸了摸她的头：“挺可爱的妖。”

洄湘：“只有周暮初才能摸我的头。”

杜书游：“他都不要你了。”

他又摸了摸她的头，貌似晓得洄湘外强中干。

“跟我合作吧，我也恨周暮初，”杜书游道，“我家被周暮初满门抄斩，我隐姓埋名活到今天，就是为了报仇。”

洄湘想了想：“可能是你家活该，我站周暮初。”

杜书游：“那你想不想让周暮初知道你的厉害？他见识了你的厉

害，说不定就改了主意，后悔没有娶你。”

洄湘特别想特别想。

杜书游：“我帮你把他的皇位夺过来，我当皇帝，让你当皇后。”

洄湘：“为什么不是我当皇帝。”她直觉周暮初挺喜欢皇位的，交给外人她不放心，她且帮他占着，等周暮初后悔，再把皇位还给他。

杜书游：“也行。你先乖顺些，回去给周暮初道个歉，说让我当你的驸马。”

洄湘心里想着周暮初后悔的模样，照做了。

杜书游让她开放妖界大门，放众妖进城的时候，她也照做了。

然后一发不可收拾……

她祸国殃民，搅得满城风雨，生灵涂炭，把楚国变成了妖的极乐之地。

周暮初再也没对她笑过。

皇位她还不回去了。

三年来她也逐渐懂了人事，数不清的夜晚，她在周暮初身上施展妖术，逼着他同自己在床第之间寻欢愉，道：“看，周暮初，你不是对我没感觉。”

喜欢不是占有，但爱是。

周暮初让她滚，那双眼睛里再也没有一个小小的她。

那周暮初还留着眼睛干什么呢?

…………

洄湘灌下一大口酒，爬起来往外走。

她想去看看周暮初。

周暮初用了八年教她做人，到头来她还是彻头彻尾的妖。周暮初会不会很失望，很痛心?

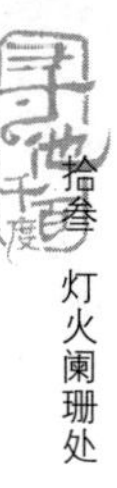

杜书游拦住她的去路，将一颗心抛在她脚边。

周暮初的血味，洄湘太熟悉了。

杜书游："陛下不是想挖出周暮初的心来看看吗？臣帮你办到了。"

洄湘："你该死！"

她怒火中烧，利爪朝杜书游抓去。杜书游早有准备，往后急退，洄湘撞上一层结界。

那七十四名美男，是七十四名捉妖师。难为杜书游了，凑齐这么多捉妖师不容易，还个个长得挺好看。

他们在皇宫内外布下天罗地网，要把妖族一网打尽。

杜书游道："皇位还是我来坐比较好。"

"随便吧，"洄湘道，"批奏折累死你。"

洄湘退回大殿，不走了。

她抱起那颗心："周暮初，总觉得你又不仅是周暮初，可是我想不起来了。"

她把那颗心一口一口吃了下去，这样算不算他们可以永远在一起，到宇宙洪荒？

她用一把妖火点燃了自己，火光冲天……

6

"醒醒啦，懒虫。"

山肴海错的天是亘古的蓝。

司命将《机缘簿》从洄湘手里抽回："你真行，偷我的簿子不说，还看睡着了，口水都流到了上头。"

洄湘道："谁叫你是起名废，拿我名字给女主起名，害我刚才做梦都是文里的情节。”

司命：“你梦到男主了？代入了谁的脸，易峰还是云熙？”

洄湘：“记不清了，只记得挺好看的。”

司命：“哦。做饭去，好久没见你下厨了。”

“馋得你。”洄湘踢他一脚，起身，愣住。

我不伤心的，权当梦一场，我知道无论如何你都在，等梦醒了，我去三十六天找你。

司命：“怎么了？”

洄湘喃喃道：“我……我得去趟三十六天。”

司命：“甚？”

洄湘：“我上去找个人。”

对，找人，很重要的人。

这孩子睡傻了，司命：“三十六无方天，空荡荡的哪有人？”

洄湘急了，脱口而出：“我找玄度！”

说完，她跟司命一样怔住了。

司命：“玄度是哪个，我认识吗？天界有这号人物？我怎么不知道。”

洄湘眼泪都下来了，却不明白自己为什么哭，心里有个声音疯狂叫嚣，不能忘，不能忘。

玄度，玄度，玄度。

她扶摇直上，过了十重天，十一重天……她在第十三天猝然刹住脚，惘然四顾：“我好端端的上来做什么来着？”

都怪天帝大婚将近，她整日熬夜想菜单，搞得记性都差了。

她一跺脚，要回九重天，恰好雷神扛着锤经过。

洄湘热情招呼：“老雷，到我家干饭去呀。”

雷神：“有锅包肉吗？”

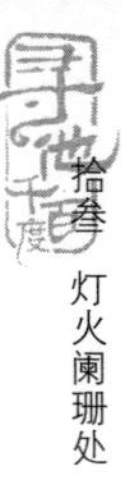

洄湘："那必须。"

雷神："妥了老铁。"

洄湘："你青光眼还没好啊？也就是我怕蛇，不然高低给你整几个蛇胆补补。"

雷神承了她的情，跟她称兄道妹地下了十三天。

洄湘呼朋唤友大撮一顿，司命吃得直打嗝："小洄湘，自从你失了一回味觉，这厨艺越发精进了……"

洄湘打断他："你脑子秀逗了，我味觉什么时候失灵过。"

"没有吗？"司命认真想了想，好像是没有。那他刚才那突如其来的念头是从哪儿来的？

管他的。司命只思考了一秒，锅包肉再不赶紧吃就被老雷抢光了。

送走狐朋狗友，洄湘拿着拟好的菜单敬呈准天后。

"这些凭食神做主就是。"准天后白翎十分宽容，"说起来，我和陛下能走到今日，还要多谢食神当初英勇下界，帮我认清了渣男的真面目。"

洄湘若有所思。

白翎："还有什么事吗？"

洄湘："天后，当初下界找去那狐狸洞，只有小神自己吗？"

白翎点头，心道食神这是怎么了，似乎心不在焉。

洄湘苦笑，也是，不然还能有谁？她为了向酆都王殷祀讨狐妖的魂魄，还卖身答应跟殷祀做笔友来着。

过了几天，昆仑山主夕照来山肴海错找洄湘说话，顺便送喜帖。

"要成亲了，恭喜恭喜。"洄湘发自肺腑地替她高兴，"当初你选夫之艰辛，我还以为你要孤独终老了。"

夕照："别说我了，你怎么样？"

洄湘嬉皮笑脸道："当初在你昆仑山相亲大会都没找到人牵手成功，我大概是没人要的了。"

一只纯白小雪貂从夕照袖中钻出，两只豆儿眼滴溜转，也不怕人。

洄湘："好可爱。"

夕照："这是我昆仑虚冰雪精气化生的雪貂，天上地下只此一只，前些日子不知怎么丢了，今日它又自己找了回来。我想着你一定喜欢，所以带来送你。"

洄湘："你就是我亲姐。"

她逗弄好一会儿，放雪貂去跟大壮做伴。

昔日师姐敖思也从东海来看洄湘，言行举止都成熟许多，据说最近在帮她爹治理海洋污染，好让老龙王得空去珊瑚广场扯老婆舌。

敖思："谢谢你那天在东海点拨了我，要不是你，我至今还活在过去，整日被嫉妒和仇恨蒙蔽。"她羞愧难当，"我还放章鱼哥为难你。"

洄湘："都过去了，章鱼哥也没对我造成什么实质伤害。"

敖思："我送你的珍珠你后来有送人吗？"

洄湘："无人可送，被我收在仓库里了，改天磨成珍珠粉敷脸。"

洄湘："替我向派大星问好。"

敖思走后，洄湘在地头抱膝坐了很久。

周围所有的人都在变好，好像只有她止步在了原地，等待着什么。

可是，她在等什么呢？

洄湘给自己打气："要加油啊洄湘，朝着更好的方向努力。"

她抬头看着天边，总觉得曾几何时在天边看过朝霞。随即又觉得不可能，九天从来没有过朝霞。

晚上她点灯熬油修改菜单，力求十全十美，毕竟天帝那死小孩儿不出意外，应该只结这一次婚。

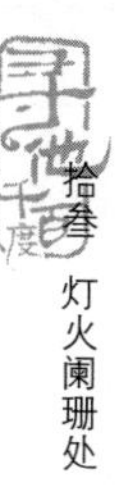

忘了关窗，风将书桌上的纸吹散一地。

洄湘蹲身去捡，见有张纸上写着她看不懂的文字，然而笔迹的确是她的。

“力大无穷，身体素质贼好，伤口愈合神速。”

“没有心。”

“没有味觉。”

“我要保护他！！！”

最后一句加了三个感叹号。

洄湘：“我要保护谁？”

想了半天没个头绪，说不定又是她看话本之时随手瞎写的。洄湘将纸搓成球，弹飞。

7

离天帝大婚仅剩几日。

天帝与准天后为犒赏手下诸人筹备婚礼辛苦，特意设下酒会，邀请众人同聚。

司命与洄湘到场略早。司命去积累素材，洄湘百无聊赖，左看看右瞅瞅，目光定在某个不起眼的角落。

那里有个人。

那人穿一身寻常玄黑宽袍，肤色如脂玉般净透，气韵与周围格格不入，似扎在遍地盛辉里的一笔墨色瘦金，气骨苍劲，偏意态是慵懒的。他散漫而淡然地欣赏着四下风光，仿佛谁也瞧不上，什么也入不了他的眼，傲然得很。

感觉有人看他，他侧过眸来，视线与洄湘对上，朝洄湘微微一笑。

洄湘如着了魔般，朝那人走去。

越来越近，越来越近。

洄湘目不转睛，怕一个眨眼，这人就不见了。

她心揪成一团，颤声问："你是谁？"

拾肆

蓦然回首

1

洄湘问："你是谁？"

黑衣男子笑而不语，朝她勾勾手，洄湘着魔般随他步步走近。

人群中司命抽空看洄湘一眼，见她对着一黑色背影两眼发直，叫了她几句，也不见她答应，略感诧异。

洄湘一路尾随黑衣男子到了僻静之地，黑衣男子停下脚步，回转过来看着她。

洄湘道："我好像在哪里见过你。"

男子笑道："我来拿回我的两样东西。"他抬手，洄湘身上飞出一片龙鳞。

洄湘自己都不知自己身上有这种东西。她呆呆地看着那片鳞片，脑中忽然划过一丝清醒，将龙鳞抢回去，道："不能给你！"

男子施手将咒术加重，洄湘面上覆上一层黑雾，眼神越发呆滞。男子上前抱住洄湘，一手捧着她后脑勺，一手扼住了她咽喉，他极亲昵地在洄湘耳边低声道：“那你就去死吧。”

洄湘神色痛苦，眸子里却满是甜蜜，浑然不知挣扎，伸出双手回抱住男子。

掐在她颈子上的手慢慢收紧，骨肉均匀的手指变得纤细修长，显出一只蔻丹鲜妍的女子之手。

洄湘眼看要被“他”扼死，突然一支笔杆将二人挑开。黑衣男子摔倒在地，障眼法破去，露出本相，竟是生死簿。

司命收了笔，微怔。

时隔万年，故人相见，生死簿打量他一身粉袍片刻，爬起来扭身就要遁。

司命闪现她身前将她拦住：“等等。”

生死簿：“我跟你没话好说。”

司命一指浑噩拥着一团空气的洄湘：“将她身上的勾魂术解了，我这妹子原本就傻，被你变成痴呆怎么整。”

生死簿：“她是你妹妹，那我是什么？”

司命凝眸看她一阵，眼里全是陌生：“恕我直言，你是哪位？”怎么好像跟他很熟。

这下轮到生死簿发怔。她忘了，凡是跟洄湘相关的人，关于玄度的记忆均被删除，炎英作为洄湘最亲密的挚友，自然也在其中。

这就是相见不相亲的滋味吗？所有过往都抹去。生死簿看着炎英，想的却是玄度。

她冷笑道：“如果你都不记得我了，那我的存在还有什么意义，还有你也是……”她转向洄湘，“东西还我，你不配拥有。”

司命抢上前护住洄湘：“看你鬼里鬼气的，想必是从下面来的朋友。小洄湘同你无冤无仇，你为何要为难她？”

他越是这般，生死簿越是生气：“你怎知道无冤无仇！”

本来她没想对洄湘痛下杀手，只想拿回玄度的龙鳞和眼睛，此刻改了主意，朝洄湘发动了猛攻。

司命快要招架不住，并非打不过，而是不知为何，实在无法对这诡异的女子下杀手。

千钧一发之间，洄湘手中的龙鳞白光大涨，形成一道屏障，护住了洄湘，同时重伤了生死簿。

生死簿倒在地上，愤恨地盯着龙鳞："到死你都护着她。"

龙鳞应声而落，失去了光泽。这是最后一次。

只是这一下，洄湘身上的勾魂术解了。她接住龙鳞，眼神自懵懂转为清明，她看了看生死簿，又看了看司命。

生死簿死心，绝望，爬起来要走。

洄湘道："阿丑。"

生死簿狠狠一抖，一时之间不敢转身确认——只有因潇才会叫她"阿丑"。

"你还真的成了个小姑娘。"洄湘主动走过来拉她，又拉住面色土灰、明显想起来什么的司命，将两人的手叠在一起，"这次又是因为什么打架？一家人，有话不能好好说吗？"

她环顾九霄天庭："咱们这是在何处，玄度呢？"

生死簿终于抬头看她，还是洄湘的脸，气质却与她做食神时截然不同。

生死簿又气又恨："玄度消失了，消失得干干净净。"

洄湘反应好一会儿，似乎没听懂她的话，笑容敛去："这是怎么回事？"

2

遥远的东方有条龙。

应龙。

他一剑霜寒，横扫八荒四合，所向披靡，收服很多小弟，成了神界的大哥大，把龙这种生物带成了高级物种。

他上头那位大神一看这样不行，龙族一家独大，不利于生态平衡发展。

大神说，光有龙不够，还得有“犼”。

于是连夜找女娲捏了个手办，第一只“犼”诞生了。

犼克龙。

大神说：“因潇，你去克一下玄度。”

因潇很听话。

她杀气腾腾，赶到玄度所在的第九天，说哇呀呀，还骂脏话。

玄度从屋里出来，因潇看了他一眼，转头说：“你这里真大真空旷，这么多的地不种点啥，浪费了吗不是？你要是嫁给我，我就把这些地耕一耕，这里种一片橘子，那里搞点哈密瓜，角落也别空着，种两棵山楂，再养只宠物，我喜欢草泥马。”

因潇：“怎么样，嫁吗？”

玄度上前，与她肩并肩看地，道：“错了，不是你娶我，而是我娶你。”

因潇笑弯了眼：“那就这么定了。”

玄度：“……定什么了？”

因潇：“你刚说要娶我。”

玄度：“我刚是在纠正你。”

因潇：“不管，反正你说要娶我。”

玄度想了想，说：“好吧。”

大神那个气啊，训因潇：“你是我带过的最差的一届犼，我让你去吃掉他，没让你爱上他。”

大神训完因潇训女娲：“你这捏了个什么废物点心！”

女娲打个哈欠：“熬夜加班给你干活，你还想怎样？”

大神对因潇、玄度说：“既然错已铸成，那你们就成个亲吧。”

因潇的嫁妆是一大包种子，里头除了哈密瓜、橘子、山楂……还有苦瓜。

婚后很长一段岁月，玄度每天都做三件事——出去打架，开发九重天以上的上层天，回来被因潇睡。

因潇也做三件事——种地，种地，睡玄度。

女娲捏因潇的时候心情不好，所以因潇相貌平凡，法力也不高，又没有任何成就，唯一的本事是吓唬龙，还每每吓不着。

很多人说因潇配不上玄度，说得多了，因潇心里有了芥蒂，对着镜子照了半天。

玄度回来，因潇跑去问玄度：“我是不是不好看？”

玄度认真端详她：“是，你不好看。”

因潇垂下头。

玄度：“你不好看我还这么喜欢你，你要是好看起来，可怎么得了。”

因潇：“哎？”她喜滋滋道，“我最喜欢你的眼睛，那你最喜欢我哪里？”

玄度：“全部。”

玄度真的给因潇带回一只草泥马，上古凶兽，膘肥体壮，脾气贼差，见谁吐谁口水，一般的马杆根本套不住。

因潇给它起个名字叫“大壮”，天天驯它。

玄度说："谁说我们家因潇没有成就，她制服了两种世上最难制服的生物。"

旁人问哪两种。

玄度："一只白毛驴子和一条应龙。"

旁人说："呸，秀恩爱，死得快。"

可因潇依旧自卑。没有办法，玄度太耀眼，每天与他并肩作战的神女们个顶个貌美还能打，因潇怕玄度变心。

想要拴住一个男人的心，就要先拴住他的胃，因潇苦练厨艺，成了第一只会做饭的犼。

效果非常棒，玄度回家越来越早了。

不早不行，玄度看着满屋蹭饭的神仙，很好，十个里面九个男的，唯一一个女的还搞百合。

玄度冷眼一扫，众人都得夹尾巴逃跑。

玄度："热情好客没问题，但是下回只许请女的。"

因潇："你是担心男的胃口太大，咱家粮食不够吃吗？"

玄度道："对，我担心极了。"

她两只大眼晶亮晶亮，玄度忍不住亲了亲她。

下一刻玄度就后悔了。

被因潇扑倒的时候，他后悔自己爱上个什么玩意儿不好，爱上自己的克星。

尤其第二天一早，玄度躲在被窝精神萎靡，身上遍布牙印和吻痕，因潇吹着口哨从床边经过，溜去厨房做早饭，后边"吧嗒吧嗒"跟着大壮。

什么叫一失足成千古恨。

玄度越来越忙。随着神族的不断壮大，魔族也在崛起，魔祖现世，灾殃三界，迟钝如因潇，也知道大劫将至。

她决定以后少睡玄度，不能太过分。

有好几次，玄度回来，身上挂彩。第一次因潇吓坏了，在她眼中玄度是不败战神，她从来不知道原来玄度也会受伤。玄度安慰了她半宿，表示把绷带系成死疙瘩不是她的错，是绷带质量不好。

第二次、第三次，因潇就淡定了，包扎手法越来越纯熟，还时常趁玄度不在的时候出去采药。

北冥神魔交界，悬崖峭壁有神草，可愈百疾——魔祖现世带来的不止战争，还有疾病肆虐。

因潇没见过魔祖，听人说过一次他的名字，因潇没记住，给他起个外号叫“反派”。

这天因潇采药时，从天上掉下个魔族。

摔在因潇脚边，血溅湿了因潇的鞋面，脸朝上着的地，因潇得以看清他的脸，还挺好看，原来魔不是都长相狰狞。

因潇抬起他上半身。

魔说：“走开你这个神族，老子不用你救。”

因潇：“谁要救你，你压着我药筐了。”

魔：“……”

因潇拾起被他压扁的药筐，转身走。

魔：“喂！

“你真不救？

“神不都是白莲花吗，麻烦你装一下好不好？

“我好歹受了伤，很可怜的。”

因潇将采来的神草喂给了他，帮他做了包扎，为防止他被凶兽拖走，还将他拖进了山洞。

因潇要走，魔大声说：“女人，吾乃鬼王殷祀，魔尊麾下第一猛将。说出你的名字，等日后我魔族攻上天界，我可以让他们饶你一命。”

因潇：“切，小白脸，你知道我男人是谁吗？”

殷祀看着她远去的背影，心道还能是玄度？

当天因潇回去，对玄度说了此事：“魔也不都是嗜杀成性，也有中二的。”

不小心说漏了嘴，玄度听她涉足危险之地，有点生气：“对魔族宽容，就是对自己残忍。”

因潇嘴上认同，其实心里不以为然。

玄度将她保护得太好，血腥与杀戮离因潇很远，她生活在九天那片乐土，她还给乐土起了个名字，叫“山肴海错”。

这时候九天已不是最高的天，神族部下请玄度迁居十三天，但因潇舍不得自己种下的这片地，所以玄度说不搬。

因潇在哪里，他就在哪里安居，他的家就在哪里。

因潇不想看他再负伤，受够了担惊受怕地过日子，问他自己生日之前能不能搞定反派。

离洄湘生日还有三天，玄度说：“好，就三天。”

三天以后，玄度将反派斩杀于北冥荒野。神族沸腾，北冥子众举办庆贺会，玄度悄然离去，回山肴海错为爱妻过寿。

因潇做了一大桌子菜，问玄度给她准备了什么礼物。

玄度僵在了那里，北冥与九天相距甚远，他光顾着赶路，忘了。

因潇：“哼，直男。”

不过大家老夫老妻，算了。

玄度：“想要什么，你尽管开口。”

因潇思索良久，想要的很少。她有家有地有宠物，爱人在身边，朋友住隔壁，日子安逸，神生美满富足。

她想要的又很多，想要玄度永远爱她，想要眼下的幸福长久，想要

三界安稳，玄度再也不用出去打架。

她看着玄度诚恳的神情，玩笑道："想要什么都行？我想要你的脉心鳞，你肯给吗？"

每个修道之人都有自己的命门，玄度的命门就在脉心鳞底下。

玄度道："不肯。"

"不肯就对了。"因潇道，"只有傻子才把自己的性命随便交付出去。玄度你记着，我不要你为我豁出性命什么的，那样太狗血了，言情小说都不这么写。我只要你好好活着，这才是我最大的愿望。"

她握住他的手："反正天也快亮了，九天哪哪都好，就是没有朝霞。送我一道朝霞吧，幻术高手。"

他们手拉手，坐在地头看朝霞。

因潇挨着玄度，头一点一点地犯困。她为了等玄度，三天没有合眼，直到看到玄度安全回来，心里的石头才落地。

睡过去之前，她迷迷糊糊地说："真好呀，玄度，是不是以后我们再也不用打仗了，可以天天在一起？"

这才是嫁娶的意义，两个人永结同心，往后风雨共济，一直一直在一起。

玄度道："我答应你，只有永结同心，不会再有风雨。"

3

玄度除掉了反派，从他体内剖出一颗内丹，混合了天地浊气与妖魔万众的修为，正是因为这颗内丹，玄度才屡屡在那反派手上吃暗亏。

兹事体大，因潇生日过后，玄度专门跑了趟归墟，找顶头大神商议炼化内丹之法。

大神给内丹加了封印，施了天解咒，等十年之后无量雷劫降至，可将内丹一举摧毁，在无量雷劫来临之前，内丹仍旧交由玄度保管。

反派的死给了魔界致命一击，魔界消停一阵，可能不死心，大小首领各自为王，在三界到处点火架秧子。

不足畏惧，但打扰神尊与夫人恩爱。因潇亲自给玄度递剑："去吧，夫君，一劳永逸。"

她站在门口挥手与他送别："我做小馄饨犒赏你。"

玄度回过头来，对她笑了笑。

谁也没想到这会是永别的开端。

魔族调虎离山，小批兵力分散，引玄度各处奔波之际，大举进兵天界，首要就是第九天。

玄度赶回山肴海错，大壮倒在门口血泊，家里狼藉一片，因潇不见了，灶房包好的小馄饨码得整整齐齐，上头血迹淋漓。

天界神族死伤无数，与因潇一起不见的，还有那颗内丹。

侥幸生还的神族说是因潇救了他们。走投无路之时，因潇不知何故修为突然大增，明明她先前为了替一个小女孩挡刀，也受了很重的伤。

"她那个样子……"说话的神族打着冷战回忆道，"就好像无感无痛，就好像……"

就好像一只魔。

玄度脸色惨白，一言不发，放开了天眼，寻遍因潇的踪迹，终于在北荒看见了小小一团黑影。

因潇缩在山坳，边哭边看着自己冒黑气的手，憎恶至极。她拼命甩手，结果山石俱裂，烈火燎原。

她被自己的威力吓到了，一只青鸟焦急地绕着起火的草丛上空飞。草丛里埋着几颗蛋，因潇想帮它一把，她只是轻轻出手，青鸟便从上空跌落。

她看着青鸟焦黑的尸体，心底涌上一股快感和难以言喻的饥饿。她挣扎片刻，爬过去抓住半生不熟的青鸟，血腥味让她急不可耐，她趴在地上，将青鸟尸体连同杂草一道往嘴里塞。

有人灭了火，雪白的袍降落在她眼前。她抬头，叼着的鸟翅膀掉在地上，爬起来慌不择路，边后退边摇头："这不是我，不是我！"

她也不知道自己为什么变成了这个样子。

她抓起手边的石子扔向玄度："你别过来。"

玄度不闪不避，任凭石子划破他的脸。因潇哭着说："对不起，我、我不是故意的。"

身后是山壁，她退无可退，蜷缩再蜷缩，想把自己嵌进石头："大壮死了，好多人都死了，我没有办法，不知道该怎么办。"

玄度半跪在她面前，始终温柔地看着她："我知道，我都知道。没关系，不是你的错，因潇。"

他对她伸出手："我们先回家。"

因潇发着抖，尝试着将手交给他。指尖相触那一刹，她在他眼中看见了自己的脸，一半美艳无比，一半正在腐烂，皮肉脱落，只剩下眼球，还在不断恶化……

更让她难过的是，她对玄度的血产生了渴望，她想吃了玄度。

她把手抽了回去，划开一道鸿烈大火，隔断了自己与玄度，转身而逃。

自此，因潇杳无音讯五年。

玄度找遍了能找的所有地方，都找不到因潇。只有两种可能：要么是因潇修为已经与他势均力敌，故意隐匿了自己；要么是因潇已经死了。

五年之于神不过弹指，可这是玄度一生中度过的最漫长的五年。五年间，他重整天界旗鼓，找魔族复仇。待三界平定，他封了山肴海错，将大权旁移，定居三十六天无方境闭门不出，话越来越少，性情越来越孤僻。

唯一陪伴他的只有一把断剑。

外人不比剑懂他，剑说玄度是心里有愧，因为他没有保护好因潇。

五年以后，北冥出现了新的魔尊。

听说新魔尊残酷，吃人不眨眼，绝情起来自己都害怕。

听说新魔尊是位女子。

听说新魔尊名唤因潇。

北冥那些领地被占、逃出来的神族说，新魔尊刀枪不入，所向无敌，谁也找不到那新魔尊的命门所在。

玄度动身前往北冥，会见魔尊因潇。

酆都山，十万丈深渊，地底最心处，本是关押三界穷凶极恶的罪犯的地方，现在成了魔窟。

她就在这种地方躲着他。

这里永远不会有光明。玄度游走其中，神光昭昭，黑暗里亮起的无数双眼睛，密密麻麻地提防着他。

两株参天大树，连理同枝，有个姿容绝世的女子倚着树干，她穿一身黑衣黑裙，裸露的肌肤和一双脚白腻如雪。

她的脸，比地狱最妖冶的曼珠沙华还要妖艳，比任何魔族都邪魅，不笑时眼睛里尚带三分狷狂。

她是因潇，又不是因潇。

她笑着说："玄度，你来了。"

玄度在她面前站定，与她一正一邪，一黑一白。

只有玄度知道她的命门在眼睛，她道："你是来取我性命的吗？"

玄度道："跟我回家。"

"我们的家还有吗？"因潇摆出一个嘲讽的笑容，"承认吧玄度，我不可能再跟你回去了。"

她起身走过地上的枯骨，走到他面前："你知道这里是什么地方吗？垃圾场，我是其中最大的垃圾，这里就是我的家，我活该待在世界的最底层。你再看看你，"她指着他一身不染纤尘的白衣，"你不该来这里，如果不是来杀我，就请回吧。"

这样挺好的，一个活在地底最深处，一个居于天上最高层，隔着千山万重，此生不复相见。如果心能不这么痛，就更好了。

玄度："你不要我了吗？"

因潇离去的步子一顿。

玄度道："到此为止，否则我真的要生气了。你变成什么样子我不在乎，但你如果想通过贬低自己来将我气走，我就不喜欢你了。"

因潇背对着他，眼眶有点发热。

玄度换了一身黑衣，与她一样的黑衣，踩着枯骨，走到因潇身边。

不想跟他回天上也没有关系，那就留在这里一起当垃圾。离无量雷劫来临还有五年，足够了。

见因潇还无动于衷，玄度嗔怪道："你怎么还不来抱我？"

因潇："……"

玄度他这是……在撒娇吗？

忽然，一个声音插进来："这么好的心肝宝贝，因潇你要是不想要，就送给我吧。"

玄度这才看见树上坐着一个人，红衣烈火，好似鬼中画皮。

殷祀从树上轻飘飘落下，从来对玄度只闻其人不见其面，如今一见，不掩眸中惊艳："别人都是屈服于强者，我自己就是强者，所以我只屈服于美色。神尊，你有女朋友吗，男朋友呢？"

因潇抢着道："他有！"

"你又不算，"殷祀一双眼睛长在了玄度身上，"你不是不打算要他了吗？"

“谁说的。”因潇拉走玄度，防狼一样防着殷祀，边走边对玄度道，“别理他。”

玄度：“这话我是不是应该对你说。他就是你当年救下的那个魔族？”

因潇心虚点头：“这五年来我适应不了此处，他帮了我很多。”

玄度：“你和他交情还不浅，是吗？”

因潇马上道：“我只和你有交情。”

玄度：“只有交情？”

说多错多，因潇不说了，直接上嘴——

玄度眼睛都闭好等她亲了，因潇一个闪身：“早上刚吃过生肉，你等我去刷个牙。”

玄度：“……”

娶个夫人是魔尊，看来还需要适应，多适应。

玄度适应得很好，次日起床他在渊底闲庭信步，到处点灯，直到渊底亮如白昼。他变出一堆扫把，妖魔鬼怪人手一把，要它们干活。

他可有礼貌：“本座喜欢干净，麻烦各位适应一下本座。”

妖魔鬼怪怨气冲天，敢怒不敢言。

连那两棵树都没逃过玄度的荼毒。两个小男孩手牵手从树里走出，长这么大第一次看见神，略壮实那个眼中写着仰慕，纤细的那个透着鄙夷。

壮实的那个道：“我是小黑，他叫阿丑。”

这两个名字毫无内涵，一听就是因潇起的。

小黑道：“我是神木，阿丑是鬼木，我们出生就在这里了。神尊，上面好玩吗？天上是不是很漂亮。”

小黑主动领取劳动工具，递给阿丑一把。阿丑接得不情不愿，瞪了一眼玄度。

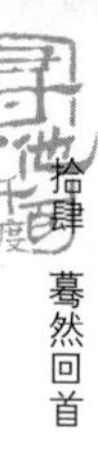

玄度走远，小黑用胳膊肘捅阿丑：“你不要对神尊无礼，这样神尊该不喜欢你了。”

阿丑：“我才不要他喜欢，他是神，我是魔种，天生就跟他不是一路人，干吗要讨他的欢心？”

小黑：“万一以后咱们也成神呢？”

阿丑看着他。

小黑：“咱们总不能一辈子待在这里，我每天努力长高树干，就是想出去看看，可是这深渊太深了，何年何月我们才能爬出去？如果神尊喜欢我们，说不定我们立刻就能得道飞升。”

阿丑从没有想过要出去：“一辈子待在这里不好吗？”

小黑：“我讨厌这里，没有太阳，没有雨露，永远都是黑气弥漫。我渴望蓝天、光明、温暖，你看这些灯，多美啊。”

阿丑只觉那些灯刺眼睛：“可我们是树，扎根在哪里，就应该在哪里安稳。”

小黑：“换个地方，也能安稳，你不是经常梦到自己开满了粉色花朵吗？待在这里，你永远开不了花，穿不了粉裙子，当不成漂亮小姑娘。”

阿丑在心里道：我想当小姑娘，是因为长大了可以嫁给你。

他说：“那你要出去吗，我们根连着根，若你被拔起，我也会跟着死的。”

小黑长长叹了口气：“再说吧。”

眼下先打扫卫生，那位高崇的神尊，对居住环境要求苛刻的神尊，不知道自己哪天出生的神尊，借着问魔尊讨生日礼物的由头，要走了包括十万丈幽冥在内的酆都山，开始大刀阔斧地整顿，让所有人适应他。

不是说神尊小时候听多了鬼故事怕鬼吗？此间那么多鬼，他倒是怕一下啊，怎么光见别人怕他了。

外人不知道，神尊怕鬼怕得不显山不露水。夜间鬼侍女前来点鬼灯，捧着幽幽鬼火从他身后飘过，他便身体僵硬，打死不敢回头。被因潇笑死。

因潇趁火打劫，趁着玄度不敢动，将他扑倒劫色。情到浓时，玄度用红线缠住了她手腕，另一头绑住了他自己。

因潇："这是什么？"

玄度："姻缘结，绑定了就永生永世不分开，除非一方彻底消亡。你以后再也不能躲开我了。"

因潇："我怎么不知道你还有这么厉害的法器？"

玄度："你不知道的东西多了去了。"

就好比她不知道当年那颗内丹被施了天解咒，为了不引起不必要的祸端，无量雷劫的事情玄度连她也没有告诉，所以她不知道自己的生命仅剩下最后五年。

她也不知道"姻缘结"更大的用处是"移换"，天解咒无解，只能转移。

因潇与玄度十指相扣："这下没有什么能将我们分开了。"

除了生死。

玄度问："假如可以重新活一次，你最想做什么？"

因潇笑道："神魔哪有什么重生？"

玄度："假如。"

因潇："那就……做个偏安一隅的小神，没心没肺，每天最大的忧愁无非吃喝。一个人未免无聊，最好还能有一大帮朋友……"

玄度："没有我吗？"

因潇："什么？"

玄度："你的畅想里没有我。"

因潇良久没答话。

她道："玄度，无时无刻地想念一个人太累了，假如真的能重生一次，我不想再爱你。"

玄度翻身背对她，闷声道："好，我知道了。"

因潇："……"

不是说好了假如吗？

因潇："你生气了。"

玄度："没有。"

因潇："你就是生气了。"

玄度："没有。"

"你有，"因潇扑在他身上，"幼稚了神尊，为了一个假设生气，这辈子我还不够爱你吗？我连出生都是为了遇见你。"

玄度："你那是为了吃掉我。"

因潇："你生气的样子好可爱，我以前怎么没发现。完蛋，你刚才不说我还不饿……"

她下床："你先睡，不用等我。"

她进食时一直背着玄度，几乎与玄度形成了默契，只要她说自己想出去一下，玄度就不会问她去哪里。

这一回玄度却拉住了她的手："我想吃馄饨。"

"可是……"她除了血腥没有任何味觉，不保证做出来的东西一定好吃，话到嘴边又咽下去，她说，"好。"

依旧码得整整齐齐的胖馄饨，熟的给玄度，生的给她自己，两个人面对面捧着碗吃。

因潇忐忑发问："好吃吗？"

玄度："难吃。"

因潇道："友情提示，我现在是魔尊，不爽我可以打你。"

殷祀寻着香味找过来，还牵着小黑和阿丑："你想打谁，我帮你。”

如此浪漫的鬼火晚餐就这样被打断。

因潇问玄度：“这货每天无所事事，除了骚扰你就是骚扰你，你能不能给他找个活干？”

于是苍生有了固定的轮回之所，有了酆都城，有了酆都鬼王殷祀。

过了一两年，九天司命府看中了神木小黑，问他可愿意上天看看。

小黑做了他此生最后悔的一个决定。

他说他愿意。

神木被连根拔起，与鬼木齐根切断，玄度为阿丑续了命，将他交给殷祀。

很久很久以后，生死簿阿丑听人说天上新晋了位司命，爱穿粉袍子，阿丑不过抽了抽嘴角。

她终于成了漂亮姑娘，可她想嫁的那个人早已不在原地。

其实小黑偷偷回来过，每次生死簿都“正好”不在。

小黑改了名字，叫作“炎英”，因潇倒是对他这职业很感兴趣，每次他来，都拉着他问东问西。炎英感念玄度搭救阿丑的恩德，削下自己的枝叶偷偷做了本《机缘簿》别册送给了因潇。

因潇经常临睡前兴致勃勃地在上头编故事，编又编不好，玄度拾起一看，《这个杀手不太行》《苦瓜的诱惑》《山楂林之恋》……

因潇好不自恋：“感动吗？所有男主角的原型都是你。”

玄度：“……”

堂堂魔尊，非要想不开当作家，有这个时间，多睡他一会儿不好吗？

玄度自己上床，掀开被角等，道：“有个成语我想不起来了，什么苦短来着？”

因潇痴迷写作，头也不抬接道：“春宵。”

玄度：“……”

罢了，搞事业的女人不能要。

五年拆开来，也不过几个春宵。

那是极寻常的一日，殷祀认识了新的妹子，邀因潇去酆都城喝酒。

往常一听必然翻脸找茬的玄度这次不知怎么就同意了，因潇走得高高兴兴。

她同生死簿和殷祀几个开怀畅饮，不醉不休，躺在地上东倒西歪互相揭短，她笑着笑着忽然有些想玄度，觉得不该抛下玄度出来。他从三十六天下来陪她五年，因为是神，所以在酆都没有一个朋友。他只有她。

她是不是该陪他回天界？哪怕天界容不下她，但是那又如何？如果必须舍弃这身魔骨从头来过，才能和玄度在一起，那么她愿意，她愿意为爱成神，为玄度成神。

忽然地动山摇，雷鸣震耳。因潇半坐起，头晕得厉害，懵懂问道：“怎么了？”

殷祀踢倒一个酒坛：“打雷吧可能。”

因潇说：“哦。”

她很快睡了过去，梦里雷声阵阵，响了很久很久。

等她酒醒，十万丈深渊破天荒地空旷无人，到处都是被雷劈过的痕迹。

鬼木前，一副骨架端坐在那里，旁边放着两粒澄亮的明珠和一片龙鳞。

那是玄度留给她最后的两样东西。

她喜欢玄度的眼睛，玄度是创神龙神，大神劈开了混沌的时候，听说是他的眼睛照见了日和月。

而脉心鳞脱落，则说明……

因潇后退几步，转身对随之而来的生死簿和殷祀笑道：“我喝酒喝昏了头，不然怎么出现了幻觉，非得再大喝一场以毒攻毒不可，走走走。”

殷祀与生死簿悲凉地看着她，殷祀道：“因潇……”

“闭嘴，什么也别说，”因潇道，“你们什么也没看见，这不过是我醉了做的一场噩梦。”

她拿出《机缘簿》，急于证明道，“我家玄度好着呢，今日我走之前他还答应我，等我回去给他讲我新写的故事。我写的故事那么难看，只有玄度说它们好看。”

所以他怎么会突然……死了呢?

一定不是真的。

龙鳞发出极淡的白光，一抹虚影投其上，是玄度残存的执念，他轻轻唤了声“因潇”，因潇不敢回头。

她不要见证他的消亡。

虚影叹了口气，双手从背后覆上她眼睛：“内丹已毁，待你体内剩余魔气化尽，就回天界去吧。忘了我，戒掉我。”

巨大的幻境从因潇脚下开始升腾，笼罩整个渊底，连生死簿与殷祀也包括在内。

幻境里没有因潇，只有偏安一隅的小神，叫洄湘。她没心没肺，每天最大的忧愁无非吃喝，还有一大帮朋友，不知道玄度是谁。

因潇在幻境里困了十万年之久，玄度的执念便也陪了她十万年之久。

听说神爱一个人的极限是十万年，剩下的就都是习惯。

而习惯可以戒掉。

玄度为了让因潇彻底与他毫不相干，连自己的记忆都篡改，幻境里他仍是居于三十六天独守孤寒的神尊。

但是这么多年来总有意外，洄湘不是第一次觉醒，也不是第一次进《机缘簿》，每一次她都会重新爱上玄度，而每一次，她的记忆都会被玄度抹去，直到最后这一次——第一百零一次，玄度的执念式微，控制不住她了。

最后这一次，玄度被生死簿激进了十万丈鬼狱，在树前看到了自己的尸骨，他才意识到自己已经死了。

他记起了全部。

其实那些故事，他同洄湘在幻境里反复经历了一百遍，所以他提前知道了周暮初的结局，选择在那里与洄湘告别。

他委托生死簿帮他给洄湘做最后一次记忆修正，不知道自己走后留下的幻境还能支撑多久，反正洄湘高兴一日是一日，之所以不交代给殷祀，是因为殷祀心思不单纯，被修改过记忆还对因潇这个名字念念不忘。

他与洄湘告别时说“倘若结局不好，你别伤心”，不仅指的是周暮初的结局，也是他自己的结局。

4

洄湘既然记起了阿丑，玄度的幻境也支撑到了尽头，周遭的环境支离破碎，包括司命炎英。他最后望了生死簿一眼，随着幻境一道消失不见。

一梦须臾，一须臾是十万年。

玄度的尸骨在她眼前，一碰就成了灰。生死簿在她身边，对她怨恨难消。

因潇缓缓笑了：“你不杀我了吗？”

生死簿别过头：“下不去手。”顿了顿，又道，“对不起！”

玄度教过她，作为一本好簿子，要有礼貌。

因潇无所谓，手中鳞片边缘锋利，她攥得太紧，手被割破，流出的血不再是黑色。

可是有什么用，玄度不在了。

这个人太自私，给她所有的爱，都不问她接不接受。

叫她如何接受？

她一步步往外走。

殷祀担忧地看着她："你去哪儿？"

她说："回家。"

玄度一直叫她回家，她倔强地不肯跟他回去，如今她想回家了。

现实中才过了十年，但她魔气已除，模样大改。天界已没有人认得她，只当她是新晋的神，因为她容貌映丽，不禁多看她几眼。

她先是去了九天。山肴海错被改了名字，分化成好几座府邸，食神是位男子，沉默寡言，不喜欢种地，也不爱养羊驼。

天帝暮商大婚在即，却不是一个稍有不爽就来她地里打滚的死小孩。

雷神没有青光眼。

司命还是炎英。十年前的炎英，记着在地底的交情，与她在熟与不熟之间，不会叫她小洄湘，不会说咱们不是亲生胜似亲生。

她还去了三十六天。霜寒也不爱打毛衣，他只是用悲哀的眼睛看着她："小度不回来了，是吗？"

她不知道该如何回答。

她找了个地方，挖了座坟墓，把从地底带出来的骨灰连同她自己，一起埋了进去。

她抱着骨灰和《机缘簿》一遍遍做梦。

《橘生淮南》——叶清澜转身一刻，宋温暖说："带上我吧，我宁愿死在路上，死在你怀里，也不要与你就此诀别。”

《雪万岁》——北燕使者第一次来求亲，雪万岁满口答应：“就算慕容时真的是个丑八怪，本公主也非他不嫁。”

《山楂林之恋》——风雪月把糖葫芦递给江阮：“偶尔偷懒不要紧，不要这么逼自己。江阮，你是我心里永远的天下第一，别人只能打败我的身体，却不能降服我的心。”

《苦瓜的诱惑》——狐妖小白对国师玄度说：“以后都不给你吃苦瓜了，我们狐妖说话算话，我给你包小馄饨好不好？”

《这个杀手不太行》——姬吴丽握着嬴渊的手：“你舅舅叫你去，我陪你。开什么玩笑我是个正经杀手，我能保护你一次，就能保护你一辈子。”

《灯火阑珊处》——小妖王洄湘对周暮初说：“我错了，我不该任性。周暮初，我知道了什么是喜欢。我喜欢你，我愿意为了你学习做人。”

一遍又一遍，她不愿再醒。

玄度没有消失，他活在了她的故事里，她要把故事一直写下去。

她伸手改了封面书名，叫《寻他千百度》。

番外一

龙与剑

1

给大家介绍一下咱们剑冢。

洪荒之初，神魔埋骨，有一天养之地神武横生，被称之为“剑冢”。

“冢”——就是坟头。

所埋神武随便从哪个坟头挑出一把，都是通天彻地的大杀器。

霜寒除外，因为他短。

意思是说霜寒的剑身折了一半，是把断剑。想歪的请面壁自己反省。

剑灵附剑而生，剑冢里有灵无数，有嘴的地方就有嘴仗，洪荒无聊，一帮武学至臻的灵没事的时候最喜欢打嘴仗。

霜寒左边坟头的飒露和右边坟头的胭脂便是如此，比方飒露说胭脂太瘦，才二指宽，迟早有一天得跟霜寒一样被折断，不如死了被主人选中的心，早日嫁人算了。

相隔太远，风太大，胭脂听不见。

飒露说：“霜寒，你把上面我说的话传给胭脂。”

霜寒不管。

飒露挺了挺雄壮的宽体格子，道：“老子虽然不能动，但是释放剑气一样削你哦。”

霜寒忙不迭传话给胭脂。

胭脂冷冷道：“呸。”

霜寒对飒露道：“她呸你。”

飒露：“你帮我呸回去。”

呸了几个回合，胭脂火了，气得剑身通红通红。

飒露开始心疼，凶霜寒：“少呸几次你会死啊！”

霜寒：“……”

飒露：“你帮我说段绕口令哄哄胭脂，她爱听这个。”

霜寒再也不想当剑了，如果可以，下辈子他想投胎变成毛衣针，细小不怕，起码有用。

哪像现在，他没自由，没对象，没主人要，还要夹在别人中间当复读机。

飒露和胭脂开始隔着他练情意绵绵剑的时候，剑冢终于来了新人。

都是看上去极年轻的神。年轻好啊，朝气蓬勃，大有可为，跟着这样的主人有前途。

被选中从坟里拔出来，是神兵们唯一获得自由的途径，因此每个灵都开始在自己的坟头前搔首弄姿，期待合了哪个神的眼缘。

一时间剑冢各色光芒齐齐闪耀，将头顶那片圆形的天染成了灯球儿，只有霜寒独自黯淡无光。胭脂把红裙旋转成一朵花，一边劝他：“打起精神来啊，霜寒。”

“没有用的。”霜寒无精打采地摆摆手，“不会有人来选一把断剑。”

又不是没有试过，试过千百次，失望过千百次。他干脆转身背对众神，默默看着自己的剑身，不抱希望就不会失望。

斜眼觑着，胭脂被元凤带走，飒露被始麒麟带走。霜寒不看了，他低头盯着自己的脚尖，等这热闹过去，好跟没被选中的各位老伙计隔空抱团痛哭。

忽然，一个脚步声在他身后站定，许久没有离开。霜寒懒得回头，抬手一指：“迷路了的话，那边是出口。”

没有等到回答，也没有离去的脚步声，霜寒回头，视线往下瞅——一条刚到他腰高的小白龙正盯着他，一双稚嫩的白色小角从他雪白的头发里冒出来。这孩子从头到脚都是纯白纯白的，仿佛是个雪娃娃，漂亮得不像话。

霜寒一下子稀罕上了，对他道：“东北角上有把闪电，老厉害了，去选。”

小龙有种不同于他年龄的老成，他走向霜寒，沉稳地握住了霜寒露出坟头的剑柄。

霜寒感觉脑袋一冰，打了个冷战。他已是冷兵器，这孩子怎么比他还冷，难道真是雪做的？

霜寒：“孩子，你要干啥？”

小龙说：“做我的兵器不需要话太多。”

霜寒：“哎呀，你好拽哦……所以你要干啥？”

小龙把他拔了出来，身高刚好跟断剑相当，他站在空地举剑试挥，霜寒心想：切。

他说：“胳膊举酸了剑脱手砸了脚可不许哭……”

话未说完，地动山摇，霜寒亲眼看着自己的剑身在小白龙手上发出万丈光芒，剑光劈开了虚空，脚下大地分开一条裂缝——小白龙用霜寒

剑把剑冢劈成了两半。

霜寒话都说不利索了："叫、什么名字……"

小白龙收势，语气轻松："此招名为'斩荒'，我刚开始练，发挥得不好，下次不会这么差劲了。"

"不，我是问你叫什么名字。"

小白龙看他一眼，道："我叫玄度。"

"好的小度，"霜寒做了个请的手势，"把我插回去吧。"

"别叫我小度。"

"好的，小度，乖，把我插回去，谢谢。"

小玄度："你不愿为我所用？"

"废话，"霜寒道，"你知道兵器是什么吗？"

不待他回答，霜寒已抢着道："是辅助，是挂，是为了帮助剑主施展威力的工具，让剑主花最小的力气发挥最大的作用。而你，根本已经强到不需要任何兵器。"

"哦，"小玄度道，"我以为兵器是我将来一生的朋友。"

他把霜寒插了回去，背对霜寒而去。

霜寒欲言又止，最后一叹："你等等。"

从来没人拿兵器当朋友，就像农夫怎么会跟锄头做朋友，这条小龙莫不是有病？主人若意识太弱，很容易被狡猾的剑灵反噬，这条脑子不行的小龙怕是要在闪电手里吃亏。

霜寒道："你也看见了，我就是一把废铜烂铁，不会给你带来任何帮助。"

小玄度："你要跟我走吗？"

霜寒："你可想好了，我们剑择主而生，为主而活，你一旦选定了我，就要跟我结契，舍你一缕神魂，买我毕生忠诚。即使这样你也愿意？"

小玄度点头。

“我这人小气，”霜寒恐吓他，“你有了我，以后便不能有别的兵器。”

小玄度：“可以。”

霜寒与他结了契，欢欢喜喜地牵着他走出剑冢，才想起来问：“小度，你为什么选我？”

“都说了别叫我小度。”

小玄度说：“我太强了，将来只会越来越强，为了避免杀孽太深，需要一把钝剑抵消一部分杀伤力，好功半事倍，放眼剑冢，你最没用。”

剑受到了侮辱：“放我回去，我要解契。”

小玄度露出了跟他相遇以来的第一个笑容。

2

霜寒想错了，以为跟着这条赋他光芒万丈的小龙便能前途无量，断剑也可以大放异彩，如此他也好一雪前耻，让剑冢那些嘲笑他没人要的兵器后悔去吧。

等他跟着小玄度回了故乡，踏上寸草不生的冰海雪原，除了玄度，无垠万里看不见一只活物，他大放异彩给谁看？

而且小玄度不拿剑当剑，而是拿霜寒当冰凿子使，用他在冰上钻窟窿，还问他会不会抓鱼。

小玄度：“不会？不会你可以学。”

霜寒认命，放弃了伟大梦想，当起了家长，每天养龙。

小玄度也想错了，他以为剑只是话多，没想到霜寒是嘴碎，当家长就当家长，为什么要当婆婆妈妈的家长，而且总是叫他小度，越不让他

叫他越要叫，代言费收了吗他就叫？

别的剑与主人，那是心意相通，默契十足。好比飒露和胭脂，在两把剑的努力下，他们各自的主人元凤和始麒麟都成亲了，无论是剑还是主，到最后都成了眷属。

而玄度，霜寒亲眼看着他一天天长大，每次都是冷漠脸出雪原，冷漠脸回雪原，称雄称霸，就是不成家，给霜寒急得呀……

有次玄度又从外面回来，霜寒就旁敲侧击地问了："这次出去，就没带点什么回来？"

比如媳妇什么的。

玄度说："带回颗穷奇头，送给你踢。"

霜寒愤恨地咬断了给玄度缝衣服的线头。

一剑一龙，凑合着这么过了很多年，一直在磨合，从未有默契。

是真的没有默契，霜寒坐在三十六天回忆了自己和玄度的这些年。

如果有默契，玄度怎么会到连死都不告诉他一声呢？

玄度为因潇死了，霜寒不怪他，只是心疼。

他抚着胸口那道缓缓游走的龙魂："我自己养大的小龙，我不心疼谁心疼？"

剑择主而生，为主而活，剑除了守护，就是为主人牺牲。霜寒跟了这个省心的小主人，自问从未为玄度做过什么。

"好歹要让小度惊讶一次呀，也不枉他当年在剑冢怜我一场。"

其实他都知道的，当年是玄度不忍心看他太失落，才选了他。谁不希望自己强上加强？

玄度给了他千万年自由，千万年安享，是该他报答的时候了。

这一日，三十六天剑光四溢，大放异彩。有人看见一道光影捧着一缕龙魂，一路直往北方。

冰海雪原，千万雪光随剑气凝聚，震荡四荒，经久难歇。

等到一切岑寂，冰海雪原恢复了原本平静的模样，万年不化的冰面寸寸龟裂。玄度破冰而出，疑惑地低头打量自己。萦绕他周身的点点剑光尚未完全消散，他看着那星星点点，忽然明白了。

不远处，霜寒的生前执念蹲在哪里，正背对他在凿冰。

终究是灵，记忆混乱，他以为他还在往昔，边在冰面上挖窟窿边念叨："阿弥陀佛，小鱼们，贫剑原本不欲杀生，但是我家小度还在长身体，不吃你们怎么补钙补铁补心眼，所以你们就牺牲一下吧。

"也不知道我们家小度几时才能长大。盘古大神也真是狠心，那么小的个头儿，还每天让他出去打打杀杀，又不准他带兵器，是不是有点过分了，小度还是个孩子。"

"天底下只有你会把他当成孩子。"玄度忍不住开口道。

霜寒闻声转身，看着成人玄度，瞠目结舌："你你你谁啊，跟我们家小度长得好像啊，你不会是小度他亲爹吧？"

玄度道："不是，你不是想看小度长大吗？我就是长大后的小度。"

霜寒笑出声："道友你真会开玩笑……"

玄度静静看着他。

霜寒止了笑，不知为什么，他在面前这位道友眼中看到了忧伤。他问："你……你真是小度啊？"

玄度点点头。

霜寒："那你变回去吧，突然长这么高我还挺不适应。"

看，这就是家长，既盼着你快点长大，又怕你长得太快，想让你慢点长大。

霜寒习惯地伸手，想像往常那样摸摸玄度的脑袋，却发现玄度比他还高了。他不好意思地将手收回来："小……不是，那个，玄度，你是不是有什么事情，为何看起来很难过？"

如果小度长大了会变得难过，他宁可小度不要长大，他永远养着他也挺好的。

玄度："是，我很难过，我最好的朋友去世了，为了我。"

"这样啊……"霜寒想了想，"倘若你的朋友是自愿为你牺牲，那至少你朋友他自己是开心的，也决计不想看你这样为他难过。"

玄度："每个人的命都是同等的珍贵，没有谁活着就该为了谁牺牲。他这么做，只会让我无地自容。"

霜寒："有呀，我。"

他骄傲且自豪道："我活着就是为了我们家小度，如果有一天小度不在了……呸呸呸，"小度怎么会不在呢？他重说，"假如哦，我说假如，假如小度需要我，那我绝没有二话。"

玄度："为什么？"

霜寒不假思索，理所当然道："因为我是小度的剑呀，哪有主人不在了，剑独活的道理。"

他提起篮子就跑："跟你说了这么多，小度该着急了。我先走了道友，欢迎你有空来玩。"

他跑出两步，忽然想起什么，又回转，记忆已经全部凌乱，只记着心中最深的挂牵。他看着玄度："小度，长大的你过得顺遂吗？"

玄度道："顺遂。"

"找到对象了吗？"

玄度道："找到了。"

"那就好那就好，"他期待地搓搓手，"白头偕老了吗？"

玄度哽咽道："嗯。"

"要好好对人家姑娘哦，改改你的脾气，温柔一点，不要那么孤傲。”

“好。”

霜寒放了心，挥手与玄度告别。

玄度望着他的背影一点点消失在冰面。

再也不见。

番外二

好久不见

1

边陲小镇有个坟场，方圆二里少有人烟。

这日夜幕低垂，葛小羊抱着酒壶一通跑，后头跟着邻家小胖子王饱饱。

野路荒地，星子无光，王饱饱有些怕，一拉葛小羊："那女鬼真的不吃小孩？"

"只喝酒，不吃人，"葛小羊道，"怕了你就回家。"

王饱饱："谁怕啦！"说完挺了挺胸。

葛小羊捂嘴笑："不怕你抖什么。"

"我、我这是冷！"

"好，那你待会儿见了女鬼，可别尿裤子。"

"你才尿裤子。"王饱饱赌气地跑在了葛小羊前头，越跑越快，两耳生风。

跑着跑着察觉不对劲，他且停住，边回头边道："葛小羊？"

身后除了静伏的一个个坟包和杂草，空无一人，葛小羊不见了。

“葛小羊，你不许躲起来吓我，”王饱饱快要哭了出来，“你快点出来。”

四周死寂，连昆虫低鸣声都消失了，脚下不知何时起了雾，很快连坟包都若隐若现，看不真切了。

王饱饱大喊道：“葛小羊，你再不出来我就要回家告诉你娘了！”

仍旧没有任何回应。

王饱饱这下真的有点慌了。突然，有东西从雾里冲出来，王饱饱怪叫一声，拔腿要逃，那东西却道：“王饱饱。”

是葛小羊的声音。

王饱饱哭着道：“你吓死我了。”

“是王饱饱吗？”

“是我是我，”王饱饱道，“你去哪里了？”

葛小羊上来拉住他：“起雾了，跟我回家吧。”

王饱饱：“不去看女鬼了吗？”

“不去了。”

王饱饱点点头，跟着葛小羊走，没看见葛小羊的身后挂着条尾巴。

羊肠小道越走越深，最里头是年久无人祭拜的坟，坟堆之间白骨累累，都是妖怪骗来吃掉的小孩儿。

前面的“葛小羊”走着走着不走了，警惕地望着前方，尾巴上的毛炸了起来。王饱饱不明所以，歪头望去，前方站了个黑衣深沉的女子，快要与夜色融为一体，唯独脸色惨白。

女子道：“放了这小孩儿。”

“葛小羊”朝女子龇牙。

女子道：“我不想重复第二遍。”

真正的葛小羊也在找王饱饱，这小胖子冲进雾里就不见了，葛小羊

怎么喊他也不回头。葛小羊追了一阵彻底失去方向，只能原路返回，他也有点害怕，把伙伴给弄丢了。

走着走着，撞在了一人身上，葛小羊惊喜地抬头："因潇姐姐！"

因潇脸上无甚表情，将吓掉了魂儿的王饱饱扔还给葛小羊："今夜狐族开荤，别在这儿瞎逛，赶快回家去。"

"可是……"葛小羊提起手中的酒，"我是来听你讲故事的。"

一个故事换一坛酒，这是他跟女鬼的约定。

因潇原本已经走进了雾里，闻言回转，看了看这俩小孩，道："跟我来。"

2

一座古坟，因潇坐在坟前拍开了泥封。烈酒入喉，她的血热了几分，她看着葛小羊道："上回讲到哪儿了？"

葛小羊兴高采烈地拉着王饱饱坐下："说到黄帝大战蚩尤，请来风伯、水师助阵。"

"是了。"因潇道。

葛小羊："后来怎么样了？"

因潇道："后来双方酣战一场，九黎尽败，蚩尤不敌，死了。"

葛小羊："……"

因潇："……"

葛小羊："就完了？"

因潇："是啊。"

葛小羊："因潇姐姐，你是不是骗小孩酒喝？"

因潇："是啊。"

葛小羊："……"无赖！

葛小羊霍然起身，愤慨道：“因潇姐姐，难怪你说你写的故事不火，结构稀烂，就剩细节，你还给略过。你这样，编辑都不能给你过审。”

因潇低笑：“又一个小司命。”

“你说啥？”

因潇：“我说这是番外，我就任性，你能奈我何？”

因潇：“还有，我说了我不是鬼，我是神。”

葛小羊：“骗人，神都是好人，才没有你这种坑小孩酒喝的坏神。”

因潇：“神都是好人，才是神对世人撒过最大的谎。”

葛小羊：“还能有比你更坏的神？”

“有啊，”因潇灌下一口酒，“我认识最坏的那个神，叫作玄度。”

葛小羊重新坐下了：“他做了什么伤天害理的事？”

因潇倚着身后的坟堆：“他留下我一个人在这世上。”

葛小羊似懂非懂，忽然指着因潇身后，大惊道：“因潇姐姐，你瞧！”

四周亮起无数双绿眼睛，朝三人围拢，掩埋在草丛里的声音尖锐刺耳：“何人敢阻拦我儿进食。”

葛小羊和王饱饱吓得抱成一团，动也不敢动。

因潇仿佛对周遭一切没听见也没看见，兀自慢吞吞喝她的酒，道：“大家都是邻居，看在我的面子上，放过这两个小孩。”

领头的狐妖嗤笑一声，发出吼叫，狐族举步不停，圈子越缩越小。

因潇：“相信我，我对吃的有经验，他俩瘦的瘦胖的胖，口感一看就不好，为了这么两个孩子搞得你狐族全灭，我都替你们不值。”

四周顿时烧起狐火，绿色火光参天。葛小羊脸皮生疼，感觉火烧到了自己脸上，他惧道："因潇姐姐……"

因潇不紧不慢地起身，低头看着他："你骂一句玄度，我就救你和你的朋友。"

葛小羊："你自己怎么不骂？"

因潇："我不舍得。"

离葛小羊最近的一只狐妖已经扑了上来，葛小羊将王饱饱压在身下，闭眼大叫："玄度是个大坏蛋！"

"真是个好孩子，"因潇笑了笑，喝尽最后一滴酒，"别睁眼，等着。"

话音落，手中的酒坛碎成数十片，因潇手一张，一块碎片取一只狐妖性命，凄厉哀号声四起，葛小羊听了心打战，哭出了声。

蓦地，念经声在葛小羊头顶响起，盖过了鬼魅的瘆人号叫——

"愿我来世，得菩提时，身如琉璃，内外明澈，净无瑕秽……"

因潇扭断一只狐妖的脑袋，血溅湿了手。

她继续念道："光明广大，功德巍巍，身善安住，焰网庄严……"

掏出了一只狐妖的心脏。

"过于日夜，幽冥众生，悉蒙开晓，随意所趣，作诸事业……"

…………

葛小羊长大后，无数次回想起那夜，依然不理解，怎么会有这样一个神，说着最慈悲的话，干着最残忍的事。

他不知道的是，因潇本来想唱两句歌，但是自己唱歌不好听，怕给他留下的童年阴影更大，所以随便念了点什么，结果一出口就是佛经——没办法，那些年受玄度影响太深了。

因潇灭狐灭得火热，没注意遥远的上空有人御风而过。玄度见到了下方的火光，也听见了念经声，但是狐血太臭，他嫌恶掩鼻，加快脚步走远，继续寻找因潇的踪迹。

3

东方露出鱼肚白，因潇将两个孩子从遍地尸首里拎出，送回家。

葛小羊追着因潇跑出来：“因潇姐姐，你放心，江湖规矩我懂。我嘴严，也会管好王饱饱，不让他乱说话。”

因潇无所谓地朝他摆摆手。

她离开葛家，清晨时候尚早，行人寥寥无几。路过早点摊子，摊主在炸油饼，因潇站着看了一会儿，忽然开口：“你揉面的手法不对。”

摊主抬头，先被浑身是血的因潇吓了一跳。

因潇低头看看自己，一挥袖，身上干干净净，然后她接着道：“冷水面最好用手内侧手掌发力，这样揉出来的面才滑嫩不硬……”

摊主目瞪口呆，跳起来叫道：“救——命——啊！有妖怪！”

撒丫子跑了。

因潇：“……”

因潇望着他留下的面团，挽袖上前，开始重新和面。

油饼出锅，她咬了一口，满意地点头，这才像样。

巴掌大的油饼没吃完，突然感觉妖气横生，因潇蹙眉。娘的，有完没完，昨夜好心没把那窝狐妖灭族，这么快他们就找过来了，还带了帮手。

因潇看着从大街小巷钻出来的各色妖怪，道：“不讲武德。”

昨夜为首的那只母狐妖道：“留下你的名字，将来我将你的尸首挂到我族人面前，唾骂时也好有个凭证。”

因潇不假思索道：“玄度。能让我把油饼吃完吗，浪费食物是不对的。”

“不能。”母狐妖一挥手，众妖齐上。

因潇叹了口气，她讨厌死打架了，几百年没进食了，她就想好好吃个油饼，不行吗？

她正欲动手，身后突然漫开雪白神光，一个令她魂牵梦萦的声音道：“凡人地界，妄肆杀戮，其罪可诛。”

那个声音落下，一众妖怪碎得渣也不剩。

熟悉的气息慢慢靠近，因潇不敢回头，两手将油饼捏变了形。那油饼似乎有千钧重，她吃力地举到嘴边，一口一口地吃，眼泪簌簌而落。

玄度将手放在她肩膀，轻声唤道：“因潇。”

“你回头看看我。”

因潇狼吞虎咽地把油饼吃完，擦干眼泪，回头跟没事人似的笑道：“你怎么来了？”

玄度微怔，道：“我听见你叫我的名字。”

“哦，”因潇笑得更开心了，“这次又是你的第几重幻境？要我怎么配合？”

她握住他的手：“我都行。说吧，是为你生，还是为你死？爱给你，恨给你，都给你。”

“因潇……”

“只是我的心再也不能给你了，玄度。”她后退一步，“五百年前，我把你的骨灰下葬的时候，它已经跟着死了。”

“因潇，对不起。”

因潇冷笑道：“神尊拿自己的命抵了我的命，换我长寿无极，我已是便宜占尽，哪里再敢当神尊一句对不起？”

因潇甩开他的手：“神尊归位，乃万众所喜，想必事务繁多，就这样吧，请回天上去。”

玄度看着自己空了的手，心凉一瞬，道：“那你呢？”

“我这个女鬼当然是回去睡觉。”她说完，不再给玄度开口的机会，飞快隐遁。

4

又是一日天黑。

坟场之外，葛小羊抱着酒坛，好奇地站在玄度面前，抬头问：“你就是玄度？”

玄度：“你怎么知道？因潇告诉你的？”

葛小羊：“我自己猜的，不过因潇姐姐说过，你是她最讨厌的人。”

玄度苦笑。

葛小羊：“她为什么讨厌你？”

玄度：“你听过狼来了的故事吗？我就是那个不断说谎骗人的孩子。”

葛小羊：“骗人是不对，可是因潇姐姐也经常骗我。”

“那不一样，说了你现在也不懂。”

葛小羊歪头看了玄度一会儿，又开口：“神不是无所不能吗？你可以施法，让因潇姐姐原谅你。”

玄度：“神在他爱的人面前，跟凡人没有区别，也有很多无能为力。”

葛小羊还想说什么，玄度说：“你这孩子真不讨喜，话这么多。”

葛小羊：“……”

“反正因潇姐姐喜欢我！”葛小羊气得剁脚，转身要跑。

玄度道：“等等。”

葛小羊：“你现在跟我道歉，我就……”

玄度将酒坛从他手里拎走：“好了，回家生气去吧。”

葛小羊哭着跑了，那么大的一尊神，打劫小孩儿！

没有掩土的古坟里摆着具棺材，玄度将酒坛放在棺上，对着盖死的

棺材道：“你不愿见我就算了，不勉强，我走了。”

刚走出一步，棺材盖被推开了，因潇自棺材中坐起，将酒坛开封，道：“站住。”

玄度站住。

因潇：“来喝一口。”

玄度：“我从不喝酒。”

因潇：“如果是我要你喝呢？”

“……”

玄度俯身，伸手，因潇将酒坛一护，道：“进来喝。”

玄度看着棺中，没动。

因潇：“嫌脏？”

玄度：“嗯。”

因潇：“我经年累月躺在这里，你是不是也嫌我脏？”

玄度跳进棺材，与她面对面，因潇向他推来一物：“给。”

玄度：“何物？”

因潇：“你的骨灰，抱着吧。”

玄度：“……”

因潇：“你除了对不起，就没有别的话想对我说吗？”

玄度默了一默，五百年前霜寒虽然将他强行换了回来，但他作为应龙的真身已毁，要凭一缕神魂重塑肉身十分艰难，他差不多花了五百年，才得以走出冰海雪原，其中的艰辛不必为因潇道。

因潇的指尖点着他胸膛：“所以这身衣袍下，是一副冰肌玉骨，可以这么理解吧？”

玄度点头。

因潇喝下一大口酒，猛地将玄度推倒，覆上他的唇，给他渡了半口酒，问道：“味道如何？”

玄度的眉头皱成疙瘩。

因潇笑出声，又喝一口，玄度伸手拦住她，道："不要了。"

棺材窄而高，勉强挤下两个人。因潇自己将酒饮尽，将玄度死死压住，脸贴在他胸口，终于抱着的不再是骨灰坛。

玄度任她抱着，不知过了多久，拍了拍她手臂。

因潇道："还没原谅你，不许说话。"

玄度道："有人。"

因潇抬头，葛小羊跑了回来，还带着王饱饱。两个小孩四只眼，正新奇地瞧着她和玄度。

因潇示威般在玄度唇上印下一吻："看什么看，我的。"

"走走走，回家去，女鬼要吃人了。"

葛小羊笑嘻嘻道："因潇姐姐，你们是要生小宝宝了吗？"

玄度和因潇双双一窘。

葛小羊："故事里讲的，两个人这样那样就是要生小宝宝，这叫什么来着？"

王饱饱接口："共赴巫山云雨。"

因潇老脸挂不住，放开玄度坐起来，沉下脸："哪个讲故事的这么混蛋，给小孩说这种东西。"

葛小羊："你。"

因潇："……"她说过吗？忘了。都怪酒。

为了掩饰羞愧，她装作不耐烦："去去去，再不走我就要打你们屁股了。"

她朝玄度使个眼色，玄度手指朝葛小羊和王饱饱一点，两个小孩儿如提线木偶，在结界护送下往家走，等睡上一觉，关于今夜的记忆将荡然无存。

小麻烦总算走了，因潇将棺材板子一盖，棺中黑暗一片，唯独剩下

两双眼睛光彩熠熠地相望。

因潇："在想什么？"

玄度："你。"

因潇："想我做什么？"

玄度："想你身上魔气除得差不多了，为何行事还是这般……荒唐。"

因潇："除没除干净我也不知道，要不你检查检查？"

玄度："……"

因潇轻车熟路，挑开了他腰封："还是我先检查检查你。"

拆完腰封解襟扣，她手上不停，嘴上也不停："若我魔性仍旧未除，神尊，我大概是不能同你回天上去了。今时不同往昔，神界越发注重立场，与魔族界限分明，我跟你回去，难免招惹非议。

"我知道你不在乎这些，但是我必然过得不痛快。"

玄度："所以你是打算睡我一觉，天亮了就抛弃我？"

因潇："此言差矣，大家都是成年神，别把我说得那么渣嘛。"

玄度微合眼眸，那是他生气的征兆。因潇赶紧道："除非你想跟我天天睡棺材。"

玄度："你怎知我不愿意？"

因潇："半个时辰前你还嫌这里头脏。"

玄度："……"

玄度隐忍怒气："方洲之外有座琼仙岛，岛上风景秀丽，四季如春，适合隐居。"

因潇："眼下你这般体质，久居气候宜人之地，受得住吗？"

玄度："也比棺材好，我谢谢你。"

因潇："……"

棺材怎么了，她睡了五百年，她就觉得挺好，她找茬："如果我执意要睡棺材呢？”

玄度：“我陪就是。”

因潇开心地笑了，低头与他缠绵，共赴云雨巫山。

图书在版编目（CIP）数据

寻他千百度 / 摩羯大鱼著 . -- 北京 : 华龄出版社，2022.7

ISBN 978-7-5169-2420-4

Ⅰ . ①寻… Ⅱ . ①摩… Ⅲ . ①长篇小说 – 中国 – 当代 Ⅳ . ① I247.5

中国版本图书馆 CIP 数据核字（2022）第 217913 号

策　划	北京嘉树文化	责任印制	李未圻
责任编辑	李梦娇　彭　博	装帧设计	有点态度设计工作室 · 蜀黍

书　名	寻他千百度	作　者	摩羯大鱼
出　版 发　行	华龄出版社 HUALING PRESS		
社　址	北京市东城区安定门外大街甲 57 号	邮　编	100011
电　话	（010）58122255	传　真	（010）84049572
承　刷	三河市金泰源印务有限公司		
版　次	2023 年 1 月第 1 版	印　次	2023 年 1 月第 1 次印刷
规　格	880mm × 1230mm	开　本	1/32
印　张	10.25	字　数	264 千字
书　号	ISBN 978-7-5169-2420-4		
定　价	45.00 元